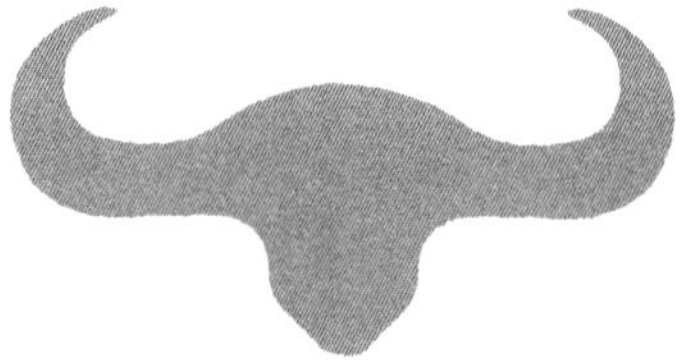

剽牛立碑

吴仕民 著

民族出版社

生命逻辑最高级的演绎形式是：
以生命照亮生命，
以生命救赎生命。

——吴仕民

目　录

上部　碑可以立——天意

上　部

碑可以立——天意

序

刻石铭碑，这是中华民族的一大传统。碑刻的内容如繁星耀空：或载录重大事件，或纪念重要人物，或宣示褒贬荣辱，或录存书画文论……但有一种碑极为罕见，镌刻的是众多民族铁石般的意志和信念。

现在，让我们用力推开历史厚重的大门，去西南边地，寻找这样一块屹立在天地之间，也矗立在人们心灵之上的神奇石碑。

桥头猎杀

在浩阔壮美的秋色之下，中华人民共和国的开国大典正在北京举行。鲜艳的五星红旗辉映着蓝天白云，如一团火焰、一片红霞，徐徐升起在天安门广场，用最准确、最豪迈的语言宣告了旧制度的终结和新纪元的开启。

但，人民解放军并没有停下铿锵的脚步。战马嘶鸣，兵车辚辚，刃带秋霜的刀剑指向西南边陲。因为在那彩云之南，还有不曾解放的土地，还有看得见和看不见硝烟的战场，还有系及新生共和国安危治乱的特殊战斗。

在哀牢山以西的滇西南地区，大自然的鬼斧神工，造就了这里的山水奇观。一座座山像春笋出土，直指云端；一条条河像篾箍爆裂了的水桶里的水，恣意流淌。群山众水衍生出丰富无比的各类动物、植物，使这一带成为享有盛名的地球生物基因库。似是天人感应，在这片古老而神奇的土地上，生息着众多的民族，他们以自己特有的生存方式，拥抱着日月星辰，跋涉在春夏秋冬，耕耘着山水田园，演绎着人间传奇。

时令已是冬春之交，北国草枯木凋，但这里的山山岭岭上，葳蕤的枝叶完全没有衰败的样子，依然像染了色一般苍翠生碧。远远近近或高或低、或隐或显的峰峦，相拥着、层叠着，如海浪奔涌，逶迤远去。

没过人顶的茅草，茎粗叶阔，放肆地、狂野地生长着，密密匝匝，连老鼠也很难钻得进去。只有当刚劲的风卷过来时，才会被看不见的巨手推得一片片地向一边偃倒。茅草丛里，有一张显得刚毅有力、非常年轻的脸。嵌在脸上的一双乌黑明亮的眼睛，正透过纷披的野草，像探照灯一样，向远近不停地扫视。他抬头望了望快要压着山顶的太阳，眼神里溢出明显的焦灼，宽大平滑的额头挤出一道道浅浅的皱纹。

当他再次用鹰眼一般的目光向四周搜索时，眉毛上方浅浅的皱纹骤然间像绳子一样拉紧了，整个脸上的肌肉绷紧得像鼓面上的牛皮。视野里有他正苦苦等待和寻找的目标：不远处一条不大宽的河流的木桥上，有两个人一前一后，在快速行走。

草丛里的潜伏者用力地抿了一下厚厚的嘴唇，不由得抬眼看了看已经转身返回寨子的十来个同伴，要不要呼唤他们回来，一起参与即将进行的猎杀？但他瞬间如同向山涧扔石子一样扔掉了呼唤同伴的念头。因为喊声出口，就是自己示弱示怯。这万万不行，即使自己的脑袋被对方砍了，也不能像懦夫一样犹豫、退缩。况且凭着自己的身手和所处的有利位置，只要一出刀，对方瞬间便会像斫断了的篱笆桩一样倒下。他还算计好了：猎杀一个，吓走一个。于是，他紧紧握住手中铿亮的长刀，拨开野草，压低肌肉发达的身子，赤着的脚带着风，像猎豹一样跳跃着，快速地向桥头靠近。

桥上的两个年轻男子越来越近。当前面的男子走到桥的尽头，准备跨步登岸时，正等在桥头的持刀人像青蛙跳水一般冲了出来，手中的长刀带着光影和风声挥了过去。

走在前面的男子在慌乱中闪身，躲过了致命的一刀，但随着身子后仰，脚下一歪，“噗通”一声掉进河里，激起一蓬很高的水花。

持刀人便向另一个男子进刀。这个男子已经快速掏出了手枪，但没有来得及推弹上膛，刀刃已像吐着信子的蛇一般连连在眼前晃动。

掏枪人一面敏捷地躲闪，一面以手枪招架。

“哐当”一声，刀口撞在了枪身上，如果是暗夜，一定会有火星飞溅。手枪脱手，斜着向天空腾跃了一阵后，在地球引力的作用下迅速下坠，跌落桥下，掉入水中。

持枪人虽然已是赤手空拳，却并不慌乱，更没有恐惧。他猛地沉腰下蹲，一只手按在桥面上，一条腿下卷起旋风，划出半个肉眼看不见的弧形，来了一个扫堂腿。持刀人并没有中招，他身随腿动，敏捷地后撤了半步，躲过了这重重的一击。但持枪人收腿后，没等持刀人再次挥刀，便做了一个难度极高的僧人撞钟动作，一只脚像流星锤一般落在了持刀人的手腕上，长刀带着杂乱的白光，飞出很远，然后追着手枪的轨迹，掉落桥下，斜插在了河中的浅滩上。

持刀人在桥上摇晃了几下，站立不稳，似是刀鞘靠向刀身，追着那长刀掉入河中。

持枪人用力吸了一口气，弯腰伸臂起跳，如一只捕鱼的水禽发现了目标，猛地扎进水里。

双方怒目相对，在近岸的浅水里进行着殊死搏斗。你来我往，拳脚交并，口中还发出时轻时重的单音节声响。

持枪人最终将持刀人制伏在河滩上。

先前掉下河的男子拔下几棵长在路边的野麻，麻利地揭下外皮，快速搓成一根好几尺长的麻绳，将持刀的攻击者双手反剪、绑牢。

三人一路快行，进入一座民居。

解放军某师副政委兼独立团团长张钧山在屋内踱步，他标准的国字型脸上带着思虑和企盼，不时把目光移向门外。

当他瞥见这三个人的身影时，立即快步来到门边，喊着："云良、小石，你们可回来了。"

连长杜云良行了一个军礼，晃了晃缴获的长刀，声音响亮："报告团长！今天去沧西县城侦查回来的路上，遇到这个人持刀突然袭击，最后被我们擒住押了回来。"

张钧山打量了袭击者一眼，然后大声发问："你是什么人？为什么无缘无故地伤人？"

袭击者的眼睛像是有风拂过的油灯，忽闪着愠怒的火苗，却并不开口。

小石这时告诉团长："我们路上问了他好多话，他却一个字也没回答。"

"杜连长，原来你们抓回来一个胆小鬼呀！"张钧山的这句话，类似战场上的火力侦察。

袭击者嘴角上的肌肉微微抽动了一下，但依然没有开口。

张钧山追加了火力："看来，你们带回来的不但是胆小鬼，更是怕死鬼。"

"都不是！"袭击者这时开口了，他的声音很响，如大锤裂石。

"不是？那你为啥害怕说出自己的名字？害怕说出杀人的原因？"张钧山连续反问。

"不怕。"袭击者说着把头昂起，显出一副浑然不怕的表情。

"既然不怕，那就回答我的问题。"

"我叫岩邦。杀人是为了我们的寨子。"

"为了你们的寨子？我们是中国人民解放军，与你们寨子可是无冤无仇呀？"张钧山依然是发问，他要尽可能问明情况。

"杀人取头是用来祭谷神。这样地里的谷子就会长得好，寨子里的人日子也就会过得好一点。"岩邦的回答理直气壮。

张钧山一阵沉默，他很快明白了是怎么回事。先是以右拳轻轻击在左掌上，继而口中似是念念有词，只是在场的人听不见他震响在心中的声音：这种源于原始社会祭祀和复仇的习俗，过去听闻过，想不到至今仍然存在。并且蹊跷的是，自己今天竟然还和猎杀者面对面地站在一起。该如何处置？

张钧山紧张地思考了片刻，然后语气和缓地对岩邦说："啊，那你是佤族了。今天的事我们可以不计较。"转而对小石说："把他放了。"

"放了？"小石非常惊讶。

"对，放了。"张钧山轻轻地挥了挥手。

小石很不情愿地为岩邦松绑。

岩邦揉了揉被勒得发木发疼的小臂和手腕，脸上露出惶惑的表情，转而用眼睛盯着自己的长刀。

张钧山明白他的意思，便对杜云良说："把刀也还给岩邦。"

杜云良在想，人放了，怎么连刀也还了？我和小石差一点就成了这刀下之鬼了。这也太宽厚仁慈了吧？但他没有说出来，只是略有迟疑，然后照办。从把刀放到岩邦手里的那一刻起，他的神经一直像拉紧的弓弦一样绷着，时刻在做着徒手夺刀的准备。

岩邦接过长刀，对着张钧山微微低了低头，似乎是行礼，还用目光有意瞟了一下张钧山军帽上的红星。

“岩邦，你一定饿了。”张钧山说着，指了指桌上他一直没有动筷子的饭菜，“你可以先填填肚子。另外，你全身都湿透了，我们这里有干衣服，你可以换上。”

“我们不喝外人的水，不穿外人的衣服。”岩邦打起精神说这几句话时，本能地咽了好几次口水，他已饿得前胸后背像两个巴掌合在一起了，觉得自己三下两下便可以把桌上的食物全都咽进肚里，就像山雀吞下几粒小米一样。他极力遏制住饥中求食的本能，从桌上收回目光，拿起刀，大踏步走出院子，消失在旷野之中。

杜云良这时头脑里的问号和云南人戴在头顶上的草帽一样大。

小石很不理解地问团长：“为什么就这样轻易地把这个人给放了，这可是一个无缘无故提刀砍人脑袋的家伙。”

张钧山没有回话，他陷入了沉思：提刀夺命，竟然是为了多收粮食，养护生命。这是多么简单、奇特而又荒诞的生命逻辑！但这个生命逻辑的起点在何处？为什么能在一个民族社会持续不断地演绎？又将会终结在何处？他一时无法找到答案。

张钧山抬起头，看了看门外，然后带着几分牵挂地自言自语：“不知道那岩邦回去后会是什么情况？”

部落头人

这一带的山坡上、森林边、小河旁，像蘑菇一样长着许许多多的茅草房，许许多多的茅草房聚合成一个个大大小小的山寨。每个山寨都是一本简单而又厚重、浅显而又神秘的书籍，记录着不同的历史文化，收纳着不同的故事传奇，书写着不同的风土人情。

石门寨是一个山环林绕的佤族寨子，寨门边从土里长出来的几块巨大的石头，像是好几幢竹楼紧挨在一起，这是寨子名字的由来。

寨子的西北角是祭祀场。凌乱交叠的大小石块，高大挺立的活树枯木，积聚在地上的残枝败叶，矗立着的几根有特别用途的高高树桩，使这里有了几分神秘和阴森的气息。对寨子外的人而言，这里是绝对不能涉足的禁地；对寨子里的人来说，则是让人畏惧的地方，极少有人敢独自来到这里。

两个用整段木头刳成的雌雄木鼓，像随时准备出击的猛虎，趴在专用的木鼓屋里。鼓长六尺上下，身围三尺左右。鼓一响，急骤而略带沉闷的声音环绕全寨，便意味着有非同一般的事情发生。持槌的鼓手神情肃穆，全身力气已运到掌上，在等待把鼓敲响，旁边有几十个人则像没有受到敲击的木鼓一般，肃然地站立着。

年老衰疲的魔巴脸上爬满蚯蚓一般的皱纹，身上穿着与旁人不同的衣服，坐在一块石头上。他是人和鬼神的沟通者，但念咒祭鬼只是他种地以外的兼职。此时他双眼微闭，是在准备着他出场时该说的言词。

人们是在等待进行一个重要的仪式，迎接猎杀者归来。准确地说，是迎接猎杀到的人头进寨，连准备为被猎杀者哀哭的妇人也已经做好了心理和情绪上的准备。

树的影子变得很长很长，早已到了出寨猎杀者该出现的时候了。在场的人不时抬头踮脚，瞪大眼睛，无言地向寨门方向眺望。

这些人中间有一个四十来岁的男子，比其他人明显长得壮硕些，肩宽腰圆，四肢显得像树干一样坚硬。他方脸大耳，眉粗眼圆，脸上的表情总是像山上的岩石，威严而少有变化，今天却还带着几分不安。他叫达勐，是石门寨的头人。附近的几个佤族寨子共为一个部落，他也是这个部落的首领。他在部落中的地位和权威，无人能够撼动，也无人敢于挑战。但这不是来自世袭和财富，而是来自狩猎和与其他寨子械斗时的勇猛无惧，来自处理部落事务的公正无私。

身材魁梧的年轻寨民阿尼领着一群身强力壮的男子出现了。

达勐早已等得有些不耐烦了，又见这些人一个个低着头、垂着眉，精神不振的样子，便带气地问："事情办得咋样？"

"从日头出山等到日头偏西，也不见路上有一个人影。"阿尼小心地回答。

"岩邦怎么没有回来？"达勐担心的是，该不会人头没猎着，反倒有人被别人砍了脑袋吧？岩邦是他的儿子。

"岩邦让我们先回来，他想再等等。"

达勐松了一口气，又抬头看了一眼即将西沉的落日，自言自语着："今年这是咋回子事？"

又焦躁地等了好一会儿，阿尼靠近达勐，告诉头人："刚才我又跑到寨门口看了看，路上还是不见人影。蚂蚁已经回洞了，鸟也都在往窝里飞了，天黑前岩邦怕是赶不回来了。"

达勐皱了皱眉头：这可是要误事了。早晓得是这样，今年就不让他领头出去了。

"今年与往年很不一样，连林子里的斑鸠声也少了。昆明最近一直在打仗，听说这一带也要打大仗了，所以路上的人少得很，而且都像兔子出了窝一样，格外小心，事情便不好办了。"

“不好办也得办。”达勐的口气不容置疑。

一阵急促的脚步声由远而近，在苍茫的夜色中，一个人的影子由朦胧而清晰。大家一直盼望的岩邦终于出现了，但让所有人失望的是，他一只手提着刀，另一只手垂在大腿边，脸上则是少有的懊丧。

达勐眼珠瞪得浑圆：“你哪样东西也没有带回来，咋回子事？”

岩邦：“阿爸，我今天差点回不来了。”

达勐一愣：“难道碰着了神灵或是虎豹？”

“如果真的碰上鬼神或虎豹倒是都不用怕。今天碰上的是两个解放军，非常厉害，实在打不过他们，还被他们抓去见着了一位大官。”

“解放军为哪样没有杀你？也没有抠下你的眼珠子或是剁下你的胳膊？”

“我也很奇怪。他们不但没有杀我，还把刀还给我了，并且要让我吃饭，还要送我干爽衣服。”

“会有这样的军队？记住，狐狸给你笑脸，老虎送你猪腿，肯定都不会是好事。”达勐这是告诫儿子，也是提醒在场的所有人。

阿尼轻声问：“今年祭谷的事怎么办？其实有的寨子已经……”

达勐打断了阿尼的话：“这件事我们还得按祖宗传下来的规矩办，别的寨子咋办不必理会。猪往前拱，鸡往后刨，找食各有各的招。过一两天，再换人出去寻猎。实在不行，我自己出寨一趟。”

大家没精打采，纷纷散去。

一个不知传了多少代、做了许多准备的行动，这次竟然是空手而回，不知道这预示着什么？是不是有啥天崩地裂的大事情即将发生？木鼓没有响，达勐心里的鼓却是在不断地敲击。

达勐家的竹楼在寨子的正中，与其他人家的竹楼相比，显得高大、宽敞。底层无墙无隔，用来放置杂物和饲养家禽家畜。楼层分隔成了厅堂、主房和客房，厅堂里有终日不熄的火塘，这是白天的光源，也是晚上的被子。屋内用宽大的竹片编成的墙上，悬挂着一个个带着锥角的白色牛头骨，还有熊、鹿、猴子等动物的头骨，另插有野鸡、白鹇等飞禽的羽毛。除了牛头骨以外，都是主人亲手猎杀的动物的遗骸，是非同一般的装饰物，记录着房子主人的生活经历和非同常人的勇武。门边竖着一个裸体男人的木雕像，屋子里有一面墙上斜挂着长刀，还挂有钢枪，这也是一般人家不会有的东西。

他家还另有一样任何人见了都会肃然起敬的物件。这件东西三十个寨子难得一见，获得这种东西的机会三十年难得一现，这是一个豹子的头骨。也就是说，一个寨子要上千年才可能猎到一只虎豹。

那是十六年前，父亲出了远门，达勐提枪带刀进了森林。在一个小水塘边，他发现了正在饮水的一头野猪，便开了一枪。野猪拖着一条受伤的腿逃窜，达勐紧紧追赶。这时上演了“螳螂捕蝉，黄雀在后”的一幕，一只早已在树上盯着水塘的豹子从树上跳了下来，它没有去追击野猪，而是龇牙咧嘴，向达勐扑了过来。达勐本能地举枪招架，猎枪响了，豹子毫发无损，只是受了些惊吓，但达勐由此躲过了豹子致命的第一波攻击。达勐把枪砸向豹子，迅速从腰间拔出长刀，并后撤了一步，身子靠着一棵大树，这是此时此刻最合理的动作。当豹子又一次扑过来的时候，达勐身子快速下蹲，双手紧握的长刀用力向前向上挺起，刀尖“卟”的一声插进了豹子的腹部。

达勐大喊着鸣枪入寨。寨子里举行了盛大的赕庆活动，众人一齐吼唱猎歌，全寨敲响木鼓并做鬼三天。豹子皮完整剥下以后，套在用竹篾编成的豹子模型上，还原为豹子活着的模样。又经过一番仪式后，让豹子模型被抬着在寨子里绕行一圈，再抬着送回山林。这一古老仪式，表达的是对猎获虎豹的庆贺，也是表达对杀死林中王者的忏悔。

达勐踩着用整段木头刳成的槽梯，上到楼上坐下。妻子一如平时，递过来粗大的竹制烟筒。

达勐捧着大烟筒，“呼噜呼噜”地好一阵子吞烟吐雾，这才让他的心绪平静了许多。也许是味道浓烈的土烟熏得他嗓子发干发紧，他呼叫女儿：“鲁娜，给我倒杯茶。”

妻子已坐在门边的织布机前，用手工捻成的粗毛线织布。在这里，织布机家家必备，家家成年女性也必会织布。那男人白天披在身上、晚上盖在身上的小毯子，还有女人穿在身上的筒裙，无一不是自家织出来的。妻子既没有抬起头，也没有停下手，回答说：“哎，阳雀的翅膀变硬了，在家待不住了，日头还没有磕着山头就飞出家门、飞出寨子了。”

达勐停止了吸烟，询问女儿去了哪里。

妻子告诉达勐：“上一年的火把节上，鲁娜认识了龙竹寨的一个小伙子。后来，两个人便常常在一起逛街、跳歌。今天从篾篓里找出了她最爱穿的筒裙，又去龙竹寨了。”

达勐把手中的烟筒“咚”的一声杵在地上，气冲冲地说：“这鲁娜自小很乖，咋会变成这样？定是喝了人家的迷魂汤，中了那小子的圈套。”

“孔雀长大了，会抖羽毛。人长大了，心也就野了。想想你和我这个年纪的时候，还不都是这样？”妻子的絮叨声伴着织布声。她对女儿找男孩、嫁人，所持的态度是女儿自主自愿的。她本曾想过，让女儿嫁给自己哥哥的儿子。舅舅家娶外甥女为儿媳妇，本是有优先权的，但她知道女儿有了心上人以后，便断了这个念想。其实，寨子里的父母们对儿女的情感选择差不多都是如此，因循传统，不加干预，就像山上花开、河里水流，听之任之，顺其自然。

达勐却是另有想法，这种想法里有别人难以体察的原因。他提高了声调：“你说的也没错。但鲁娜跟别的人好可以，跟龙竹寨的人好不行。”

达勐的话大有来由。离石门寨约十来里地的一个开阔的山坡上，也有一个少数民族居住的寨子。寨子里的人不知道从啥时候从啥地方迁到这里的，寨子旁边长有一大片龙竹。龙竹被称为竹中之王，高可长到七八丈，身围超过二尺，既像孔武的男子，又像窈窕的女子。龙竹节稀致密，是用作建筑和制作篾器的上好材料，堪称是大地恩赐的宝物。远远近近的人们称这个寨子为龙竹寨，把住在这寨子里的人称作龙竹族，但他们的正式族称，是在几年后进行了民族识别才确定的。

有一年苞谷快成熟的季节，石门寨人发现，自己寨子里的玉米大片大片地倒伏在地上，这让人像看见孩子断了胳膊折了腿一样心疼，便派人拿着火枪，日夜轮换着守候。

最后知道了原因，是一群大象进到了玉米地里。进而又发现，这些大象先摇晃着笨重的身子，成群结队踏进了龙竹寨的苞谷地里，被龙竹寨的人提刀执棒、连呼带喊给赶走了，便转而大摇大摆地进了石门寨的地界。石门寨的人认定，是龙竹寨的人为保全自己的庄稼，有意把象群赶进了石门寨的庄稼地，便与龙竹寨的人理论。

龙竹寨的人则毫不示弱地回应：我们只是把象群赶跑了，至于象群去了哪里，自己不知道，谁也无法为大象指定行走的方向。

用嘴巴说不清、道不明，便改为了用拳头、用棍棒来决定是非对错。双方发生了一场械斗，冲突的一个必然结果是皮破骨折流血。后经另一个寨子的头人出面调解，这件事总算过去了。

有了伤口便不容易愈合，愈合了也容易复发。到了第二年秋天，龙竹寨的人在围猎时，头人的刀落在了一只公鹿的屁股上，受伤的鹿跑进了石门寨的地界，成为了石门寨的猎物。正常情况下，如果受伤的鹿跑进去的是一个和自己友好的寨子，或者对方是势力强于自己的寨子，失去猎物的寨子便会选择放弃，自认晦气。但龙竹寨这次选择了追索猎物，石门寨则态度强硬地加以拒绝。

于是，火镰碰在火石上，冲突又起。这回的冲突像伤口上又刺了一刀，双方都有人流了血，还有人丢了命。村寨之间发生冲突，见得唾沫见不得血，尤其见不得尸。死了人，便种下了仇，结下了冤。有血仇是必须报的，上一代人报不了，下一代人便要像接水的竹槽一样，一节连着一节，一代接着一代地承担起复仇的责任，这和石头不烂、父债子还的道理一模一样。

从此成了冤家对头的两个寨子，不停地发生摩擦、争斗，不断有人流血、丢命。两个互为仇敌的寨子怎么能缔结婚姻呢？

达勐这时是一副咬牙切齿的样子：“凤凰不能和乌鸦同巢，马鹿不能和老虎结亲。龙竹寨欠下的血债还没有算清哩。”

妻子这时停下手中的活计，很不以为然地嘟囔着：“都多少年的事了，连石头都烂了，你还记得像竹楼有几根柱子那么清？”

达勐很坚决地告诉妻子：“其他事可以忘掉，这件事就是石头烂了也放不下，忘不掉。你赶快去龙竹寨一趟，把鲁娜给劝回来。”

妻子却不愿意，并说出了很正当的理由：“女儿和自己喜欢的小伙子耍，做父母的去劝回来，别人听到了，都要笑脱下巴。”

这话像是一根竹竿，不轻不重地打在了达勐的鼻梁子上，做这种事确实会被人耻笑。他有些无奈却是很坚决地重申：“就是竹子上结出了香蕉，我也不会接受他家的聘礼。”哎，最近伤脑壳的事太多，这件事等过一阵子再说。达勐想着还有重要的事情要办，便一只手端着碗，一只手抓着饭，草草地填了填肚子，早早地睡了。

夜的帷幕还没有完全收起，林子里早起的鸟也还没有开始啼鸣，寨子便苏醒了，牛叫犬吠，鸡唱鹅喊。男人们带着刀进山下地，女人们扛着多个和自己身高差不多的粗大竹筒，到引进寨子的山泉水边背水。

“嚓——嚓——”达勐在已经变得像一弯新月的石面上磨刀。天空可以有时是灰暗无光的，但长刀必须永远是明亮晃眼的。对佤族人来说，长刀是第二生命，或者说是生命的一部分。用刀披荆斩棘，播种收割，这是养护生命；用刀战时拼杀，平时防身，这是护卫生命；用刀显示威武，展示强悍，这是装饰生命。况且达勐这把刀和别人的刀很不一样，有三尺来长、一寸多宽，刀柄用银子制成，还錾刻有精美的花纹。刀是父辈留下来的，刀身记录着一段刻骨铭心的历史，这使他比一般人对刀的感情又多了几分。他弯腰弓背，全身用劲，不时泼一些水在刀身上，还几次停下来，用手指小心地拭拭口刃。刀磨好了，便装进刀鞘。

吃过早饭，达勐把刀挎在腰上，走出了寨门。他脑海里还忽闪着祭祀场上那空空的木桩，那上部本是用来放置猎杀的人头用的。祭谷子的事必须赶时间办妥了，否则神灵怪罪下来，地里又要少收好多粮食。阿尼说这一带要打大仗了，他也需要出去问问情况。达勐今天想把两件事合着办了。

晚间从林子里飘出来的雾还没有完全消散，日头像一张因失血而变得苍白的人脸，在树木间时隐时现。山路弯弯曲曲，像一根细长的绳子铺在高高低低的山坡上，有时钻进茂密的野草里，有时拐进低矮的丛林里。达勐一边走，一边不时用搜寻的目光向四周远看近瞧。他忽然发现，远处的山路上隐隐约约出现了一个人影，便迅速隐身在草丛之中，刀也似乎已在鞘中作响，他“唰”地一下抽刀出鞘，紧紧握在手里。如果不出意外，那个人很快会在刀下变作鬼魂。

行路人微微低着头，走得很急，像有心事，丝毫没有意识到路边草丛里正隐藏着杀机。他逐渐靠近了达勐隐藏的地方，靠近了死亡之地。

达勐虽然年过四十，但依然身手敏捷，以一个猛虎扑羊的动作，冲出了草丛，挥刀便砍了过去。但当刀的锋刃在空中闪光的时候，他的手像被一把看不见的钳子给钳住了，因为他发现，站在面前的是自己寨里的人。

“阿尼，是你呀。不是我的手脚麻利，刀就落在你脖子上了。”达勐大声喊着，继而问，“你去哪里了？”

阿尼的惊悚如闪电消逝，转而急急地说出了他刚刚知道的消息：“头人，有大事了。我一大早去县城双江货栈买盐巴，听好几个人说，县政府要每个村寨出一个年轻力壮、能打会斗的男子，参与守护县城。”

“这是有人攻打县城，又不是攻打石门寨，这事和我们有啥关系？”达勐有些不耐烦地反问，“如果派不出人呢？”

“那就要把头人枪毙，然后把整个寨子放火烧了。”

阿尼是达勐很信任的人，常常会让他参与寨子里的公共事务，他说的话应当是真的。唉，又是一件很让人恼火的事。达勐转过身来，和阿尼一起匆匆地返回寨子。

阿尼听到的消息果然是真的，上面还派了人来专门催告，并明确说清楚了不派人的可怕后果。

大树倒下来扶不住。达勐想了好半天，认定只好派人，并且首先想到的是派自己的儿子。在佤山，一条生命从呱呱坠地到长大成人很不容易，达勐和妻子先后生育过五个孩子，但活下来的只有一男一女。在系及生死的紧要关头，他还是选定让自己的儿子去承受风险。这样做是顺理成章的事，因为儿子最符合县政府要求的条件。再说几天前儿子带人去猎人头祭谷子，事情办砸了，派他去参与守城有着责罚和让他以功补过的考虑。

沧西城之战

一百多名衣衫褴褛的少数民族青年排队站立，手中拿着梭镖、砍刀、木棍，一个个像着过霜的树叶，萎靡不振，脸上带着惶惑和惊恐。

一位长官在十几个军人的簇拥下走到了队列前面。他是国民党军的团长兼沧西县县长张忠义，脸上像是快要打雷下雨的天空，满布阴云。

特务连连长何飞木把几个少数民族青年扒拉了一下，让队列整齐了些，然后喊着："大家站好，现在请张县长也是张团长训话。"

张忠义脸上的阴云露出了一个口子，变得开朗些了，他的话好像响雷骤雨一般："共产党的解放军马上就要打到沧西县，要把你们的山林、土地、房子统统没收，同时要把十五岁以上的男丁统统杀死，以便永远占领这块土地。"

人群中一阵骚动。

雷声雨点还在继续："但是，你们世世代代居住在这里，你们才是这块土地真正的主人。我相信，从来不怕身上流血、脑袋落地的各民族同胞，绝不会把自己从祖宗手里接过来的一草一木轻易让给外人。国民政府全力支持你们，所以从每个山寨选了一名勇士，组成'保卫家园武装连'，协同国军一起作战，守护沧西，保护你们的土地和牲畜。"

人群又是一阵骚动，比刚才更厉害的骚动。来攻沧西的是啥队伍？政府的军队同别的军队打仗，为啥还要我们帮着？沧西县城守得住或是守不住和我们又有啥关系？这些人像一群关在笼子里的鸟，知道飞不走，却又不知道该咋个办，只是在心里窜动着各种各样的想法。

队伍中的岩邦，双眉和心一起拧得紧紧的。

何飞木又大声喊着：“肃静！团长还没有讲完哩。”

张忠义大声宣布：“任命石门寨的岩邦为‘保卫家园武装连’连长，所有人都听他的指挥。”

作这种选择，不仅因为岩邦在当地以勇武闻名，更因为他父亲是远近很有影响力的头人。

张忠义还告诉大家：“为了鼓励勇士们上阵作战，所有参加守卫沧西城的人员，现在可以去双江货栈，每人拿一块盐巴、取一块普洱茶。”

许多人对张团长最后的话大有兴趣，这盐和茶是实在大家很需要又太讨人喜欢的东西。

张忠义接下来说出了更加让人感兴趣的话：战场上立功的重赏。杀伤一个解放军士兵，赏半开二十块；杀死一个解放军士兵，赏半开五十块；杀伤杀死军官加倍，第一个立功的加倍。半开是辛亥革命后云南省地方铸造的银币，因币值相当于全国通用大洋的一半而得名，这是对许多人都极有诱惑力的东西。

何飞木指挥着这些少数民族村民忙乱地换上国民党士兵的军上衣。这些人套在身上的军装或大或小，或长或短，因而显得有几分滑稽。

何飞木喊了一声“跟我走！”，把手一挥，领着大家直奔设在城边的双江货栈。

货栈的老板名叫朱青，四十多岁，身子略显单薄，戴着一副金丝眼镜，有点像私塾先生。他家在昆明，本是一个挑着货郎担、走村入寨的小商人。后来到了这里，发现有很多人到这一带来做普洱茶和鸦片的生意，多有盈利，便停下脚步，从别人手里盘下了这个货栈。

货架上摆着出售的糖果、食盐、酒类、茶叶，这些都是当地人一见了便目光久久移不开却是又很难得到的东西。货架上还有收购来的药材、动物皮毛等山货，另有不会摆在货架上的鸦片。这些货品运出去，便有十倍以上的利润。

正在盘点货物的朱青，一看这么多人拥到了自己的货栈门前，本能地意识到情况不妙，便把并不粗壮的双臂尽可能地伸开，像一条竹质的扁担一样挡在门口，带几分紧张地问领头的何飞木：“长官，你们这么多人买东西来了？”

何飞木用手掌对着朱青的一只胳膊用力砍了一下，扁担便一下变成了半截，接着以很不耐烦地口气说：“这些是各个寨子应征来保卫沧西县城的勇士，今天先来你这里取点慰问品。”然后转身对着门口喊了一声，“大家进来，就按团长刚才说的办。动手。”

人们蜂拥而入，就像饥民进了粮库，饿羊进了草场，一个个双脚跟着目光，目光盯着货架，继而双手伸向货品。货品从货架上移到了人们的手里、怀里，也噼里啪啦掉到地上，屋里一片混乱，地上一片狼藉。

朱青对着何飞木连连拱手作揖：“老总，你们这是要整哪样？求求你，行行好吧！”说着，手脚并用，连哭带喊，拼命阻拦众人拿取货架上的东西。

何飞木走向前去，对着朱青脸上“啪啪”就是两巴掌，然后又用力把朱青推倒在地，并拔出了手枪，喝道：“一切服从守城抗共，再不老实，老子一枪崩了你。”

朱青翻身坐在了地上，找到掉在地上的眼镜，放回到鼻梁上，哭丧着脸，像被牛踩了一脚的青蛙，不敢再动弹，也不敢再开腔。

几乎所有的人都从货栈里取了东西，只有岩邦两手空空。

一个长得结实、名叫黑杠的小伙子，腋下夹着一块盐巴，一只手拿着两块砖茶，另一只手里还攥着一把水果糖，笑嘻嘻地对着岩邦问：“连长，你为啥哪样东西也不拿？”他是第一个也是唯一一个把岩邦称作“连长”的人。

岩邦和黑杠不是一个寨子的人，但属于同一个部落，相互熟悉，他们之间还有过很不一般的交往。黑杠所在的水湾寨的一个“珠米”（富有者）丢了一把斧头，怀疑是黑杠偷了。偷东西是严重违背“佤族礼”的行为，会受到严厉惩罚。黑杠赌咒发誓，断然否认，珠米却不依不饶，便依照传统，找一个中间人来决断是非曲直，最后找到了大家信赖的头人达勐。

达勐叫岩邦去一趟水湾寨。

判定输赢的办法多种多样，岩邦选取的办法是“站穴顶板”。先在地上挖了一个一尺来深、刚好能放下人的两只脚的小土坑，让丢了斧子的珠米和黑杠先后像要栽种的树一样，笔直地站在土坑里。再在他们头顶上放一块长约二尺、宽约二寸的木板，连放三次，每次放置剥完一个熟鸡蛋的时间，如果谁头顶上的木板滑落到地上，便判谁为输。这可以称作神示审判，和西方人的测谎术也很有相通之处。最后的结果是，两个人头上的木板都像用绳子绑牢了一样，没有掉落下来。

黑杠在高兴的同时，却很担心接下来可能会进行的“沸水捞蛋”：在一个水烧得冒泡儿的砂锅里放进一个鸡蛋，让当事人先后伸手去捞出鸡蛋。如果谁的手上起了水泡，则为谁错；如果双方的手上都有水泡或者都没有起水泡，则无对无错。但黑杠担心的事没有发生，岩邦没有架火烧水，判定双方无对错输赢。这件事到此为止，实际上是不了了之。黑杠很感谢岩邦，因为事情的真相他最为清楚。

黑杠今天的话大有讨好的意味。

岩邦硬梆梆地回了一句：“抢人家的东西，我没那个脸皮。”

“这不是抢，是大家一起拿，还是政府让拿的。再者说，现在要打仗了，说不定一个枪子儿打在身上就断气了，还管啥脸皮不脸皮的？”黑杠辩解着，一边说一边还用食指在头上和胸前轻轻戳了几下，提示着可能被子弹打中的部位。

岩邦没有再说话，脸上是一副鄙夷的神情。

沧西城依山傍水，是一座古老的边城，规模不大，但由于地处要冲，比周边许多县城更像一个城的样子，有不算完整的城墙，还有像模像样的城门。往昔，人流不少，还会有来自缅甸的客商。现在已经完全失去了平日的模样，变成了一座破败孤独的城垣。

城下，一门门迫击炮斜指着天空，一挺挺机关枪瞄准了城垛口，一个个解放军战士隐身在草丛树边。

攻城总指挥张钧山双手拿起望远镜，向城边望去，圆圆的镜框里圈住的是让他惊异的画面：在对方的前沿阵地上，有许多是持械的少数民族，身上套着国民党军队的军服；后面是为数不多的国民党军士兵，端着步枪，架起机枪。

站在身边的杜云良也已经注意到了城下的异常情况，问团长：“这些国民党兵死到临头还在拉人垫背，怎么办？发起攻击的时间快到了。”

张钧山放下望远镜，对着城头冷冷地吐出了几个字：“好阴险的招数。”

此时，沧西城头，张忠义正倚靠在一段比较结实的城墙上，手里也拿着望远镜，向城下的阵地瞭望。

总是不离左右的何飞木指了指城下问：“靠这些个土鳖憨包能帮助我们挡住共军的进攻、守住沧西城？”

当然不可能。国民党的几百万军队都被共产党像吃馅饼一样，一口一口吃掉了。两个月前，那位出身彝族的云南省主席兼保安司令卢汉宣布和平起义。蒋委员长调集大军，企图挽回败局，却是节节溃败。自己现在奉命组织的抵抗，也不过是给死人烧纸钱，做做样子。这些话张忠义当然不会对部下说出来，他指了指城下：“这些人即使一个个是猛张飞、赵子龙，也无力回天。”

“那为什么还要强拉他们参战护城？”

“好向上峰有个交代，更重要的是着眼于长远。”

何飞木满眼疑虑地望了望长官：“着眼于长远？沧西城一带丢了，我们就要……还会有长远吗？”

“这些地方迟早都会落到共产党手里，但也绝不能让他们太顺利，太得意，太自在。要留给他们一个烂摊子，外加一个火药库。”

何飞木的疑虑加重：“烂摊子、火药库？”

“只要在这次战斗中，少数民族人员中有人丧命、有人受伤，就和共产党结下梁子了，那后面就有的瞧。”

何飞木似乎明白了张忠义的意思，看来这场沧西保卫战的意义主要在此。他重重地点了点头：“团座高明。督战队早已安排好了。”

张忠义交代：“照计划执行，挡了一阵子后便快速撤往缅甸方向。”

何飞木的疑虑又来了：“战斗打响后再撤，来得及吗？”

“我自有安排。”张忠义说完，又移动望远镜，远远近近地看了一会儿，然后挺起腰，耸着肩，故作沉稳地一步一步走下城楼。

张钧山站在临时搭建的前线指挥所里，身子前倾，他那深邃而犀利的目光，一会儿看着像一条僵死的蟒蛇般的城墙，一会儿看着集市般乱糟糟的城下，一会儿看着犹如利箭在弦的战士，在急速思考。

杜云良看了看阵地，不无忧虑地告诉政委：“只要枪一响，子弹不长眼睛，对少数民族人员的误杀误伤，很难避免。”

张钧山的回答却十分明确：“我们今天必须做到让子弹长眼睛，既要尽快拿下沧西城，又不能让我们的子弹、刺刀落在任何一个少数民族身上。”

“这就成张飞绣花，太难了。”

张钧山作出了战术安排：先用迫击炮排轰击少数民族人员的身后。炮一响，尖刀连立即出击，也像炮弹一样，快速越过少数民族村民，全力攻击国民党士兵，突进城内。

“少数民族村民阻挡甚至对我们进行攻击，怎么办？”

“这次攻击要像打靶时瞄准靶心一样，只瞄准国民党的守军。遇到少数民族村民的攻击尽量闪避，必要时可以防卫，但要避免流血。”

杜云良用力地点了点头，然后大声命令尖刀连的战士：“上刺刀！”

随着嚓嚓嚓嚓的杂响，一把把刺刀装在了枪管上，在太阳下闪着寒光。在刺刀装好在枪管上的同时，指挥员的要求也装进了战士们的心里：这是一场以前没有遇到的战斗，但又是一场必须打赢还要打得漂亮的战斗。

迫击炮炮弹凌空飞起，带着呼啸越过少数民族村民的头顶，在国民党军的阵地上炸响，顿时血肉横飞，泥沙四溅，还伴有枪械、军帽一起飞到空中。

杜云良喊了一声“冲”，率领尖刀连的战士如猛虎下山，扑向城门。

少数民族村民的阵地上一片慌乱，都在紧张地望着岩邦。

也有吃了豹子胆的。黑杠指着城门向岩邦发问：“他们真会给半开吗？”

岩邦瞪了黑杠一眼，没说话。

黑杠凑近岩邦的身边，带几分神秘地说：“有人告诉我，解放军只是打国民党，对我们不会咋样，所以可以放手搞一搞。”

“你还真的想搞？”

“搞。如果我把解放军砍伤或砍死了，你可得给我记着数，好去向张县长领半开。”黑杠转而大声对着其他人呼喊，“既然给半开，我们就是赔上命也值得搞。平常寨子和寨子械斗对杀，连半块半开也没有，还不是照样手提着脑袋、真刀真枪地搞？”

有人听了这话，觉得很有道理，握了握手中的武器，跃跃欲试。

国民党军的督战队在大喊：“岩邦，砍，杀！勇士们，打，打完仗就给半开。”

黑杠耳朵里有轰隆轰隆的炮声，但他听得更真切的是督战队的喊声，脑海里则不断地闪现着半开的影子，他提起刀向已经冲到近前的杜云良迎了过去，因为他发现这个解放军手里没有长枪。

要是面前站的是国民党士兵，杜云良只要一抬手，对方便会应声倒下，但现在面对的是少数民族，他得另想对策。杜云良双腿半虚半实，稳稳地站定，双眼一眨不眨地盯住黑杠。在黑杠挥起砍刀的那一刹那，他迅速上步，以左手贴住黑杠持刀的手腕，接着跨前半步，伸出右手，和左手合成了一把钳子，钳住了黑杠的小臂，再猛地旋转身体，黑杠便像被用力踢着了的竹笋一样倒在了地上，手中的刀已握在了杜云良手里。

杜云良把砍刀扔出很远，也不再理会黑杠，继续突进。

杜云良冲到了岩邦面前，喊道：“岩邦，我知道你们是被强迫来的。把路让开，让我们尽快歼灭国民党军队，解放军不会伤害你们中的任何人。”

岩邦没有作出任何反应。双方对峙着。

国民党军的督战队又在狂喊：“岩邦，武装连的勇士们，动手！”

杜云良加重语气，对着岩邦又说了一句：“让开，相信我们。”

岩邦看了看杜云良军帽上的红星，后撤了一步，然后扬了扬手中的长刀，闷声地对着少数民族人员喊道：“想回家的就赶快回家去。”

少数民族人员立即开始逃离阵地，并纷纷把头上的军帽像败叶碎土一样扔到了地上。有的一边跑，还一边扯下身上的军服。

何飞木急了，大喊着："逃跑的，格杀勿论！"他抓过二排长的步枪，瞄准岩邦，扣动了扳机。

杜云良指挥尖刀连战士，如饿虎扑羊，冲进国民党军阵地。震天动地的杀声伴随着枪声作响，在古城的上空回荡，沧西城的城墙也在微微颤抖。

国民党士兵有的倒下，有的举枪投降，有的没命地逃往城里。

杜云良率领战士扑到城门前，手起枪响，将准备关闭城门的几个国民党士兵撂倒。紧接着用力地把手一挥，放开喉咙一声怒吼："冲！"

战士们如狂风卷着的烈焰，似顺着山坡奔泻的山洪，突进城门。

城里的敌人已作鸟兽散，一些房子在燃烧，烟火弥漫。杜云良紧紧地咬住残敌，过街入衢，追出城外，追到了一条河边。

国民党士兵舍命逃上了木桥，解放军战士越追越近，冲在前面的小石等战士已逼近桥头。小石认得，几天前，这座桥见证过他和杜连长与岩邦的生死搏斗。

只听一声巨响，早已放置在桥上的炸药被引爆，木桥的构件四处飞散，有的升入半空，有的跌入河中。掉落河中的，还有好几个正在桥上奔逃的国民党士兵。

杜云良看了看河对岸狂奔的敌人，又看了看桥下流淌的河水，对着断了的木桥狠狠地跺了几下脚，然后把手枪里的子弹尽数射向了对岸。

岩邦回家

岩邦中弹后，用一只手按住胸部，血从手指缝里溢了出来。他极力想控制住身体，不让自己倒下，但身体完全不听使唤，眼睛看到的山、树、人也都不是平日的模样，变了形状，换了颜色，还不断转动。在脚步前后左右错乱地挪动了几下以后，他摇晃着倒在了地上。两个解放军战士小跑着过来，把他抬到了一棵大树下，这是战地临时救护所。

医生、护士紧张地对岩邦进行救治。

张钧山走了过来，关切地询问岩邦的伤势。

戴着口罩的关军医回答："子弹从离心脏一公分的地方穿过，应该没有生命危险。只是一条大血管破了，失血太多，需要输血。"

"尽全力抢救。"张钧山说完离开救护所，命令尽快打扫战场，如果有受伤的少数民族人员，妥加救护。

岩邦苏醒后，关军医走了过来，告诉他："给你输过血了，你已经没有生命危险了。再养一些时间就可以回家了。"

"输血？"

"对，就是把别人的血通过针管送到你的血管里。你流血太多，不输血就会死去。"关军医说着，指了指旁边。

岩邦看到，装在一个瓶子里的鲜红的血，正通过一根管子，流进了一个无法动弹的战士的手臂里，他似乎明白了输血的意思。他不知道的是，自己身上已流淌有这位穿白大褂军医的血液。

"为啥不让我死？"岩邦问关军医。

“人的生命太宝贵了，死了就永远回不来了。”

“我不怕死！”

“但要死得值。一根大树倒在地上烂掉了，没有价值，但如果用来盖房子，或是做成木鼓就很有价值。”

这些话给了岩邦极大的震撼，他想起了小时候在睡梦中被雷声惊醒。

当卫生员给岩邦换药、喂饭时，岩邦从不说话，只是将双眼微微闭上，其实他心里风起云动：世界上居然有这么好的军队、这么好的人？军队本是拿刀拿枪，要人性命的，却又为什么费心费力地不让人死去？他还看到，在医生们紧张地抢救下，一些看上去已经死了的战士又活过来了；有重伤的战士死去后，其他人含着眼泪悲伤地告别……他对生命似乎一下有了新的认识。

解放军的攻势摧枯拉朽，十几天后，滇西南基本解放。相伴着军事胜利的是政权建设，在沧西县城成立了军政委员会，管辖沧西及其相邻的一大片地区。张钧山被任命为军政委员会主任，同时兼任沧西县临时政府的县长。这时的工作重点是，加强边防，消除匪患，做好民族工作。

当得知岩邦的伤情已基本痊愈后，张钧山告知杜云良：“我们明天送他回家，正好登门做他父亲的工作。”

回家的这一天，岩邦一大早便起床了，他脱下了穿在身上的病号服，这下全身都赤裸。他开始用眼神向四周搜索，寻找自己的衣服。

杜云良走了进来，把手里拿着的一件白衬衣和一条灰布裤子递给岩邦。

岩邦虽然不像上次那般断然地拒绝，但也没有表示愿意接受，而是迟疑着，他的双手一直垂在腰边。

杜云良笑了笑说：“这衣服既不是刀枪，也不是毒箭，即使是，相信你也不会害怕。再者说，你这个样子回寨子，不怕人家看见了笑话你吗？”

是的，有啥可怕的？这些穿军装的汉人不仅不让人害怕，还让人感到亲近，但不晓得这到底是啥原因？岩邦猛地伸出双手，接过衣服，三下两下穿在了身上。

在岩邦的引领下，张钧山、杜云良、关军医等走近了石门寨。呈现在面前的是高大结实的寨门，寨门上挂着好几个硕大的牛头骨。牛头骨上的牛角是漂亮的弧形，其颜色、质地和长在活牛头上的角看上去并无太大差别。头骨的白色和锥角的黑色形成鲜明的对比，给人强烈的视觉冲击和心理震撼，那黑与白会让人想到力量、质朴、纯洁，还会让人想到神秘、争斗、死亡。从寨门两边伸出的长长围墙，像城墙一样围住了整个寨子，其实也像一根看不见的链条，链住了寨子里所有人的脚和心。围墙上还栽种着虎鞭兰、仙人掌等带刺的植物，围墙前面挖有很深的壕沟，壕沟里埋有犹如尖刀箭镞的竹签，这些竹签因为在锅里炒过而变得更加坚硬，又因为用毒汁熬煮过而成为了毒器，人和动物如果被这竹签扎伤流血，往往是性命难逃。

看守寨门的人打开了用整块木头拼成的沉沉大门。进入寨门，是一个五六丈长的狭窄通道。通道两边是石块垒成的墙壁，通道上面铺着木头架子，木架上爬满带刺的藤类植物，这使通道显得幽长、黑暗，这也增加了整个寨子的军事功能。

一行人走进了达勐头人的竹楼。

达勐见儿子回来了，还带着好几个穿军装的人，很有些惊诧："你还活着？有人说你被打死了，寨子里在商量咋样为你报仇呢。"

"是解放军的医生救了我。"岩邦认真地作着说明，也是在纠正阿爸的话。

阿妈含着眼泪，察看和询问岩邦的伤情。

张钧山知道，在佤族人家里是不能站着的，但主人又没有让座，他便选择了在火塘边蹲了下来，然后开口："达勐头人，我今天来是为你送回儿子，也是来看望你。"

张钧山示意杜云良放下装有礼物的竹篮子。给佤族人送礼是大有讲究的，有的礼品表达的是真情厚意，有的礼品传达的则是祸心恶意。无酒不成礼，这次送的礼物中，有断然不能缺少的酒，还有甘蔗、盐巴、布料，这些物品不仅是人们十分喜欢的东西，而且送这些物品表示的是友好和真诚。如果送辣椒、木炭等物，就相当于下战书，表示的是仇恨甚至是准备攻杀。

达勐看了看丰厚的礼物，并没有表现出喜悦，更没有激动，而是不卑不亢地对张钧山说：“送回我儿子，多谢你；你来看望我，不敢接受。因为你不认得我，我也不认得你。”

杜云良趁机介绍：“这是现在沧西县的县长，姓张。”

“原来的县长也姓张，也叫张县长。他们有哪样差别？”达勐说完，在张钧山的脸上扫视了一眼。

“完全不一样。原来的是国民党的县长，现在的是共产党的县长。”杜云良作着解释。

达勐却是连连摇头：“山上的豹子哪只会咬人，哪只不咬人，我咋也整不明白。”

张钧山和颜悦色地告诉达勐：“三个多月前，在中国共产党的领导下，中华人民共和国成立了。这是一个新的国家，各个民族都是国家的主人，国家要让各民族平等团结，互助友爱，一起过上好日子。”

达勐对这些话不能完全听懂，但后面一句话的意思他明白，回答说：“话很好听，但怎么让人相信呢？”

“一块石头能不能磨刀，可以先试试。”张钧山接着提出了具体的内容：“我想和你合着做一件事情，先帮助那些缺了粮食、少了衣服、种不上庄稼的寨民解决困难。”

“不需要，我们的日子过得很好，祖祖辈辈都是这样过来的。”达勐冷漠地拒绝。

“你说得对，祖祖辈辈都是这样过来的，但是我知道当地有一句人们常说的话：山茅野菜填肚子，火塘生火当被子。需要尽快改变这种状况，使大家过上不愁吃不愁穿的新生活。”

达勐心想，看来这人知道的还挺多。可是河里的鱼会自己跳到锅里来吗？他不能相信，这位不知来自哪里的汉人，会来帮助自己寨子里的人过好日子？当然，心里想的这些话他没有说出来，对自己不熟悉甚至不认识的人，用不着也不能说太多的话。

见达勐不张口，张钧山又开口了：“孔雀会掉羽毛，人会有难处。新政府愿意帮助你解决任何困难。”

听到这里，达勐心里忽然一动，可以帮助我解决任何困难？巧得很，我正有一件头疼心烦的事情，看你有没有办法帮忙解决。如果真能解决，那实在是一件求祖宗、求神灵都求不来的好事；如果不能解决，那就一下把他们挡住了，就像墙挡住了风一样，他们就不会再来说东道西烦人了。

达勐抬眼看了看张钧山：“你说的是真话还是骗人的话？”

“真话，完全是真话。”

“我确实有一个困难，你们真能想法子帮我解决吗？”

如果少数民族头人不搭理，不接腔，那么再多的道理，再好的办法，也会像种子撒播在石板上，不会有任何收获。只要对方开口表达愿望，提出要求，哪怕是不客气地提意见，那就意味着心结在松开，就是一个良好的开始。这就好像在战场上，不怕枪炮开口发声，最怕枪炮成了哑巴。所以一听这位头人有困难希望能帮助解决，张钧山心里一下生出几分高兴，像是在冰雪封冻的季节中听到了屋檐滴水的声音。

张钧山带着喜悦，很爽快地回答：“不论是什么困难，你尽管说出来。”

达勐说出来了：“我女儿上了龙竹寨一个小伙子的当，经常跑去龙竹寨，让我很伤脑壳。你能让那个缠着我女儿的家伙撒手吗？”

张钧山又接着问了问事情的缘由，立即犯难了：涉及青年男女感情的事情，就好比洗澡，水凉水热，只有洗澡人自己知道，也只能由洗澡人自己调节，外人怎好插手？况且这本不属军政委员会的工作职能。他还知道，对方也是少数民族。成就了手背，就可能得罪手心。刚才听到的冰雪滴水的声音，转眼间变成了朔风呼啸、冰碴作响的声音。但如果简单地回绝达勐，无异于自行退却、自认无能，将会使后来的工作变得更加艰难。怎么办？

在一旁的杜云良觉得：达勐出了一个太大的难题，解决这个难题，恐怕不亚于攻下沧西城。

一阵沉默后，张钧山告诉达勐：“儿女交朋友、结婚，完全是个人的事情，政府不便干预。但你既然认为是碰到的一个难题，要求政府帮忙，我们就应当关心。不过，让我先了解一下情况，努力争取一个好的结果。行吗？”

“那啥时候给我结果？三天能行吗？”

张钧山一下被问住了，这件事自己完全没有把握，别说三天，就是三十天恐怕也很难会有结果。他很坦诚地告诉达勐：“这件事不像种庄稼，什么时候下种、什么时候出苗、什么时候收获，可以准确地掐算出来。但这件事我们一定会非常认真地去办。”

达勐显然失望了，口气变得冰冷：“可见你们也帮我办不了啥事。今天不是岩邦领着，你们是进不了我的寨子的。”他对着岩邦喊了一声，“让客人离开。”

有了逐客令，便不能再待下去了。张钧山微笑着起身离去，因为一直蹲着说话，他觉得腰腿有点酸胀了。顾不得舒展筋骨，心里想的是继续和这位头人说些什么。他步子有意挪得很慢很慢。

刚走了没几步，又听见背后传来达勐的喊声：“等一下，我还有事。”

莫非这头人改了主意？张钧山满腹狐疑地转过身来，用带着希望的眼神看着达勐。

达勐却没有再说话，只是示意张钧山跟着他走。张钧山心里在猜测着：这是要去哪里？又是去干什么？

达勐领着张钧山来到了牛棚前。

牛棚就在竹楼底层。十几头毛黑皮亮的水牛或站或卧，有的牙齿在有节奏地开合，不停地咀嚼，正在反刍；有的尾巴作着无规律地摆动，以驱赶落在身上吸血的牛蝇。牛是佤族人最重要的财富，但牛并不用于耕地驮物，也不用于拉车推磨，只是用于祭祀和食用。有的人家牛棚里拴有十头八头牛，显得很富有，但过了几个节、做了几次祭祀以后，所有的牛都可能被剽杀得一干二净，又一贫如洗了。达勐是头人，他家比一般寨民的房子稍大一些，牛也比许多人家多，旁边还拴着两匹膘肥体壮的马。马全身乌黑，其中的一匹身材高大，浑身无一根杂毛，像是精心地刷了一层黑漆。佤族人以黑为美，这种审美观念也体现在了坐骑上。这马的体型和颜色张钧山从来没见到过，他不由得联想到项羽的乌骓马。马旁边放着一个给猪喂食的木槽，三四头大小不等的猪正在抢食。

达勐指着牛群告诉张钧山：“你这次救了我的儿子，为了感谢你，你可以牵走牛棚里的任何一头牛。在我们这里，一头牛有时候就是一条人命的价钱。”

张钧山明白了达勐的意思，摇了摇头。

达勐却没有明白张钧山的意思：“那就两头。”

“不要，就是一根牛毛也不要。”杜云良的插话非常干脆。

达勐的脸回复了刚才的冰冷：“那就算了，你们走吧。”

张钧山一看达勐的表情，觉得很不对劲。看来，达勐对送礼被拒绝产生了恼怒，甚至误认为是对自己的轻视，便赶忙解释：“共产党是专为老百姓办事的，办了任何事情都不要回报。”

达勐却是“呼”地一转身，走上了竹楼。

阿　尼

张钧山等离开达勐家的竹楼，随着岩邦行走在了寨中窄窄的、泥土里混有碎石的路上。隔不了几步，就会看见路上有大滩小滩家畜的粪便，发出腐臭难闻的气味，这里没有用粪肥养护庄稼的习惯。道路两边是高高低低、简陋陈旧的竹楼。竹楼因山就势搭建，门窗的朝向毫无规律，完全没有采光和朝阳、避风方面的考虑。许多竹楼已经梁歪柱斜，覆盖在房顶上的茅草灰中带黑，已经在腐烂。许多房顶已变得坑坑洼洼，像是烂泥地上牛踩过后留下的蹄印，到了应该翻修的时候了。这一切，对住在这个寨子里的人来说，是一种常态，人们早已习惯了这里看得见和看不见的一切，就像雨燕习惯了风雨一样。整个寨子显露出古老、破旧、自然和率性，却蕴藏着一个民族繁衍生息的密码。有一座竹楼里传出一声脆亮的啼哭，宣告又一个生命的降临，这使古老的寨子平添了生气。张钧山第一次见到岩邦时，他想到了“生命的逻辑”这个概念，今天在这个佤族山寨里，他强烈地感知到的是生命的巨大张力和无比坚韧。

走了一阵，张钧山忍不住对岩邦说：“你们这个寨子很大呦。”

“是的，有二百多户人家，有一千多人。在方圆一百里的地方，我们这个寨子最大。”岩邦回答。

这时，一个十七八岁的姑娘迈着轻盈却很有力量的步履迎面走了过来。她的眼睛又黑又圆，睫毛又长又密，像是婴儿的眼睛和睫毛。浓密的长头发像一挂黑色瀑布从头顶垂落到肩上，头上勒着一个半圆的银箍，这是佤族女性特有的装饰。她手腕和上臂戴着又宽又薄的银镯子，只要全身轻轻一动，便会晃起一片白色的光芒，像是皎洁的月光反射在凤尾竹上。她的皮肤是略带咖啡色的健康色，衣裙裹在她丰满的身上，显得又窄又小，使全身一丁点儿空隙和褶皱也没有，就像另外又覆盖了一层皮肤，真实无遗地显露出她整个身体的轮廓。准确地说，她身体有一部分是不在衣服里面的，由于上衣短小，筒裙低垂，腰部完全裸露，这可能是世界上最古老、最自然的露脐装。筒裙实际上就是超短裙，超短裙据说是英国服装设计师玛丽·克万特发明的，但时间是在20世纪中叶，不知道发明者的灵感是不是来自佤族的服饰。

这来的不是别人，正是最近很让达勐头疼的女儿鲁娜。

岩邦快步迎了上去，提醒阿妹："阿爸今天情绪不太好，你可得小心。"

鲁娜习惯性地甩了一下她长长的黑发："我又没有做啥坏事，怕哪样？"

岩邦把鲁娜拉到一边，一阵轻语。

鲁娜点了点头，又看了一眼张钧山等人，告诉岩邦："如果他们要进龙竹寨，找到李甲柱就可以了。"

快要走出寨门时，张钧山发现，在一块大石头前，一个披着一块小毯子的年轻人正跪在地上，连连磕头，他是阿尼。磕完头后，无力地坐在了地上，他满脸潮红，浑身在不停地抖动。

张钧山对岩邦说："他好像有病。你去问问他怎么了？"

岩邦走上前去，用张钧山完全听不懂的语言同阿尼交谈。

岩邦转过脸来告诉张钧山："阿尼说，昨天他路过这里的时候，身上突然发冷，回去后全身发烧，他觉得是在这里被鬼打了。所以今天特来拜这块石头，求神灵帮他赶鬼治病。"

不知道是从什么时候起，有了云南十八怪之说，其中的两怪是"四只老鼠一麻袋，三只蚊子一盘菜"，从中可以想象出相关疫病的猖獗。疟疾是这里的流行病，这种病发作时来势凶猛，让人先是冷得寒入骨髓，犹如身子久在冰窖；继而高烧，如同卧在火塘上炙烤，身上的高温几乎能把床铺燎出洞来。这种病严重摧残人的健康，也给人们观念中的鬼神留下了很大的存在和活动空间。

关军医习惯性地卸下肩头的药箱："这是疟疾发作的典型症状，吃些药就能退烧。"

岩邦却很肯定地说："他不会吃你给的药。"

张钧山想了一下，告诉岩邦："那我们先一起送他回家吧。"他要利用一切可能的机会，进门入户，多与群众接触。

阿尼家的竹楼窄小而破旧，用竹子和茅草搭就，房顶漏光，四壁透风。和许多人家的住房一样，说是竹楼，其实只是用一个隔层把并不高的房子分为了楼上楼下、上下两层而已，整个房子更像是个大窝棚，因而也被称作鸡笼子房，楼门口低矮得要弯下腰才能进到屋内。几个人进到屋里以后，一下变得拥挤了。

张钧山朝屋里扫视了一遍，发现不仅竹楼低矮，而且屋内狭窄。墙上挂有一个牛头骨，还插有一些鸟的羽毛，但成串地挂着打卦时用过的鸡腿骨。

张钧山收回目光，问了一个他很不明白的问题："你们家没有铁锅吗？"

"没有。买不起。"阿尼有气无力地回答，然后坐在竹片铺就的地板上，靠着一截树根喘粗气，浑身还在不停地抖动。

关军医取出药片交给岩邦："你快点让他吃下去。"

岩邦拿着药，招呼阿尼进到另一间屋内。

有一个中年妇女正在做饭，这应当是阿尼的母亲。她头上没有发箍，只有一个发网。耳朵上带着一个长长的银质耳筒，像树上悬挂的钟一样下垂着，耳朵因为耳筒的重量而变形下坠，快要触到肩头。牙齿是许多佤族人追求的黑色，这是长期嚼食槟榔的标记。她下身套着筒裙，上身却是赤裸的，乳房像秋后干瘪的莲蓬，软绵无力地垂挂在胸前。

小石的目光像触电一样，迅速移向别处，心里还嘀咕着：这可不会违反三大纪律八项注意吧？

张钧山看了一下太阳，又问了一个他不明白的问题："上午还没有过去一半，就开始做午饭吗？"

阿尼的母亲并不回话，从房间里出来的岩邦回答："这是做早饭，大多数人每天只吃两顿饭。"

张钧山心里像石头撞在铓锣上，"咣当"一声响。他想知道阿尼家今天的第一顿饭吃的是什么。

只见阿尼的母亲小心地把一些大米、小豆放进一个快装满水的陶钵里，旁边还准备了几种说不出名字的野菜。

“是熬粥吧？”张钧山问。

“是，我们叫煮烂饭。”这回是阿尼回答。

“下一顿呢？”

“也是烂饭。”

张钧山一阵默然。他不由得联想到在其他寨子看到的情形，妇女用粗糙的手熟练而小心地把一些玉米、小豆连同野菜，装进刚刚砍下来的一节节翠绿的竹筒里，用树叶塞紧两端，然后放在火坑上烧烤。当竹筒的表皮变成焦黄的颜色以后，剖开竹子，便可以取出来食用。不用锅灶也能做饭，这展示了人的生存智慧，却也显露着无可奈何的贫穷。这种竹筒饭别有味道，外来的人往往津津乐道，一尝为快。殊不知，这种饭食里有着生活的重重艰辛和种种苦涩，许多人并不能品味出它的真正味道。

阿尼的母亲不时俯下身对着火塘吹火，烟熏得她双眼流泪，她用手背不断地擦拭眼眶，擦拭面颊。

张钧山心里像有炸弹被引爆：这阿尼家不仅要靠野菜杂粮充饥，家里甚至连个锅灶都没有，而寨子里这种情况恐怕像路边长的野草一样普遍。生命，在这里是一种艰难而又顽强的存在，涂抹了灰暗的颜色，同这片美丽的山川太不相称了，同今天这个时代太不相称了。

张钧山问阿尼：“你们现在最需要的是哪些东西？”

“锄头、种子。”阿尼轻声回答。

张钧山心中又是一惊，这些世代靠种地为生的山地民众，难道连锄头这样最基本、最简单的劳动工具也缺少么？这又一次超出了他的想象。他在屋里搜索，最后目光停在了一把残缺的锄头上：锄头本有两个角，这把锄头现在只剩下一个角了，就像一个独腿的残疾老人。

“你家锄头都成这样子了，还能用吗？早该换换了。”

“这把锄头是我父亲用过的。买不起新的，只能对付着继续用。”阿尼的回答像没有风的水面一样平静。在他看来，换一把新锄头只不过是一种奢望。

张钧山当即决定，工作从这件看似简单、实则重要的事情开始。或许，锄头能像开出新的土地一样，改变许多人的生活，便对阿尼说：“如果谁家缺了锄头和种子，政府可以送给他。”

“外人送的东西我们不会要。”阿尼回答。这和岩邦第一次见到张钧山时说过的话完全一样。

“那咋样办你们才愿意要？”

阿尼想了一下说：“拿自己家里的东西去换，就像在街子上换东西一样。”

“行，那就换。我们两天后叫人给你送来一把锄头和一口铁锅，换你两斤土豆、两升苞谷粒，行吗？”

这话让阿尼听了，好半天没有把嘴合上。不是惊喜，而是惊愕；不是高兴，而是疑虑。两斤土豆、两升苞谷换一口铁锅、一把锄头？这可能吗？莫不是自己听错了？如果真是这样，那里面就可能藏有眼睛看不见的东西。他的惊愕和疑虑很快换成了犹豫：“这，这……”

张钧山尽力为阿尼消除顾虑：“这不是你白要，也不是我们白送，是互相交换，这和你赶街时用苞谷换盐巴是一样的。”

阿尼没有再言语，但眼神中充满疑惑，甚至还有几分担心和害怕。

关军医又取出一些药片，用一小片白纸小心包好，交给了岩邦。

小石解下身上的干粮袋，悄悄放在了一个木墩子上。

回去的路上，杜云良问张钧山：“这里的自然条件很好，筷子插下去都能发芽长叶，可是群众的生活却是比地瘠人贫的陕北还要差，为什么会这样呢？”

张钧山边思考边回答：“原因很多，其中之一是，历朝历代的帝王只是志在开疆拓土，心在文治武功，对边地的生产和民众的生活却漠不关心。加之山河阻隔造成的闭塞，便成了这种状态。唉，一个民族如果生产力低下，也就失去了前进的根本动力，社会发展必然缓慢，生活困苦。”

出了寨门以后，张钧山凝望着远处的山峦、近处的河流、身旁的山林、眼前的寨子，心中如山峦起伏，江涛作响，好一会儿才上马离去。

西天的太阳已变成了深红的颜色，缓缓地向远处的山峰靠近，不远处的沧西城在夕阳下显得古朴而宁静。

张钧山发现，前面有三个人正在行走，其中一个人双手被绑，嘴里被塞了布条之类的东西。这很让人生疑，到底是怎么回事？他不由得让马慢了下来。

就在他走到这三人身边的时候，被绑的人突然跪倒在路上，向张钧山连连磕头，虽然他嘴里只是呜哩哇啦的声音，听不明白是在说些什么，但显然在求救。

张钧山翻身下马，对着另外两个人问："你们这是怎么回事？"

其中一个人回答："这是我家兄弟，是个疯子，怕他杀人放火，所以绑了把他带回家去。"

一听这话，跪在地上的人全身抖动，眼里涌出了泪水，如果不是嘴被堵着，一定是号啕大哭。

张钧山见状，喝道："把他口里的布条去掉，让他自己说。"

"那出了事就得你们负责了。"

"能出什么事？"杜云良说着，便要上前扯那人口中的布条。

那两个人这时说："好，那我们就不管了。"说罢跑进了路边的林子里。

被扯了口中布条的人先是一阵上气不接下气地伤心大哭，然后告诉张钧山：自己住在沧西城里，是个商人，名叫施有福，往来思茅、西双版纳和缅甸做生意，今天正要回沧西，在路上碰上了这两个人，这两个人是土匪，绑架自己是为了勒索钱财。

杜云良拔出枪来，但林子里已不见土匪的影子。

张钧山告诉施有福："现在解放了，土匪很快就会被肃清，你今后可以放心地做生意。"

施有福弯腰鞠了好几个躬，千恩万谢地走了。

张钧山若有所思地看了看土匪隐身的林子，下意识地摸了摸腰间的枪。

鲁娜与甲柱

再说那鲁娜离开岩邦后，情绪一下改变，就像热水锅里注进了凉水。她不再又跳又唱，像是眉头上了锁，脚上戴了枷，步履迟缓地回到了家里。

达勐看了她一眼，脸像很久没有下雨的庄稼地，显得板结而无表情：“又去龙竹寨了？你的胆子比葫芦还大嘛。”

鲁娜微微动了一下嘴唇，没说话。

“那是一个啥样的人？”达勐的语气像是公堂上的法官向犯人发问。

鲁娜却丝毫没有犯人的胆怯，在听了阿哥的提醒以后，她已经有了思想准备，很是坦然地回答：“他叫李甲柱，是龙竹寨头人的儿子。”

达勐一听这话，一直窝在心头的火苗像泼了一勺油，一下窜得老高，并瞬间升到了脑门，原来那个缠住女儿的家伙不仅是龙竹寨人，还竟然是龙竹寨头人的儿子。他的声音挟带着浓烈的火气：“头人的儿子？那龙竹寨可是我们石门寨的老冤家、死对头，我要找龙竹寨算账，首先要找的就是他们的头人。”

鲁娜眨巴着大眼睛，很不明白地问阿爸：“上一代人的仇和恨，为啥还要牵扯到我们这一代人？”

“房顶上流下来的水，一拨接一拨。寨子间的冤和仇，一代接一代。”

“为哪样，为哪样？”鲁娜找不出适当的话来回应阿爸，只是用连续发问来表达心中的不平和愤然。

“这些事说出来你也不懂，但不能让你再给寨子添麻烦。你从今天起，待在客房里，不许跑出去，并且让岩邦看着。如果你跑了，我先打断他的腿。”

鲁娜被迫走进了每家竹楼都备有的客房，躺在有着床和褥子双重功能的竹席上辗转反侧。她美丽的眼睛不停地忽闪着，像夜空中的星星，她在思念着李甲柱。自从和李甲柱第一次见面后，他们就像两只相依相伴的蝴蝶，离不开了。按照当地串姑娘的习惯，李甲柱是应当经常到女方家里与自己追求的姑娘聊天唱歌的，但他父亲郑重地提醒儿子，石门寨是我们的仇家，你进去了，就可能出不来了。所以两个年轻人的约会总是在龙竹寨，或是山林里。

美好的记忆不断闪现在脑际。

这里海拔在一千多公尺，冬无严寒，夏无酷暑，四季青色满眼，不同颜色和形状的花朵应着季节的安排次第开放，毫不遮掩地显示着自己的美丽，装点着这雄奇而又多情的山川。现在正是阳春，茶花还没有开败，各色在春天着锦披彩的花朵已经争先恐后地亮出了俏丽的面颐，大的如盆、小的如豆，红的似火、白的似雪，或显粉露紫，或带蓝凝黄，近看若锦，远看若霞，形态万千，香气盈野，并大方而惬意地接受春风春雨的抚摸和打扮。

鲁娜和李甲柱同骑在一匹洁白如雪的马背上，悠然地走在野花满坡的山道上。一簇簇不知名的野花开得别样绚丽，鲁娜跳下马，摘了下来，让甲柱插在自己的头上。甲柱又顺手采了几枝，一并插进鲁娜的发箍里，春色弥漫在了鲁娜的头顶上，青春的脸和春天的花相互映衬，各添华美。

他们走进了密密的森林，只见一只绿色的孔雀站在树枝上，纵情啼叫，是在呼朋引伴。当另一只绿孔雀出现的时候，它们便扑闪着翅膀，一起紧紧地挨着，翩翩然飞走了。孔雀漂亮，而最珍贵、最漂亮的是绿孔雀，但难得一见，如果有幸见到，可能预示着会有美好的事情发生。鲁娜和甲柱目不转睛地追踪着绿孔雀，直到那一对美丽的生灵隐身在森林深处。

鲁娜快乐得像一个四五岁的小孩儿，一会儿像蝴蝶一样起舞，一会儿像小鸟一样歌唱。走着走着，她忽然提议："我们来猜谜语吧。"

甲柱欣然同意，并随口说出了一个谜面："看起来是绿的，吃起来是红的，吐出来是黑的。"

"西瓜。"鲁娜快速说出了答案，接着回了一个谜面，"树上一个碗，下雨装不满。"

“鸟窝。”甲柱又接着说，“我给你来一个难点的。小时候穿衣服，长大了脱衣服。”

“疯子！”

“不是！”

鲁娜想了好一阵，还是猜不出来，甚至觉得这个谜语有点歪。

李甲柱像猜谜语一样猜出了鲁娜的想法，便用手指了指身边的竹子。

鲁娜一下明白了：是笋。

鲁娜有了新的提议：“谜语猜不过你，我们改玩猜调吧。”

猜调这种游戏和猜谜语很类似，只是把谜面和谜底都改为了歌唱，这是青年男女很喜欢的一种游戏。

鲁娜唱歌、对歌在寨子里是很有名的，于是她先唱起来了：“啥样吃草不吃料，啥样睡觉不翻身？”

如山泉般纯净、如画眉般婉转的歌声那么动听，让甲柱忘记了自己应该迅速对唱。

鲁娜拍了拍甲柱的肩头：“对不上来了吧？”

甲柱这才醒过闷来，开口答唱：“镰刀吃草不吃料，石头睡觉不翻身。”

甲柱刚唱答完，鲁娜又唱上了：“哪样火塘放得高，千人万人都能烤？”

“太阳火塘放得高，千人万人都能烤。”

接下来，只要甲柱的答唱一停，鲁娜便立即起唱提问，不给甲柱发问的机会。

甲柱对此暗暗高兴，自己是玩猜调的高手，他要借此展示自己这方面的本事。这个时候他觉得很奇怪的是，自己的脑壳比任何时候都更活跃，反应更迅捷，应对更正确，没有能难住他的问题。

歌声伴着笑声，笑声带着欢乐、带着甜蜜，在心里无遮无拦地荡漾，在森林里无拘无束地飘荡。阿爸严厉的表情、责难的话语，早被鲁娜抛到了天边。歌唱、爱恋，就像鲜花开放、大树长高，谁也不能阻拦，谁也无法阻拦。一对情人沉浸在无比的快乐之中，似乎天地之间只有他们两个人最快乐。

他们骑着马走出了森林，前面有一个清澈的小湖，远看像一块属于冰种且水头上等的翡翠，近看像一面巨大平滑的镜子。

鲁娜像双脚落在花蕊上的蜜蜂，停住了。她有了想法，这水干净又漂亮，应该戏一会儿水，便对李甲柱说："你帮我看着，不要让过路的人靠近。"

鲁娜说完，没等李甲柱答应，便从马上跳了下来，快步走近湖边，脱下上衣，褪去裙子，赤身裸体一下跃到水里。

她像一只棕色的天鹅，张开天鹅翅膀一般的手臂，拨动着清波。一簇簇水花腾起，飞珠溅玉；一圈圈波浪欢快地荡漾开来，带着轻语亲吻着湖岸。

李甲柱心不在焉地瞧瞧远处，更多的却是用余光偷看水中的鲁娜。

水里的鲁娜在不停地变换身姿，与水花波浪相拥相亲相搏。她游动时，像一条美丽的大青鱼，穿波过浪；站在水里时，像挺立在水面的荷花，清纯脱俗；躺在水面时，像一朵待开的睡莲，娇艳俏丽。她光洁的皮肤和美丽的曲线一览无余，更由于水影光波的作用，若隐若现，若人若仙。

李甲柱先是心猿意马，随后是心里狂风卷浪，无法自已。他故意朝远处喊了一声："喂，喂，你们别过来！"

鲁娜一听，像受惊的水獭一样，快速游到岸边，敏捷地爬到岸上，三下两下穿好衣裙，但兴犹未尽，她用手拢了拢湿漉漉的头发，对着已恢复平静的水面欣赏自己青春的面容，还自言自语着："要是我有一面镜子就好了。"

鲁娜想得到镜子，除了像所有的佤族少女一样，喜欢用镜子照看自己的容颜以外，还另有原因。在认识李甲柱之前，同时有几个小伙子向她示爱，其中有黑杠，黑杠还给她送了一块少女心仪的镜子。当她选定李甲柱之后，便不再和其他的小伙子往来，退还了他们赠送的所有信物，其中包括那面小镜子，所以她现在非常渴望有一面镜子。

"我一定会给你买一面小镜子。"李甲柱作出了承诺。

"你有钱吗？"鲁娜对着甲柱娇媚地一瞥。

"有。"甲柱只回答了一个字，他的声音已微微颤动。

"钱在哪里？"鲁娜又是一句夜莺啼唱般的发问。

“在森林里。”李甲柱说着，一把抱起鲁娜，走向森林深处。经过水的洗涤和浸润，鲁娜的皮肤更显得洁净细腻。据说，花蕊在蜜蜂落下的时候，分泌出来的蜜汁会比平时更多、更香、更甜。她身上发出的气息显得比任何时候都要浓郁，让人迷醉。李甲柱觉得自己的力气比往常变得小多了，他显得呼吸不匀，走路左颠右跛，只好把托抱换成了肩扛，憋足全身力气快速地走了一小会儿，走向刚才那一对绿孔雀隐身的地方，最后在树木拥挤的地方停下来，把鲁娜轻轻地放在了树下像毡子一样柔软的青草上……

想到这里，鲁娜激情难禁，“嚯”地起身，走近门边，喊着：“阿哥，我要出去了。今天逢墟，我和甲柱约好了，今天到街上买镜子。”

岩邦轻声回答：“阿爸刚刚出门，等他走远一点吧。”

鲁娜只好心神不定地继续等待。

几声响动，岩邦把挡在门前的一个树杈移开，交代阿妹：“你可要早点回来。”

早已打扮停当的鲁娜像是马厩里关久了的马驹一样，渴望奔跑，她快速出了家门，走向寨门。

“吃点东西再出去吧。”这是阿妈的声音。

“我一点也不饿。”鲁娜说着转过身来，对着阿妈故意拍了拍肚子，好像那个别人看不见的皮口袋里真的装有食物似的。

望着女儿的背影，母亲直摇头：昨天一天都没有吃啥东西，咋会不饿哩？有了意中人，就可以不吃饭了？我们年轻时可从来没有这样过。

母亲赶忙把一个烤熟了的苞谷递给岩邦，让岩邦去追鲁娜。但，鲁娜已像一只春天的小鸟，飞出了寨门。

今天逢墟，赶街的人熙熙攘攘，长刀、银制首饰、色线、野菜、稻米、苞谷、动物皮毛等各种土特产放在地上摆卖。几匹拴在石块上的马在嚼着干草，等待着新主人的到来，马是这里最大宗、最贵重的商品。货品中很少有鸡，因为鸡主要是用来做鬼的，做完鬼以后便供魔巴享用。鸡蛋也不多见，鸡蛋除了用来祭鬼，还会用以埋葬死者时确定墓穴的位置。但有趣的是，鸡蛋是卷在稻草里、再捆扎成串后售卖的，所以云南十八怪之一是“鸡蛋捆着卖”。有一种东西在这里最具商品的性质，这就是鸦片。很多人家会在地里种植一些鸦片，用于出售以维持生计。许多人从很远的地方到这里来购买这种特殊商品，这是集市维持着一定人气的重要原因。

男人们因为大都只有一套衣服，所以在重要场合才穿，街子上只有很少的人穿着无领无袖的对襟小褂，大部分人都光着膀子，身上文着牛头、虎、小鸟、十字花点、三角形等图案。一些男人穿着宽大的裤子，更多人没有穿裤子，只是用一块不大的布片遮住下身。但男人脖子上大都戴着银项圈，或套着三四个竹篾做成的项圈，左耳戴着耳环，有的人用布包着头。女性则都穿着短而小的上衣，裹着紧而短的筒裙，红色是筒裙经典而又流行的颜色。

虽然货品不多，交易大都是近乎原始形式的物物交换，但却是一道风景线，是最能展示当地生活状态的橱窗，是许多人喜欢来而且必须来的地方。

鲁娜在人群中放眼搜寻，她的眼睛一下变得明亮，因为李甲柱的影子已印在了她的眸子上：他肩上扛着一头足有四尺长的野猪，在人群中很是惹眼。

鲁娜像小鹿在树林里绕开大大小小的树一样，穿过人群，向心上人跑了过去。

李甲柱是龙竹寨里出色的猎人。他发现了一坨野猪的新鲜粪便后，在就近的一棵树边设下绳套，又经过和野猪的一番搏斗，最后捕获了这头不小的猎物。他把野猪放在一个货郎担前，用手指了指货担上的小镜子，示意要与货郎交换物品。

货郎不是别人，就是在沧西城边开货栈的朱青，他是赶街最勤的人。他用脚踢了几下野猪的身体，验看野猪的肥瘦和新鲜程度，再看了李甲柱一眼，又瞧了瞧甲柱身边的鲁娜，然后拿出了一面小镜子和两个小发卡。

李甲柱摇了摇头，他觉得货郎给的东西太少。

朱青又拿出了一把不大的木梳子，还有两根一尺长短的红色头绳。

李甲柱看了看鲁娜。鲁娜轻轻地点了点头。

李甲柱从朱青手里接过镜子和梳子，转身交给鲁娜。

鲁娜的脸顿时像春风吹开了的花朵，这春风中的花朵立即映现在刚刚换得的镜子里。但李甲柱却坚持要货郎再给两个发卡。朱青心里一愣：居然有人讨价还价，这是极少见的。他思考着如何回应对方的要求。

不知道什么时候出现在旁边的黑杠这时突然说话了："给人家吧。这头野猪在宁洱能值二十面镜子加二十个发卡。"

朱青不由得看了黑杠一眼，从哪里冒出来这么一个嘴尖舌长的家伙？不过这个家伙还真有点见识，在这一带倒是少见。黑杠上次到双江货栈拿"慰问品"时，朱青便对他有了印象，今天的一席话，更让朱青把他牢牢地记住了，并由此改变了黑杠的命运。

朱青没有再说什么，又取出两个发卡，递给了李甲柱。

李甲柱接过发卡，却没有再交给鲁娜，他要带回去，送给龙竹寨里别的姑娘。当然，这不是移情别恋，而是另有用处。因为照着世代相传的规矩，猎到野猪这样的大型动物后，要把一只前腿送给头人。阿爸是头人，自是不用送了，但还要让其他人分享猎物，所以他要以送发卡的方式表示他对传统的遵循。其实，他这样做，已经对传统的规矩进行了变通。他回去还要做的一件事是，从家里抱出一只小猪，送到猎获野猪的地方，奉献给山鬼，表示是用小猪换得了本当属于山鬼的大野猪。

李甲柱很感激地看了一眼黑杠，然后领着鲁娜离开了集市，他得回寨子抓紧办应当办的事情。

送农具和种子

乾坤初定，百事艰难。财力和各类物资匮乏，如同水缸里发干，灯盏里见底，张钧山使出了孙悟空上天入地的本领，才筹集到一百多块半开。但这些钱还得想办法变成农具等物品才行。他想到了一个人，就是上次返回沧西时在路上救过的商人施有福，让他去购买需要的物品。

那施有福很卖力，也很有办法，于是很快便有了结果。沧西县政府门前不大的广场上，人喊马嘶，一片热闹。

一匹匹驮马在卸货，卸下的货物触到地面，会发出金属相互撞击的声音，响亮而悦耳。这些货物是一张张新打的锄头和一口口新铸的铁锅，还有一袋袋颗粒饱满的种子。

张钧山欣喜地看着这些铁器、种子，就像在战场上即将开打时见到新补充的枪支弹药。他指挥一些战士和政府的工作人员，把一个个用稻草编成的袋子打开，往里面装进一把锄头、一口铁锅、一小袋种子。

工作队的人员将草袋马驮肩扛，怀着美好的愿望，兴致勃勃地翻山越岭，穿林过河，走进了石门寨等村寨。

张钧山在喜滋滋地等待结果。他相信，这个行动一定会犹如渴中送水、饥中送粮，让少数民族群众感到高兴，并欣然接受。因为这些物品很快就会变成地里长得更茂盛的庄稼，变成饭碗里装得满一些的烂饭甚至是干饭。

但是，事情的结果却大大出乎他的意料。

这天傍晚，他习惯性地站在办公室的窗前，向紧邻的广场上张望，那里正在发生的事情让他大惑不解：分头到山寨里送农具、种子、铁锅的人员纷纷回来了，但背着的草袋和离开广场时没有两样，依然鼓鼓囊囊，丝毫没有变空变瘪的样子。有些人还显得神情带几分沮丧，有的人不耐烦地把草袋半放半扔地丢在了地上，然后眯起眼睛拍打身上的灰尘。

很快，广场上草袋堆了一地。

张钧山带着疑虑和不安，出了办公室，向广场走去。

他对着刚刚放下草袋的杜云良发问："怎么回事？"

杜云良先是摇了摇头，继而带着抱怨告诉张钧山：群众都拒绝接受送去的东西。白送不要，用东西交换也不同意。当他走到竹楼前，想把草袋直接往门里送时，里面的人却毫不客气地用力把草袋往门外推，似乎这是炸药包。想问问原因，但对方只有动作，没有语言。又走了几家，都是如此这般。有的人家甚至在门上插上了树叶或芭蕉叶，这些叶子如同亮出的刀剑，是拒绝来人进门甚至靠近的强烈信号。

张钧山想到了一个人："给阿尼家的东西送到了吗？"他之所以特别提到阿尼，是因为在送给阿尼家的草袋里，另外加了一件女上衣。

"送到了。"

"怎么样？"

"他倒是收下了，还真的给了我土豆和苞谷作为交换。"

张钧山掂了掂装着土豆苞谷的一个小口袋，心里得到些许安慰：还不算颗粒无收。虽然只能算是一个芝麻粒大小的收获，但意义很大，就像种子发了芽，定能开花结果。要好好总结一下，然后加以推广。

真是俗话说的，说曹操，曹操到。就在这时，阿尼背着一个草袋走了过来。

"欢迎你来县政府，你还有哪样要求？只管说。"张钧山热情地同阿尼打招呼，又看了看阿尼背着的草袋，"你已经给了我们土豆、苞谷，用不着再给别的东西了。"

阿尼把背上的草袋放在了地上，随之发出一声金属撞击的杂响，相伴作响的是阿尼的话："这锄头、铁锅、种子我都不要了，我要把我的土豆、苞谷拿回去。”

这让张钧山心里微微一惊，这才明白阿尼是干什么来了。顿时，刚才泛起在心里的安慰一下无影无踪，那装了锄头、铁锅、种子的草袋已经不是放在地上，而是搁在了他心上。

张钧山压制住内心的不快和不安，指了指地上的草袋问：“有了这锄头和种子，今年你一家人就可能不会挨饿了，还可以用这铁锅做饭，为啥不要呢？”

阿尼好一阵犹豫后，才吞吞吐吐地说：“有人说，这些东西……不能要。”

“理由是哪样？”

阿尼时急时缓地说出了许多理由：“有人说，只要用这锄头翻过的地，将来都要归政府；这种子是用滚水煮过的，发不了芽，种到地里以后，会耽误一季庄稼；用了这铁锅后，生下来的孩子便都要归政府。还有人说，祖祖辈辈从来没有听说政府会做这种费力气还赔钱的事，这里面肯定藏着看不见的套子。”

看来事情大有原因，张钧山对此没有生气动怒，平静地问：“阿尼，这些话是谁说的？”

“寨子里都在传。”阿尼回答。

“这些话是用竹蔑做的箩和筐，全是编出来的，都不要相信。”

阿尼用迷惘的眼神看了张钧山一眼，然后带着无奈说：“大家都相信，连头人都相信，所以我也要相信。”

张钧山不由得点了点头。是啊，大风吹来，树也要弯腰低头，像阿尼这样的普通寨民不可能迎风挺立。自己也不可能用几句话便让阿尼换了想法，改了态度。当前最重要的是，想办法让阿尼把东西再背回去，但要说服他很难，强迫更不可取，不能用鞭子把人们赶进天堂，也不能用棍子逼着人们接受救助。该怎么办？

一阵如同在战场上应对突发情况一般的紧张思考之后，张钧山想出了应对之策。他笑了笑，开始询问一个他早已通过岩邦了解到的情况：“阿尼，听说你家还欠了许多债？”

“是的。”阿尼犹豫了一下，轻声回答。

“你欠债是咋回事？说出来，我们一起想办法，把身上的债务像包袱一样卸下来。”

这句话起了作用。阿尼一直觉得债务是一座山，自己几代人被压得抬不起头、喘不过气来，如果把这座山移掉，那让人半夜都会笑醒，这可以说是他白天盼、晚上想的事。

阿尼开始诉说：父亲在世的时候，他一位同姓的远房兄弟欠了一个珠米的三百斤谷子。因为很长时间还不上，这位远房兄弟又没有别的亲属，便按照寨里的规矩，改由同姓的阿尼的父亲偿还，但依然好些年无法还清，因而便被抄了家。直到去世，父亲也没有还清这笔债务。这笔债便像河水顺着河道流一样，很自然地转到了阿尼身上。

张钧山看了看这个身材原本高大、肩背过早地变得微驼的汉子，心里充满同情，告诉阿尼：“你只有用上好农具，多打粮食，才可能还清债务，也才不会老是过这种喘不过气来的苦日子。”

阿尼微微点头。他也知道，只要锄头一换，就可以多种一些地，可以多收粮食，就有还清债务的希望。

张钧山接着针对阿尼的忧虑逐一作了回应：“等你翻完地、除完草，不再需要锄头的时候，就把锄头还给政府，这样就不用担心政府收走土地了；种子你拿去先在一小块地上试种，几天后就知道是不是会出芽的种子了。如果不出芽，就再来换回你的土豆；这铁锅嘛，你先用着，等你家里添了人口时，再送回来，你也就不必把小孩送给政府了。”

“这个，这个，如果……”显然，张钧山的见招拆招产生了作用。

张钧山的话没有到此结束，接着问：“你刚才说到父亲，我想知道，你父亲是咋样去世的？”

阿尼想了一下，缓缓地讲了父亲的故事：日本人攻入佤山时，父亲和寨子里有好几个人参加了佤山游击队，多次同敌人进行过战斗。日本人被迫撤出佤山，但父亲在最后的一次战斗中负伤，回到家里以后，伤势一天天加重，后来伤口都长蛆了。在咽气的时候，他留下话，一定要把家里欠的债还清……

说到这里，阿尼哽咽难言。

张钧山告诉阿尼：“你有了新锄头，可以多收粮食，就可能完成父亲的遗愿。”

阿尼揩了几下眼睛，望着张钧山，眼里闪动着渴望的光。

张钧山又轻轻地拍了拍阿尼的肩头，放低声音说：“我还会找达勐头人说这件事。如果头人不同意，再送回来也行。”

张钧山的话说中了阿尼的心事，就像神枪手打靶，一枪直中靶心。阿尼表示：“那我先试试看，如果不行，我还得再送回来。”

“可以。你随时可以把土豆、苞谷换回去。”

张钧山见阿尼背回来的草袋已经有了破损，便换了一只新的草袋。当把倒出来的锄头、铁锅、种子再装进新草袋的时候，发现锄头有用过的痕迹，还发现放在草袋里的女上衣并没有退回来。看得出，阿尼非常渴望得到帮助，非常渴望改变现状，相信许许多多的人都是如此这般。他帮着阿尼把草袋背到肩上，又一直目送他走出广场，消失在远处。

张钧山满腹心思地走回办公室，杜云良跟在后面。

杜云良很不理解地说：“真想不到，帮群众做一件好事竟也像攻碉堡那么难。”

张钧山坐了下来，告诉杜云良：“这一带地处边远，山高路险，和外界交往极少，群众对我们也不了解，缺乏信任。没有了解和信任，蜂蜜都可能被看作砒霜。现在我们的工作，就像千年的荒地，要耕要种，就需要花费更多的力气。”

“我们有的是力气，只是没有地方使，没有办法使。”

“这同样是一场战斗，并且是很不一般的战斗。但只要多开动脑筋、多迈开双腿，我们就一定能找到发力的方向，找到最终打赢这场战斗的办法。”

“那些送回来了的铁具和种子怎么办？已到播种季节，这些东西发到群众手里，如同堵坝救火，是越快越好。”

“是，处置好这些农具、种子是当务之急。”张钧山说着站起身来，拿起搪瓷缸，连喝了几大口水。然后抱着茶缸，在办公室开始习惯性地踱步。他的这个习惯大有来头：任营长的时候，他指挥了一次对日本小股部队的伏击战，但在快要发动攻击时，发现这股敌人的数量远比情报中的人数要多，歼灭战变成了势均力敌的遭遇战。虽然最终将敌人击溃，但部队伤亡很大，他也中弹昏迷。醒过来时，他渴得像喝下了一大碗盐卤水，一口气喝下三搪瓷缸白开水也不解渴。他开始反思这场战斗，可是刚一动脑筋，嗓子又生烟起火，他又喝下两搪瓷缸水。从此后，但凡要进行紧张的思考，他都要先喝够水，而且还要抱着搪瓷缸子踱步。实际上是以此提醒自己，凡事务必多了解实情，要深思熟虑。

办公室已经残破的地板发出咯咯的响声，时轻时重，似乎是在扣合他思考的节奏。地板的响声停止了，张钧山的思考有了答案，他告诉杜云良：“明天我们去一趟双江货栈。”

听团长的口气，好像是找到灵丹妙药了，杜云良心里一阵高兴。但他不明白的是，去双江货栈干什么？难道那里可以买到锦囊妙计或是圣手妙方？

老板朱青站在柜台前，身子斜倚在柜台上，双手托着显得有些瘦削的腮，眼镜后面是一双商人特有的、比一般人要灵动得多的眼睛。他见张钧山走了过来，热情相迎。

张钧山首先问朱老板：“最近生意怎么样？”

“唉，难哪。自从国民党军队败退时，对货栈进行洗劫后，便像中医说的，肾上有病，伤了元气。我正想着清货后，尽快返回昆明去呢。”朱青一脸愁苦的样子。

“我手头有一桩生意，不知道你愿不愿意做？”

“有生意当然做。”朱青显得灰暗的脸似乎一下有了光泽，也同时有了问号，“你这带兵打仗的，怎么还会有生意？”

张钧山简要地告诉朱青：县政府采购了一批铁农具和种子，本想用交换或是赠送的方式，发给生产生活困难的群众，但有许多人不愿意接受，所以想换一种方式来办这件事。

“这件事情对群众来说简直是雪中送炭、锅里送米。县长想换成什么方式？”

张钧山说出了具体方式：“群众可能愿意用自己直接购买的方式，而不是送货上门的方式获得这些东西，所以我们想把那些农具、铁锅、种子全部交由你代卖。价格尽量便宜，就是赊欠、不给钱也行。卖了以后，县政府再给你一定的代售费。”

“县长这真是一着妙棋。我一定尽心尽力办好，至于代售费嘛，怎么着都行，我不亏本就可以。这也算是我为新中国、新政府尽了一份心，出了一份力。”

“谢谢你。那明天就办。”张钧山转而问，“你是哪一年来这里的？在这里待着不容易吧？”

“人为财死，鸟为食亡。原来挑着担，跋山涉水到处闯，就像一只鸟，哪里有吃的就飞到哪里。后来发现这一带还算不错，就停下来了。恰好这家货栈的老板不愿继续经营，就以合适的价格盘下了这几间屋子。想不到，这一停就是三四年，确如您所说的，在这里待着太不容易了。”

“你很不简单。”张钧山说完，离开了货栈。

双江货栈的人气增加了，不断有人进进出出。张钧山还派了小石不时悄悄地到货栈实地侦察，得到的报告是：摆在货架上和地上的铁锅、农具像树上成熟后的桃子，在逐渐变少，最后一件不剩了。

张钧山很是高兴，但他依然放心不下，他要去追踪一下那些货品的去向和发挥的作用。

张钧山骑着一匹枣红马，行走在山野的小道上。杜云良和小石分别骑着一匹灰色和白色的马跟在后面。

云南是彩云的故乡，云彩的舞台。春天的云，颜色更多样、更艳丽，白色的、浅灰的、淡紫的、黛青的、暗红的等各种颜色的云铺陈在天空，天空便变成了油画大师的调色板。但各种色调的云彩又是灵动的，有的懒洋洋地不动，有的缓缓地移动，有的快速地飘动，更多的是在互相接近，相互拥抱，相互融通，天空的油画板便也变换着颜色，变成了任何画师无法调制的颜色。云的形状也在自由无羁的摆动中变幻着形象，像虎头狮脑，像燕翅鹰尾，像山岳丘壑，像河流森林，一条条、一堆堆、一片片，各有其形，各有其态，转眼间便会形移势换，谁也无法预测，谁也无法掌控。好个彩云之彩，云南之云。

丽日彩云之下，山坡上的地块呈现出各种弧线，这是大自然描画出来的有着无穷奥秘的美妙曲线。正在忙碌耕种的人，就像那五线谱上的音符；低空飞翔的鸟，发出悦耳的声音，是那五线谱上的旋律。

张钧山翻身下马，向路边的一个山坡地走了过去。正在劳作的是他认识的阿尼。

“你用的是向政府换下的种子吧，苗出得咋样？”张钧山微笑着发问。

阿尼停下活计，揩了揩额头上的汗，又指了指地里刚刚钻出土层、像鸟嘴一样的新芽，带着欢悦和满足回答：“是的，是的。苗出得很齐，还又壮又绿。”

“新锄头用得怎么样？”

阿尼用力把手中的锄头在地里翻了几下，然后收住手，憨厚一笑：“这新锄头太好用了，一把能顶三把旧的用。”

张钧山心里一阵高兴，初战告捷。他以满带希望的神情向附近望了望，很想见到许多人用新农具翻地，见到土地上处处生机盎然的景象，但他的心却像拔河在紧张进行时的绳索一样拉紧了。因为他看到的是，极少有人使用新的锄头，人们手里拿着的几乎仍然是破损残缺的锄头，或是木制的锄头，木锄柄短，以至不得不蹲在地上劳作。有的男子手持一根梭镖一样的铁钎或尖头木杆，或是使用长刀，在用火烧过的山地上挖出一个小坑，然后女人把几颗种子点到坑里，再用手掌推土盖上。这种生产方式，便是千百年来一直保留在一些边疆民族地区的刀耕火种。

张钧山神色凝重地问阿尼：“为啥那些人还是像过去一样使用破旧的锄头或是木锄？有的人甚至还是没有锄头用？双江货栈不是可以买到很便宜的锄头吗？”

阿尼犹豫了一阵，又朝四周看了看，然后小声地说：“政府的锄头不能用的话还在传，有的人也去过双江货栈，铁农具还是买不起。”

张钧山明白了，阻止民众使用政府价格优惠的锄头、种子、铁锅的流言妖风，仍然像一堵高墙挡住了人们的视野，挡住了人们的脚步。联想到初始送农具、铁锅入门入户受到的重重阻力，他马上意识到，这里面可能别有原因，但目前还不是查究谣言、追查作祟者的时候。人们对新政府非常陌生，时机未曾成熟，不能贸然出击，还需要了解更多情况，需要谨慎选择战术和出击的时机。他伸手抓起一块土疙瘩，在手里捏得粉碎。

张钧山不相信有拿不下的山头、攻不破的阵地，他绞尽脑汁，另想办法。回到驻地，在喝下三缸子凉白开以后，像在战场上找到了主攻方向一样，确定了工作的突破口。

再访石门寨

他又一次走进了达勐的家。

达勐感到有些意外，这人怎么又来了？他很自信地猜测着这张县长的来意："你是不是后悔了，要来把牛牵走？"

为了营造一种有助于交流的气氛，张钧山故意开着玩笑："行吗？"

"不行。石头掉在水里不能浮起来，话说出来了不能收回去。你们说过，一根牛毛也不能要，现在你就是想要一根牛毛我也不会给你了。"

"说过的话当然要算数。所以，我今天并不是来牵牛，而是有一件事特来请你帮忙。"张钧山说着，哈哈一笑。

原来张县长不是来牵牛。达勐有些惊愕，改用眼神问：你今天来为的是哪样事？

"我想知道，双江货栈以很低的价钱卖农具，你这个寨子有多少人买回了锄头、种子、铁锅？"

达勐咬了咬厚厚的嘴唇，没说话。他不想和政府的大官打交道，更不想谈这些他没有兴趣，甚至内心排斥的事情。

张钧山当然不能就这样结束交谈，又不慌不忙地开口了："是不是有人说过，用新锄头翻了的土地要归政府，政府给的种子不会出芽？"

达勐一愣，脸上的表情是：你咋晓得？

"林子里有鸟就一定会有动静。"张钧山的话像流淌的山泉没有中断。

达勐瞪了一眼张钧山，欲言又止。

"达勐头人，我想问你，你愿不愿意让大家多收粮食，日子过得好些？"

“当然愿意。寨子里的人谷子多了，可以吃饱肚子，就不用老借我的谷子，欠我的谷子还起来也就容易了。”达勐想应付几句，让这张县长快点离开。

“为了让寨子里的人多打粮食，我们又筹集了一批农具和种子，想请你和县政府的人一起，把农具和种子直接送到需要的人家里去。”张钧山道明了来意，他已经想定，由头人来帮忙办这件事，可能是最好的办法。

又是来找麻烦。达勐很不明白，这位共产党的县长为啥热心干这种既赔钱又费力，还不讨好的事情？并且还像雨季的雨，没完没了。他不由得问：“你们做这些事究竟是为了哪样？”

“为了各民族的群众把生产搞好，把日子过好。”

站在一旁的岩邦已经认定，这个张县长和以前的那个张县长大不一样。他在想，寨里的人像连旱天盼雨一样急需农具、种子，这新县长要办的事是一件求告神灵都求不来的好事，阿爸为啥要拒绝呢？这件事对寨子里人的好处，就像天空白天有太阳、晚上有星星一样，明明白白地摆着，为啥不做呢？再者说，给农具、种子是这县长自己一次又一次提出来的，甚至送上门的，不是我们寨子里的人张口伸手要的嘛。

岩邦忍不住开口了：“阿爸，这件事对大家有好处……”

达勐却是一句断喝：“住口，你懂个啥？”

张钧山这次是有备而来。他这时从公文包里掏出来一张报纸，这是他了解到一个重要的历史事件后，专门叫人从沧西县旧政府的档案里找到的。报纸已经变脆发黄，几处已有破损。

张钧山轻轻地抖了抖手里的报纸：“达勐头人，我想请你看一段这张报纸上的内容。”

“那上面的字认得我，可是我不认得它。”达勐既是拒绝，也有着对不识字的无奈。

“我跟你一说，你就全明白了。这报纸上的事和你们寨子有关。”

“啊？”

“还和你的家族有关。”

“是哪样事情？”达勐似乎一下有了兴趣。

“这报纸上说的是1934年，也就是民国二十三年发生在佤山班洪地区的事。这你一定晓得吧？”

“晓得的。但我不想提起这件事。”他的语调一下变了，变得有几分愤怒和伤心。

“我理解你为什么不愿提起这件事，因为许多佤族同胞当时流了血，其中有你父亲。但他们的血流得有价值，今天仍然让我们为那些人感到骄傲。”

达勐的心猛地抖动了一下，真是这样吗？接下来，他的心不可控制地快速跳动起来，思绪陡地像春天的柳絮飞动飘扬，一次终生不会忘却的记忆又一次清晰地涌到眼前。

1927年，已经占领缅甸数十年之久的英国殖民者，在经过周密策划之后，非法进入中国的云南沧源地区秘密探矿。他们探明这一带有丰富的银矿，紧接着毁林开山，修筑公路。1934年1月，英国人派遣军队，沿着新修的公路明火执仗地侵入沧源班洪地区，以武力驱赶佤族居民，强占土地和银矿。英国人在侵略、掠夺方面经验老到，已经在利益的沙盘上演算得非常清楚：凭借大英帝国的威名和先进的枪炮，完全可以不太费力地使中国边地的少数民族屈服，从而如愿以偿地获得垂涎已久的财富，就像过去在中国的土地上一次又一次做过的那样。

事实却是让侵略者完全失算。木鼓作响，佤族人民愤然而起，剽牛立誓，提刀执枪，组成队伍，以武力抗击入侵者。达勐的父亲作为石门寨的头人，带了八十多个精壮男子赶赴班洪，参与了那场仇恨交迸、血肉相搏的战斗。

竹篙打水连河动。相邻地区的汉族、彝族、拉祜族、布朗族等多个民族参与行动，还仿效中国的东北抗日义勇军，组成了“西南边防民众义勇军”。北京、上海、南京、昆明等地的学生和各界人士，集会游行，示威请愿。各方各族参与，边地内地联动，在全国掀起了一次反帝斗争的浪潮。

战场上滚动的硝烟和翻动的旗帜遮天蔽日，刀枪的撞击声与喊杀声惊天动地。这是一场边地各族人民与外来侵略者的殊死搏斗，是一场反对欺凌和屠杀、保家卫国的惊天义举，是一场以大刀土枪对付洋枪洋炮的惨烈战斗。最后的结果偶然而又必然，英国军队在留下许多尸体之后，像受伤的野狼一样逃走了。义勇军也付出了惨重的代价。无数来自英国的炮弹、枪弹落在这片土地上，使边地民族祖祖辈辈赖以生存的土地疤痕累累，更有子弹射进了义勇军战士的身体。达勐的父亲带领他的队伍勇敢地冲在前头，他亲手斩杀了好几个敌人，但他的胸膛被侵略者的子弹打出了好几个窟窿，倒在了一棵大树下。他身上鲜红的血像泉眼里的水一样流了出来，滴在草叶上成了红色的血珠，渗进脚下的土地，洇成一片紫酱的颜色。

去班洪参战的人带回了阿爸的长刀，也带回了阿爸最后的话语：不要忘记我们是中国人，要死死守护好我们的土地。但这光靠佤族远远不够，还要和更多的兄弟民族一起，把心连起来、把手拉起来才行，就像扛大树、拉木鼓，人少了做不成……

很巧的是，达勐前一天在山林里打着了一头豹子，成了大家心目中的英雄，他被推举为寨子的新一代头人。达勐接过了父亲的长刀，也接过了对全寨子的责任，其中的一份重要责任是复仇。

回忆到这里，达勐心里已是哀伤与愤怒交织，他的眼眶里充满怒火和泪水。他一直想着，有一天要为阿爸和那些牺牲的人报仇雪恨，只是那些种下仇恨的外国人后来不知道跑到哪里去了。

张钧山这时又轻轻地抖了抖报纸：佤族同胞当时不仅英勇地参与了那场反对英国侵略者的伟大斗争，还发表了《告祖国同胞书》，就登在了这份报纸上。

张钧山看了达勐一眼，开始念报纸上面的文字：阿佤地区，世代属于中国。英国以武力步步进逼，为的是占我佤山土地，奴役我佤山民众。我们宁可血流成河，断不做英国人的奴隶，决不听英帝之驱使。头颅可碎，这种决心决不动摇……

达勐听到这里，重重地喘了一口气，点了点头说："当时的情况确实是这样子的，虽然事情已经过去十多年了，就好像发生在昨天，许多人、许多场面会经常出现在我眼前，还会出现在我的梦里。”

张钧山接话：“对这类事情，所有的中国人都不会忘记，也不应该忘记。”

达勐这时抬起头来，向张钧山发问：“不过，你现在提起当年在班洪与英国人打仗那件事，这和今天的送锄头、种子有关系吗？”

“当然有。当年各民族的同胞拿刀拿枪，抵抗外国人，为的是守护我们的土地，保护我们的财富，从而能过好日子。现在，我们给民众送种子、送农具，为的是帮助群众耕种好我们的土地，多收粮食，不再忍饥挨饿。这两件事就像是把山泉水引进寨子的竹槽，是连通的。”

达勐微微点头，但没有说话，似是陷入了思考。

张钧山突然提高了声调：“你父亲当年为了国家，为了大众，不怕流干了身上的血，不怕脑壳掉在地上，迎着外国人的子弹往前冲杀，难道你为部落里的百姓送一把锄头、送一袋种子也害怕吗？办这样一件好事也不愿意吗？”

达勐的身体和心里在同时晃动：我身上流淌着父亲的血，我当然要像父亲一样做事做人。是呀，这送锄头、送种子确实是为寨子做好事，为什么要躲避、要拒绝呢？他一阵沉默后，用屈起的右手中指敲了敲太阳穴：“你这话倒是在我脑壳上捅了个洞，一下子变得敞亮了。”

“俗话说，要赶路，天亮了就要抓紧在路上走。我相信你是一个明白了道理，就会马上起身抬脚的头人。”

达勐站起身来，态度明朗地说：“你说的事，我可以去办。”

张钧山第一次握住了达勐的手：“谢谢你。就像你父亲说的，各民族要心连着心、手拉着手，一起扛大树。”

达勐对着妻子喊了一声：“上茶！”

这一带盛产茶叶，茶质优良，但制茶技术显得简单粗糙，只是把新鲜茶叶草草地晒过，或在瓦罐里炒干后，便煮着饮用。茶在人们的生活中有其他物品不可替代的地位，人们的观念是，家里可以缺粮，但不可以缺茶。茶是饮品，也是礼品，有时还是传达信号、表达意愿的媒介。招待茶水，这是主人表示友好的明确信号。

达勐的妻子拿起放置在火塘上熬茶的土罐，把煮好的茶倒在用作茶具的小竹筒里。茶水清亮带黄，与竹筒内壁的颜色很是协调；茶的香气四溢，与竹筒特有的味道融在一起，在屋里袅袅飘散。

达勐端起竹筒，先把茶水向地上滴了几滴，敬奉神灵，这是佤族喝茶的礼仪，然后再招呼张钧山喝茶。

张钧山端起竹筒，也向地上滴了几滴，再呷了一口，佤山茶的特有味道进入口腹，他感觉到的是从未品味过的甘甜苦涩，连称“好茶”！

煮茶的土罐不大，连喝连倒，很快喝完三罐。但达勐没有忘记他一直挂在心头、时时心烦的事，他放下竹杯问：“张县长，我女儿的事办得咋样了？”不过今天这话里，并没有过去的有意刁难，而是一种善意的询问。

张钧山有些自责了，虽然这件事他一直挂在心上，就像枪时时刻刻挂在身上一样，但至今还没有想出可行的办法。他先是表示歉意，继而很诚恳地说：“我想问达勐头人，如果李方札愿意同你当面商谈儿女的婚事，你愿意吗？”张钧山觉得，双方坐在一起，不隔树、不隔草，面对面、眼对眼地交流商谈，是解决问题的最好方式。

“我们要谈，只能用一种方式来谈。”

能谈就好。张钧山带几分欣喜地问：“用哪样方式？”

达勐的回答是：“在战场上用刀和枪来谈。”

张钧山的欣喜变成了一惊，也很不明白，彼此的隔膜为什么会如此之深呢？他想知道究竟：“你们两个寨子像两个山头一样对立着，这是因为哪样？”

达勐没有接话，而是在屋子的一个角落里摸索了好一阵，取出来一块用野兽皮包裹了好几层的竹片。

张钧山知道，佤族有很好的竹刻技艺，但不知这竹片上刻的是什么？是飞禽走兽，还是精致图案，或是绿树鲜花？

达勐把竹片递给张钧山，肢体语言是：你看看这个就明白了。

张钧山翻来覆去地看了看竹片，这不是他想象中的佤族竹刻。这竹片薄而窄，很像一把尺子，上面刻有深浅不一、大小不等、形状有别的小齿，显然各种记号都有着特定的含义，自己却是如同拿着一本传说中的无字天书，什么也看不出来。他想起了达勐刚才说自己不认识报纸上文字的话，便带着微笑说：“这块竹片上刻的记号认识我，可我不认识这竹片上刻的记号。”

达勐把竹片取回自己手里，指着上面的不同记号，向张钧山细作解释：“这上面记的是，有一年竹子长笋的时候，我们寨子与龙竹寨发生械斗，我们死了八个人，伤了二十多个人。死的人中有我的叔叔。”讲到这里，他的双眼离开了竹片，面孔峻烈地继续说，“我叔叔断气的时候，身子靠在一棵高大的竹子上，他脑袋上的血顺着竹子直往下流，竹子由绿色变成了红色，这块竹片就是用那根竹子做的。”

张钧山听到这里，心里倒抽了一口凉气，原来这竹片上刻的不是赏心悦目的自然物象，而是让人毛骨悚然的人间仇恨。这竹片很像一把有刻度的尺子，在不停地丈量浸血岁月的长度，也在不停地丈量惨痛记忆的厚度。旧的社会制度留下多少沉重的包袱？！这些包袱已经变成了生命的重负，让许多生命承受着无边的痛苦和风险。

张钧山郑重地告诉达勐：“我能理解你的心情。不过，冤仇像套野兽的绳扣一样，不解开就会越拉越紧，还是慢慢解开为好。只要大家一起努力，我想一定会有解开绳结的机会。”

达勐却是一声不吭。

张钧山回到了先前的话题：“我们先一起把送锄头、种子的事情办了吧，种地的事一天也不能耽搁。明天我就叫人把东西送过来。”

达勐眨了一下眼皮，抿了一下嘴唇，没有出声，但算是默认。

龙竹寨头人

龙竹寨是一个地势较低且相对平坦的佤族村寨，满是竹木搭制的低矮小楼。但这个寨子别有一番情调，寨边那夺人眼目的龙竹林，看上去如同绿云碧涛，就像一块颜色又浓又纯的翠玉挂在美人的胸口。寨子里白天有时会听到叮叮当当如黄钟大吕的打铁声，还会听到嚓嚓嚓嚓的錾刻银器的声音。两种声音的高低快慢、长短刚柔，组合成了别有意味的乐曲，是其他寨子的人很羡慕的声音，人们会循着这美妙的声音来购买铁质农具和银质首饰。寨子围墙内外，有许多穿着绿色衣裙的芭蕉，掩映在高高的树下，像风姿绰约的姑娘站立在路边，向人们礼貌而又热情地打着招呼，惹人眼目。若是社会安定，民众衣食无忧，这就是一幅十分让人赏心悦目的风情画卷。

鲁娜的口信是有效的通行证。李甲柱指挥人打开了厚重的寨门，又引领着张钧山一行，踩着吱吱呀呀作响的楼梯，走进了一幢竹楼，这是李方札头人的家。

李方札本姓央荣，出生时父亲把他改为了汉姓。在李甲柱长到七八岁时，李方札把他送到傣族寨子里读了好几年书。这一带属傣族土司管辖，李方札认为，学会了傣文，对家族和寨子来说，就像粮仓里倒进了粮食，只有好处，没有坏处。

李方札中等个子，看上去与达勐年龄相仿。他脸上带着自信，看人说话时，眼神里流露着沉稳和机警，这和许多人有些不一样。

李方札并不热情地伸手示意，让张钧山坐下。这和第一次进入达勐的小竹楼时有些不同，张钧山人坐下来了，心也似乎变得安定了。

小石把手里提着的礼物放在了桌子上："头人，这是沧西县人民政府的张县长，特来看看你和乡亲们。"

"你一定有啥事吧？"李方札一开口，便认定一个汉族大官不会无缘无故地跑进寨子，进到自己的竹楼里来。

看来这是一个直率还很自信的人。张钧山看着李方札，很坦然地说："你说得对，确实有事。这次来，我很想知道，你们寨子里的人在生产生活中还存在哪样困难？"

"地里长着谷子，山林里走着野兽，我们没啥困难。"李方札带着几分自得。

张钧山不由得想起了第一次和达勐的对话，当时达勐几乎使用了几乎完全相同的话语，话里有满足和自信，还有拒绝外人进入自己生活的明确信号。这种自信和拒绝里面，显露着倔强和戒备。风急雨狂山自立，无水无肥竹木长，或许是山峰的岿然，竹木的坚劲，还有历史的久远和文化的独特，造就了人的这种性格，也使生命打上了鲜明的地域烙印。这一切，就像漫漫的时光加上激流长久的冲击，造成了鹅卵石特有的形状和坚硬。

站在一旁的小石觉得很奇怪：许多人生活相当艰难，为什么还说没有困难呢？

话一开始就很不投机。张钧山想换一个话题，但却一时找不到合适的话头。当他一眼看见矮桌上放着的大烟筒时，有了主意。这烟筒用竹管制成，齐腰长短，碗口粗细，外形很像迫击炮炮管。这是云南特有的烟具，可能是世界上体量最大、最有气派的烟具。李方札这根烟筒还有特别的地方，上下两端用银片箍了一圈，加上时间在烟筒上涂抹了古铜的色泽，整个烟筒很像是一件精致的工艺品。

张钧山指了指烟筒："方札头人，我好久没有用过这个东西了。今天见到了，喉咙里真还有点痒痒。"

李方札有些奇怪，这个穿着军装的外地人难道会使用这种粗大的烟筒吸烟？他露出了几丝友好而愉悦的神情："你会用这个？那就用吧。"说着并递过来装有自己种植、自己加工的烟丝的荷包，他这时显示出了本有的质朴、热情和大方。

张钧山装上烟丝，捧起大烟筒，把嘴唇连同下巴埋进烟筒里，很内行地“呼噜呼噜”地吸了起来。那烟似是被吸进了肺里、胃里、肠里，绕了一大圈，抚慰了那些器官以后，又从嘴里慢慢地退了出来。他一边吸着烟，一边作着深呼吸，一副久违了的很惬意、很享受的样子。

烟筒和酒杯有时会有奇特的功用，很像一座桥，瞬间可以把人与人之间的物理距离和心理距离拉近。

李方札看着熟练地用大烟筒吸烟的张钧山，带几分好奇地问：“你怎么会用这个大烟筒吸烟？”语调已由僵硬变成了随和，还杂有热情。

使用这种大烟筒吸烟，确有会不会的问题。如果不会，只是像使用寻常烟管一般，嘴靠着烟筒，用力一吸，那吸到嘴里的将不是烟雾，而是烟筒下端装着的带苦发涩的脏水。

张钧山的下巴离开了烟筒，先习惯性地用手揩了揩烟筒的口沿，这是共用烟筒的礼节，他又抹了抹嘴，然后开口回答：“会，我也是云南人。”

“那你也是民族？”当地人有时会把“少数民族”简称为“民族”。

“又是，又不是。论起来，我奶奶是少数民族，我爷爷是汉族。我们这种家庭现在叫作团结族。”

“啊？”李方札说完又把张钧山认真看了一眼，目光在他的帽徽和领章上有意停留了一会儿。

张钧山放下烟筒，不紧不慢地开始介绍自己的过去：“我本是云南靠近贵州那个地方的曲靖人，父亲是一个私塾先生。我十二岁的时候，父亲因为是地下共产党员被抓进了监狱，后来戴着脚镣离开人世。两年后，母亲因病去世。所以，我十四岁就离开了学校，进到一个煤矿做工，每天在黑乎乎的矿井里，和成年人一样挖煤，出矿井后人便像一条掉进灰里的泥鳅，还常常被矿主打骂，实在不是人过的日子。我十八岁那年，共产党领导的中央红军路过云南曲靖西山三元宫，我便和一个同伴一起，把许多挖煤的镐、铲等工具装进一个竹筐里，扔到一口废弃的矿井里，然后跑出矿山，跟着红军长征到了陕北。”

这一番坦率、随意的话，让李方札对张钧山有了好感，也有了兴趣：“那你现在跑到这里来为哪样？”

“和当年跟着红军一样，为穷苦人谋幸福，为国家求富强。今天到这里来，为的是让各族人民都过上好日子。”

李方札不置可否地点了点头。

张钧山接着说：“现在一些人缺少农具、没有种子，政府想把锄头、种子交给您，请您挨家挨户分发。”

李方札从心里觉得这是好事，但如果自己帮着做了，就成了政府方面的人了，别人会怎么看？特别是像达勐这样的头人会说啥呢？他犹豫了一阵后，还是决定拒绝，不过得找一个适当的理由。

张钧山看出了李方札在犹豫：“你不必有太多顾虑，这是给寨子里的人办好事。办好了，大家会感谢你，也会更拥戴你。当然，你有什么困难，政府也可以想办法帮你解决。”

李方札还没有想出拒绝的理由，当他听到张钧山最后一句话，又看到站在身边的甲柱，立即想出了理由：“说到困难，我家确有一件难事。”

“哪样事？你说出来。”

李方札说出来了：“我儿子甲柱串姑娘，串上石门寨头人的女儿鲁娜。可鲁娜她阿爸达勐是个木疙瘩脑壳，横竖不同意。本来嘛，我也不愿意和他家结亲，远近寨子里漂亮姑娘就像山坡上的花朵，有好多好多。可这两个年轻人就像藤缠树，树缠藤，扯不断，分不开，实在没办法。所以，请你帮我去向达勐头人说说，让他同意这件婚事。”

当达勐说起这件事时，张钧山就觉得很头疼，现在李方札也说起这件事，就让他的脑袋疼上加疼了。今天来，本来还想趁机同李方札谈谈这件事，争取事情有个令人满意的结果，可是不曾想到，就像下棋，李方札抢了先手，明确要求张钧山成就这件婚事。

张钧山想起小时候玩过的一个游戏：一条扁担放在胯下，两个人背靠背，手握扁担各自向前用力，以决输赢，这叫大象拔河。张钧山觉得自己碰到的是两个人在拼尽全力进行大象拔河，他帮谁都不合适了。

过了一会儿，张钧山提出了一个办法：“你愿意去和达勐当面谈这件事吗？”

“我有这个胆子，只是他不一定有这个气量。”

看来李方札愿意去与达勐面谈，好兆头，这是朝着沟通、和解迈出了第一步。虽然达勐并不愿意商谈，但可以先稳住李方札这一头，再去做达勐那一头的工作。

张钧山接过了李方札的话：“你的态度我明白了，转过头我再去同达勐头人商量。现在是新社会了，许许多多的事情都在变，并且是变化快、变化大，相信达勐慢慢也会变的。”

李方札这时又很大方地说：“如果他同意了，奶母钱（聘礼）我愿意比达勐结婚时送给他老婆娘家的还多一头牛。”

按照佤族的习惯，女方向男方提出的奶母钱数量，一般都是比照新娘的母亲结婚时家里获得的奶母钱数量。

“好。那给寨子里的人送锄头、种子的事就麻烦你了。”张钧山觉得，今天的事情倒是办得还算顺利。

不料李方札却是轻轻摇了摇头：“这件事我还得再想想、再等等。”

这个头人真是脑袋大，主意多。张钧山继续晓之以理：“有的事可以等，有的事不能等。翻地、下种的事是一天都等不得，等一天就可能少收粮食多挨饿呀，这些你肯定比我更明白。又比如，甲柱的婚事你愿意一年一年地等下去吗？”

李方札一下语塞。

“能不能这样，送种子、锄头的事你抓紧去做，你儿子的事，我也抓紧找达勐去说。”

李方札觉得这是一个可以接受的方案，并且这个汉人大官对达勐的影响力是一般人不能比的，真有可能让那个木疙瘩脑壳开窍，但他同时又担心，自己帮这个汉人县长做了事，这个汉人县长对自己的事却只是口里答应却并不真的使劲呢？树上的鸟叫得再好听，又有啥用？因为过去他上过这样的当，政府说过像甘蔗一样甜的话，比如说要整修寨子附近的一座坏了的桥，他睁大眼睛、伸长脖子，从早到晚地等待着，连月连年地等待着，却是一次次失望。直到小牛都变成大母牛下了小牛，后来又做了牛外婆，也不见那桥边有半块石头、一根木头。

李方札想出了一个确保自己不吃亏的办法："只要你把达勐说通了，我帮你办啥事都行。"

张钧山暗想，这商品交易极不发达的地方也懂得交易了，不知这是从平时物品交换中得到的启示，还是人类固有的本能？或许这并不是坏事。看来，这李方札心里的道道比达勐多，一下说服他并不容易。不过，从他的态度、情绪看，应当还是大有做工作的余地，便说："这样吧，该我办的我一定尽心去办，该你办的你也尽快去办，并且你我说话都要算数。"

李方札却依然是既不答应，也不拒绝，只是表示："你说话算数，我说话也一定算数。"

张钧山离开后，李方札依旧在想这件事，还想到一个人，便问儿子："不晓得那达勐对这个新县长是啥态度？"

"我听鲁娜说，她阿爸已答应帮助政府发放农具、种子了。"李甲柱回答。

李方札一愣，有这事？达勐这家伙脑壳倒像是陀螺，转得快，同意帮新政府办事。这样一来，他就一下成了大象，我可就变成小鹿了，这不行。他捧起了烟筒，一边吸烟，一边琢磨着应该怎么办。

"我看，帮政府办事不会吃亏，实际上是帮自己寨子里的人办事。既然前面有人提着油灯，我们不也可以跟在后面借着光亮走？"李甲柱说出了自己的想法。

李方札马上放下烟筒，又一次赞同了儿子的意见："你说得对。那你赶快去追张县长，让他转回来……"

两个山寨的工作已经初步有了成效，但这还是远远不够的，必须让边地所有的土地都感受到春风化雨、滋润万物的神奇力量，去迎接亘古未有的巨变。张钧山根据已经获得的经验，接着做其他村寨的工作。他带着随从，骑马、步行，走在山间小路上，走进彝族村寨，跨入傣族村落，穿行在哈尼族、拉祜族、布朗族、傈僳族的寨子……

一次次进村入寨，让他感触极深的是，这是一片美丽而神奇的土地，雨水丰沛，几乎没有冬天，即使是冬日里也有鲜花盛开，庄稼一年三季都可以惬意地生长，但这又是被贫困的恶魔控制的土地。近乎原始的生产方式，使土地变得惊人的吝啬，一亩地只能收二百来斤粮食，民众一年劳作，所得有限，各族群众一代又一代延续着深度贫困，过着食不果腹、衣难蔽体的日子，所有的生命都遭受贫穷的无情作弄和残酷折磨，显得卑微而脆弱。千百年来，这里就像是埋在土里的石头，没有任何变化。依照他拥有的知识去判断，这里多种社会形态并存，有一些民族尚属于原始社会末期。中国大地，山河已经一新，这种状态必须改变，但这绝非易事。他感到肩头上担子的沉重，也感到了身上责任的神圣。

发给一些群众锄头、种子已有一段时间了，不知道现在情况如何，需要一看究竟。

张钧山又带着部下出发了。在路上，他发现长在地里的水稻、苞谷、小红米、土豆、红薯叶绿杆壮，一片生机盎然的样子，似乎能听见庄稼拔节和泥土里的果实膨大的声音。

阿尼正在地里除草。地里庄稼的长势，让他心里飘荡着从未有过的欣喜。手中的锄头已由灰黑色变成了白亮色，为他立下功劳，就像勇士手里的军刀。他惬意地挥动手臂，锄头在土地上快速起落，一根根、一蓬蓬杂草被清除，庄稼也似乎在锄头的起落中，不断地长高。阿尼过去是从不给庄稼培土除草的。

张钧山爬上山坡，向阿尼走了过去。二人像老朋友一样远远地便相互热情地打着招呼。

张钧山指了指阿尼身边的土地，很关心地问："这些都是你家的地吗？"

"不是，我家早就没有地了。"

“啊？那你种的这些地是哪里来的？”

阿尼解释：寨子里谁要是没有地，可以向地多的人讨种或借种，自己的地是向达勐头人讨种的。

“讨种？”张钧山第一次听到这个词，他立即联想到了要饭要钱的“乞讨”，这山山寨寨存在的谜题太多了，他对这个问题大有兴趣：讨种土地要给租子吗？

阿尼听不懂这话是啥意思，很茫然地看着张钧山。

“你讨种了头人的地，要交给他东西吗？”张钧山换了说法。

“给他一筒泡酒或一只鸡就可以了。地可以长期种，但地还是他的。”

张钧山立即明白了，讨种土地和一般的乞讨衣食有着极大的不同。这种方式足以使勤劳健康的无地者，长久地生存下去。施舍财物呈现的是人类的悲悯情怀，而把土地近乎无偿地给他人耕种，则可以称之为部族延续的古老智慧，也是个体生命延续的有效形式。

张钧山接着开始问今年庄稼的长势，这是庄稼芽苗刚刚拱出土层他便关心的事情。

阿尼已不像以前那般拘谨，更没有畏惧，从嘴里说出来的话显得随意：“长得太好了。你看，这杆子上的苞谷，长得像人的胳膊，泥土里土豆也已经长得像小孩的拳头那么大了。全亏了政府的锄头和种子。”

张钧山问得更多更深：“其他人家的庄稼长得怎么样？”

阿尼一只手扶着锄把，指了指远远近近的庄稼地说：“都蛮好。只是我家的要更好一些，因为我得到锄头和种子比他们要早好几天。种地像喂孩子，不能晚了。”

张钧山这时还发现，阿尼的地里已放置了假人假鹰，用来吓唬想偷吃庄稼的鸟雀，看来庄稼即将成熟，他心里一阵欣慰。这种欣慰带着甜蜜，很像他结婚后盼着女儿出生时的感觉。

张钧山又问：“有没有谁家用了政府的锄头和种子，长不出庄稼来？”

“没有，没有。现在我明白了，那些说政府给的农具、种子不能用的话，都是水人的话。”阿尼说得认真而又动情，带着几分气恼。

一阵山风吹过，地里的庄稼相互碰撞，沙沙作响，似是在为阿尼的话击掌叫好。

张钧山有意看了一下阿尼手中的锄头：“我原先说过，如果你不放心，可以在收下地里的庄稼后，把锄头还给政府。不过现在可以改变，等明年收了庄稼再还也行。”

阿尼变得有些心神不定了，这锄头还不还给政府，一直是他的一块心病。他内心非常渴求这把锄头能留下来，因为有了这把锄头，他的地里就会多几分收成。但，水里的鱼、天上的鸟总是成群成队走，这锄头留不留，还要看别人怎么办。他说出了心底的话：“如果别人还，我就不好意思不还了。”

张钧山拍了一下阿尼的肩头：“不用看别人。政府是我们自己的政府，用政府的东西就像用自己的东西一样。”

竟然会有这样的好事？阿尼疑惑地看了张钧山一眼，仿佛一下又觉得这个县长变得陌生了，但当许多事像闪电一样在脑海里掠过时，他又觉得这个县长更亲近了。

张钧山看到长势茂盛的庄稼，心中一阵喜悦，但当他远远看到在另一块地里劳作的岩邦的身影，一件一直挂在心头的事又袭上心来，这就是鲁娜和李甲柱的婚事。这件事实在非同一般，不是一桩寻常的婚事，它关乎两个村寨和民族之间的关系，还会关乎边疆民族地区工作的大局，然而办好这件事极不容易，犹如湖中厚厚的坚冰，即使有艳阳高照、春风劲吹，也很难一下融化为浩荡春水。他在苦苦思索双方都能接受的办法，就像打仗时寻求攻城拔寨的方案。

正在这时，通讯员喘着粗气跑了过来，并从随身背着的牛皮公文包里取出一个硕大的信封，信封上有“张钧山同志亲启”字样。

张钧山开启信封，取出文件看过以后，立即感觉到这件事至关重要，且十分紧迫，便赶忙与阿尼道别，返回县城。这会是一件什么样的事呢？

开　会

其实，对两个年轻人的婚事最上心、最着急的是达勐。他很担心夜长梦多，担心鲁娜和甲柱会像有些青年男女一样，因为家里反对他们相爱，便一起离家出走。有的女孩会挺着大肚子回寨，把生米做成熟饭，父母们最后也就只能像套上了笼头的马一样，乖乖就范，这样的事石门寨和许多寨子过去都发生过。所以这件事必须尽快了结，就像地里的苞谷，到了时间就必须摘下来。

达勐绷着脸坐在一个竹椅上，岩邦和鲁娜站在一旁。

达勐先是瞪了鲁娜一眼，然后神情郑重地说："鲁娜，你和那个甲柱的事应该有个了断了。"

鲁娜猜出阿爸要说哪样了，她没搭腔，侧过脸看着门外，她在回忆昨天晚上做的梦。

"如果你们的事到此一刀两断，也就算了。但如果还像树上的藤一样缠下去，我就不得不出手了。"

岩邦心里生出几分担心甚至害怕来。因为他听得出，阿爸的话里藏着话，像是草丛里藏着蛇。

果然，达勐直白地说出了自己的想法，让岩邦带刀出寨，把那甲柱的头取过来祭谷子。这样便是一枪打死逮住兔子的鹰，一下得到了两件猎物。实际上，在猎人头祭谷神时，许多时候也是选择冤家仇人下手，成了复仇的一种行为。

岩邦立即表示："这个……我不能去。"

达勐提高了声调，对儿子连训带劝：“你害怕哪样？这件事办了对你有好处。上次为了祭谷子，你带人出去把事整崴了，很丢人，我的脸一直像挨着火塘，发烧还发疼。如果你这次整好了，等于把破了的锅补上了。要不然，你怎么在寨子里立得住？”

“我哪样都不怕，只是怕两个村子又要打起来，就又会死很多人。”岩邦认真地回答，几次靠近死亡边缘，又听到了关于生与死的道理，使他对生与死已经有了和过去大不一样的认识。

“过节还怕剽牛吗？死人的事不用怕，祖祖辈辈都是这样过来的。”达勐对此好像并不在意。

一直没有吭声的鲁娜冷不丁插话：“找自己喜欢的人，祖祖辈辈不也是这样过来的？”

“乱说，这两件事完全不一样。鬼打着你脑门了？”

“咋就不一样？”鲁娜又是一句。

达勐加重了语气：“男人找女人，女人找男人，就像到山上砍竹子，找哪一棵都行。但两个寨子有了血仇，就像太阳在白天，月亮在晚上，不能同时在一起。”

“我已经好几次梦见水槽流水和摘西瓜了。”鲁娜说出了自己昨天晚上的梦，从早上到现在，她都没有走出自己的梦境。

听了女儿这句话，达勐的恼怒又添几分。对恋爱中的男女来说，做这些梦预示着婚姻美满。这样一来，女儿要嫁给李甲柱的决心就会像在锅里炒过的豆子，变得更硬了。她怎么就没有梦见树倒了、桩断了，或是自己被水冲走了？如果梦见这些，或许她就回心转意了。但即使女儿做了好梦，也不能改变他的主意。

达勐对着鲁娜反问：“做这些梦只是你自己说的，谁看见？”

自己的梦别人怎么能看见呢？鲁娜撇了一下嘴：我自己看见就行了。

接下来，她没有再回话。她知道，自己的道理即使比天上的星星多，说出来也没有用处。但她已经一次次对自己说了，即使星星不闪光、月亮总不圆，也绝不会改变自己的主意。她从口袋里掏出镜子来自己照着，这是她一有空便喜欢做的事情。

镜子和照镜子的动作，大大刺激了达勐，他怒冲冲地发问："你的镜子从哪里来的?"其实他心里很清楚这镜子的来路。

鲁娜看了阿爸一眼，还是没说话。

"你不说我也知道，寨子里有几个人买得起镜子？哼，蟑螂爬到饭桌上，都到这个份儿上了。"达勐猛地一把抢过鲁娜的镜子，顺手摔在楼板上。

镜子虽然没有碎裂，但现出了一道道裂痕，把达勐的脸照得扭曲变形。

对鲁娜来说，这镜子不仅是她梦寐以求的心爱物件，还能闪映出甲柱的一片真情，能隐隐约约地看见甲柱的影子。鲁娜见心爱的镜子裂开了，就好像心也崩开了，她捂着脸，大哭着跑进了客房。

达勐见女儿一副伤心的样子，心里也微微有些不安，还有些后悔，但他像打桩一样在心里打定的主意并没有丝毫改变，他口气严厉地告诉岩邦："这件事得抓紧了结。要让鲁娜心死，就得让那个人先死。你选个日子，出寨子去把事办了。"

岩邦从亲身体验中，在潜移默化中已真切地感受到了新旧社会大不相同，时代变了，有的事已不能像过去那样去办了，况且甲柱是妹妹喜欢的人。他已经想好了，任凭阿爸怎么催逼、怎么处罚自己，也绝不会提刀去斩杀李甲柱。

他在想着如何拒绝，但他也知道，即使自己硬着头皮顶着，不去龙竹寨，阿爸也一定会派别人去，甚至会亲自出寨去办。他心里涌起一阵阵的担心和恐惧。

有人在门外喊着："达勐头人，张县长请你明天赶去县里开会。"这是阿尼的声音。

达勐本来就对开会就没有兴趣，还存有戒心，加之因鲁娜的顶撞而聚在心头的气还没有散，心里更是像塞进了柴草，又堵又乱，他气呼呼地对阿尼连说带喊："摆酒请饭也得弄清楚客人是谁。我们种地打猎的，开哪样会嘛?"

那架势，那口气，好像这开会的事是阿尼决定的。

“这次是好几个县的人合在一起开会，很多寨子的头人和代表都会去，是政府要和大家商量重要事情哩。”阿尼继续说着开会的事情。

“那你一定得去，要不然就被别人看不起，还可能被人忘了。”岩邦赶紧插话，他很庆幸，由于阿尼的到来，可以避开刚才的话题。

在这一带，谁敢把我忘了？但达勐转而又觉得阿尼和岩邦的话都有道理，便换了口气：“不过，既然许多人都去，我也只好去一趟。张县长来过我家两次了，这回去开会就算还给他一个面子。”

第二天，达勐骑着他的大黑马进了沧西县城。

不大的会议室里，三十多名来自不同寨子、多个民族的代表人物围坐在一起，显得有些拥挤。有人在用或大或小的竹烟筒抽烟，烟筒里的水呼呼直响，室内烟雾飘忽，似乎是在火塘上熬汤煮饭，等待开会的人心里也像是火塘冒烟、锅里水沸，很不踏实。这些人从来没有坐在一起开过会，不知这次开会是为了哪样？

达勐还发现，李方札也坐在了会议室里，他顿时觉得眼睛里像是进了砂子，很不舒服，立即闪动一个念头：不能和他坐在一起。是要求他离开，还是自己起身回寨？他肯定也是县政府请来的，自己不可能让他离开，那就自己走吧，他站了起来，向门边挪步。

正在这时，主持会议的张钧山走了进来，达勐只好又返身弯腰坐下。

张钧山用明亮而亲切的目光扫视了会场一眼，开始说话，他的话从发问开始：“今年要收获的是新中国成立后第一次种的庄稼，你们寨子里的庄稼长得咋样？”

达勐顿时觉得有被哄骗的感觉，因为张县长说的并不是啥重要的事，而是地里庄稼这种很平常的事。种田种地的事，大家天天都在做，庄稼没遮没盖地都在眼皮底下长着哩，长势咋样一看就明白，还用得着召集大家到城里来专门说这事吗？早知道是这样，他就真的不来了。但县长的话马上有人呼应：“长得非常好，我们寨子里明年可能不会闹春荒了。”

李方札接着也说了类似的话。

达勐本来想说话，见李方札先开口了，便像呛了风一样，把话憋了回去。他斜着眼瞟了李方札一眼，话在心里响着：哼，不在这个场合跟他在这种事情上争高低。

又有几个人相继说到了与庄稼相关的内容：真没有想到，今年庄稼会长得这么好；今年一定会是多少年都没有碰到过的好年景。

达勐想，看来许多人像喜欢泡酒一样对地里庄稼的长势有兴趣。这倒也有道理，那地里的谷粒长得饱与瘪，那苞谷个头大与小，直接连着大家肚子的饱或饿，连着孩子的笑或哭，大家能不关心、能不感兴趣吗？

张钧山察觉到了达勐欲言又止的神情，问达勐："达勐，大家都说了，你为啥不开腔？"

达勐只好接腔："我们寨子不缺日头不缺水，地里的庄稼不比别的寨子差。"

"这就好。今年庄稼好，一个很重要的原因是大家协助政府，给许多群众送了农具和种子。今后我们还要想更多的办法，帮助群众种好地，多收粮食。"

张钧山的话让许多人连连点头。

这时，张钧山换了话题："今天请大家来开会，是有一件重要的事情要告诉大家，也是和大家商量。"

达勐这才明白，今天开会要说的重要事情还没有说哩。他这次不能让别人抢了话头，张钧山话音刚落，达勐便大声问："是要商量哪样事？"

张钧山很郑重地告诉大家：再过一个多月，就是新中国成立一周年。党中央、毛主席要邀请全国的少数民族代表到北京参加庆祝活动，今天所有在座的人都是邀请对象。为了把这件重要的事情办好，想听听大家对这件事有啥想法。

达勐这时意识到，今天要办的确实是一件大事。要让我们这些人去北京？为哪样？做哪样？他想第一个表示自己的想法，但他没有想好应该说啥话。

有人出声了，这是总把头发梳得很顺溜的傣族头人刀正哈："太好了，我很愿意去，我的祖上也曾经到过北京。”

身材魁梧的彝族头人龙起跟着表态：“我也去！听说北京很大很大，好耍得很。”

龙起的话音刚落，李方札接过话来：“我也去。”说完了还有意瞟了达勐一眼。

又有好些个人表示“去！”他们中有拉祜族头人聂拉和布朗族代表都堂。

还有几个人只是耳听眼瞧，没有表态。

张钧山又一次问达勐：“你呢？”话里带着明显的期待。

达勐挠了挠头皮：“北京那么远，来回要好长时间，这件事我还得再好好想想。”

达勐作这种回答，既是因为这件事情很大很大，需要细加琢磨，不能随便表态，还有一个重要原因是，很多人都说愿意去，李方札也要去，他不能像唱山歌那样，跟别人哼一样的调，唱一样的词，就是唱山歌也会临时换词。他要与众不同。

张钧山在会议结束时告诉大家：“有的人一时拿不定主意，也可以再想想。但还是希望大家都能去，机会很难得。”

答应去的人一阵叫好，没有答应去的人默然不语。

就在大家纷纷起身、准备离开会议室的时候，有一个人突然说了声：“我也去！”这是傈僳族代表力宝。他这个时候表示愿意去，看来是经过了一番认真考虑。大家还想起，刚才只有他没有说自己寨子的庄稼长得咋样，似乎是一个不爱说话却又会在适当时候抓住机会的人。

达勐看了一眼他很熟悉的力宝，然后像一只高傲的公鸡，直直地挺着头，目不斜视地大踏步走出了会议室。

达勐回到家，踩着木槽梯子上楼以后，像是爬了很高很陡的山一样，觉得全身疲乏，一屁股坐在了竹椅子上。他没有习惯性地提起大烟筒，而是眼神呆呆地望着竹楼的顶棚，想心事。他真正累的是心：今年这是咋样了？为啥不断出现烦心费脑壳的事？难道有哪样事得罪了至高至尊的木依吉神？桌上的饭菜，热气渐渐地消失了，他也没有靠近饭桌的意思。

岩邦本来想尽可能躲开阿爸，很怕他又说起提刀出寨的事情，但看到阿爸一副心事重重的样子，猜想是与到县政府开会有关，便走到近前，催促阿爸吃饭。

达勐烦躁地摇摇头："不想吃。"

"我给你倒一碗泡酒？"岩邦说着，把一截粗大的竹筒放到桌上。

竹筒里装的是家家会做、人人爱喝的泡酒。制作这种酒的师傅是女人，结婚仪式上，人们的祝福语里往往会有"生个姑娘像酒仙，生个儿子是财神"这两句话。制酒的工艺并不复杂：把酒曲和闷熟的小红米饭拌在一起，用芭蕉叶捂住，放在箩筐里发酵。十几天后，再装入粗大的竹筒里，加水浸泡后，再倒出来，便可以饮用。因为酒是这样用水泡出来的，所以称作泡酒，也叫水酒。喝完了第一道，还可以加水再泡第二道、第三道，虽然倒出来的酒变得越来越没有酒的味道了，但对有酒瘾的人来说，还是愿意喝到没有酒味、只有水味为止。当然，这做酒和做许多事一样，也是有禁忌的，做酒期间，不能把有酸味的水果和有腥味的鲜鱼鲜肉带回家，否则酒就会有酸味、腥味，不好喝了。达勐几乎每天必喝，今天要倒出来的会是第一道酒，但他也没有一丝酒兴，像是肠胃有了毛病。

妻子觉得很奇怪，很少见自己的男人会有上下嘴唇像被钉子钉住了一样，不爱说话，也对酒和饭没有兴趣的时候，也没有见他碰到过害怕、担心、发愁的事情，今天这是咋回事？她说出了自己猜测的原因："你是不是还在想鲁娜的事？不翻地的锄头，放一放吧。别伤了女儿的心，还伤了自己的心。"

达勐不耐烦地摆了摆手："今天我没有工夫想她的事。"

"是因为今天在县里开会碰到哪样恼火的事吧？"岩邦有意探问，他对开会这类事倒是有兴趣，他渴望知道更多的事情。

达勐正了正身子："是。这真是一件野蜂在柱子上做窝的事，实在叫人烦。张县长要让我去北京，参加新中国成立一周年的观礼活动。"

"那就去嘛。我们寨子、我们家，祖祖辈辈有哪个去过北京？"

达勐却是心事满腹：“人怕离家，虎怕离山。一离开寨子就是千里万里远，谁知道会发生哪样事？你爷爷十六年前离开寨子后，就再也没有回来。”

“爷爷当年离开寨子是去和外国人打仗，你这次是上北京参观，完全不是一回事。”

“栽下的竹子活没活，要过一年才知道。共产党来到这里还不到一年时间，会发生哪样事谁也说不准。”

“竹笋出土几天，就会有竹子的样子。共产党到这里来的时间虽然不长，但做了许多好事，和过去的政府大不一样。我觉得是可以相信的。”

“我有时也是这样想的。但又觉得，竹子节多根多，事情不会这样简单。你知道吗，被共产党赶走了的国民党军队还在哩，营盘就扎在离我们这里不远的缅甸，一抬脚就过来了。”

“阿爸，你觉得不踏实，就让我替你去吧。”年轻的岩邦想为阿爸分忧，更是想去见识外面的世界，就像身上硬羽毛刚刚长成的鸟，向往在辽阔的天空翱翔。

这话触动了达勐的一根重要而敏感的神经，他说出了心里话：“这更不行。我们家、这石门寨今后都指着你哩，万一有个凶险的事那还了得？当年去班洪，你爷爷只是自己去了，把我留在了寨子里。他的眼力可以说是穿过了好几座山，要是当时我也去了，说不定今天就没有我，更没有你了。所以，实在要去，也只能是我自己去。”

“那就去呗。”

“做泡酒都得好些天哩，我得好好想想。”达勐说着，换了话题，“我叫你办的事准备啥时候去办？得抓紧哩。”

看来他对想要办的事一刻也没有忘记。岩邦不理会阿爸的话题，继续说去北京观礼的事：“我觉得您不用苞谷还没长穗就惦着种土豆，想得太多。很多人都说愿意去，你也可以宽宽心心地去。”

达勐还是摇头，心里想着：我还要再看看其他人啥个想法，愿意去北京的是真还是假？还要问问对内地情况了解的人是咋个说法。

“你这回可不要像在烂泥里走路，东倒西歪，又被李方札他们抢了先。”岩邦想以这种方式激一下父亲，让他尽快拿定主意。

一提及李方札，达勐心里便有股无名火：“他是他，我是我，捕鱼捉鸟，各有各的道。他已经说了要去，我更得自己想清楚想透了才行。”

达勐从来都是背一挨着篾席，呼噜声便会响起，今晚不断响起的是他翻身的声音，直到鸡叫了头遍以后，他才迷迷糊糊地睡着。不过，经过整夜的脑子伴着身子折腾，他倒是想出了一个道道。

天刚亮，达勐像往常出门一样，取下了挂在柱子上的方形挎包。这挎包是妻子用五色棉线精心织成的，上面有菱形图案，还镶嵌有银白色的芦谷子粒，这种植物的种子会像金属一样闪闪发光，便一下增加了这包包在人们心目中的分量。这挎包既是装饰物，更是外出时必备的实用物件，通常装的是火镰、火石、烟丝，如果去赶街，则还会装上钱。他把方包斜挎在肩上，走下竹楼，出了寨子，时而快走时而慢走，最后双脚停在了双江货栈。

朱青放下正在手中上下左右挥动的鸡毛掸子，热情地打着招呼：“达勐头人，最近忙哪样？好多天没见你来买东西哩。”

“是哩，没有眼睛的鸡满山找谷子，瞎忙。今天有空了，特地来你这里看看，想挑一些东西。”

“现在的东西明显比过去多了，还便宜了。我这里有新到的一批货，你好好挑挑吧。”朱青把手中的鸡毛掸子放在一边，转而问，“你是不是要出远门呐？”

“你咋个晓得？是哩，我可能要去北京观礼了。”

“真好，要是我也能有这样的机会就太好了。不过很奇怪，有的人好像还不愿意去。”

达勐心里一阵快意。看来到现在仍然不想去北京的还不止自己一个人，好在自己还没有打定主意。他很想知道别人不愿意去的理由：“是吗？为啥有的人不愿意去哩？”

朱青犹豫了一阵才告诉达勐：“这次去北京的大都是各个部落、各个寨子的头人，所以有人担心，人一走，这些土地、山林、村寨都得换主人了，去的人也可能回不来了。我也不知道，有些人为啥会这样子想。”

这些话让达勐心里本有的疑虑加重了。无风茅草不弯腰，在街子上已经听到过有人这么说，现在这个有见识的卖货人也这么说，细想起来，这些话还真有几分道理。这和张县长说的，完全是燕子尾巴，两股叉。

他抿着嘴，好久没说话，然后自言自语："到底谁的话信得着？"

"你说哪样？"朱青问。

达勐怔了一下："我也还在想，北京到底是去还是不去？"

"共产党对你这样的头人十分尊重，你就像林子里的鸟，自由自在，怎么着都行。你去，人家会很欢迎，还会好好招待你；不去，人家也不一定会怪罪，就像人家请客你不愿意去，还能绑着你去？"

"这事真是让人恼火。"

"不用恼火。头人是寨子里最有主意、最有本事的人，啥事能难倒你呀。最好是听人家的安排，去。实在不想去，就找个理由，或者是提个哪样要求，这件事就过去了。"

达勐觉得这朱青走南闯北做生意，见过的人和事多，话说得有道理，他脑壳里忽地闪出一个主意来，就像在口渴的时候发现了一泓山泉。

人　质

为适应形势发展的需要，原来思普一带的十几个县组建为普洱专区，专区行署驻地设在宁洱县。成为了师政委兼中共普洱专区党委书记的张钧山，也由沧西移驻宁洱。

窗外一片寂静，小草睡着了，大树睡着了，林子里的鸟也睡着了，有一间屋子里却不时发出“啪”的一声响。

在不太亮的油灯下，张钧山在宿舍里和一个十二三岁的男孩在下象棋。这个小孩是他的侄子，叫小桑，刚从老家曲靖来到普洱。张钧山的哥哥一直在家务农，抗战时被征调到腾冲修筑滇缅公路，和许多民工一样，因饥饿和劳累倒在了工地上。他的妻子闻讯从老家连夜赶往工地，谁知雪上加霜，祸里添祸，路上失足掉下悬崖。远在延安的张钧山很晚才得到消息，心中无比哀伤，却因山水重隔，无法远赴故里料理哥嫂的后事。他特别牵挂不满周岁的侄儿，便给自己当年情投意合，并在出走曲靖时海誓山盟的姑娘百合写了一封信，请她代为照料已成孤儿的小桑。百合勇敢地承担起了育孤的责任。去年大军进兵云南前夕，组织上特地安排张钧山先行回了一趟曲靖。他借机祭奠了大哥大嫂，看望侄儿，并与一直苦苦等候着他的百合完婚，然后再回归部队。张钧山同小桑的关系远远超过一般叔侄的情感，不是亲生，胜似亲生。

张钧山对着棋盘提醒说：“小桑，你的车马炮全都过河了，没有厉害的子看家，老将就会变得危险了。”

“不危险。赢棋只要用好车马炮就行。”小桑此时一门心思，外加两只眼睛，全都放在了车马炮上。

“棋盘上的每一个子都很重要，各有各的用处，兵卒和士象在关键时刻能起重要作用。下棋像打仗，既要有前方，还要有后方，既要有进攻，还要有防守。”

小桑并不回话，拿起炮，“啪”的一声放下，大喊了一声：“将军！”然后很得意地看着叔叔，他相信这一记闷攻可以立即取胜。

随着手中一枚棋子起落，张钧山也喊了一声：“反将！”然后笑嘻嘻地说，“这下，我可要吃你的车了。”

小桑这才发现自己刚才走的是一步顾此失彼的臭棋，他带几分懊恼，却以成年人的口吻说：“没看到、更没想到车会被您吃了。”但像一个斗志旺盛的战士，不肯轻易认输，又要在棋盘上布子再战。

急骤的敲门声响起，带着一阵风进来的是杜云良。

张钧山指着杜云良对小桑说：“叫叔叔。这位杜叔叔打仗可厉害了。”

小桑靠向杜云良，很认真地说：“杜叔叔。你教教我打仗吧。”

“棒！男孩儿就得勇敢，不怕打仗。”杜云良说着，转而问张钧山，“政委，这男孩是谁？真可爱。”

“这就是我哥哥的独生子小桑，今年十二岁。昨天跟着一位熟人从老家来看我。”

杜云良拍了拍小桑的脑袋：“那叫你小桑了。快快长大，将来也和我们一样，扛枪打仗，保卫祖国。”

小桑双腿并拢，调皮地举起右手，学着敬了一个军礼：“是，服从命令！”

张钧山一看杜云良的动作和表情，知道他有重要的事情要谈，便让小桑进房间睡觉。

张钧山转而问杜云良：“有什么要紧的事吧？”

杜云良正在具体负责组织观礼团事宜，他说出来的是一个非常要紧、让人揪心的消息：“有好几个寨子的头人反悔了，不愿去北京。”

“理由是什么？”

“有的说家里离不开，有的说身体有病，走不了远路。我看都是托词，其中可能另有原因。”

“那咱们就找到原因，对症下药。”

“还有让人哭笑不得的呢。有一个头人竟然提出，自己不去，让儿子替自己去。”

“我看这倒未必是坏事，让年少者受受教育也好。”

“愿意去的让他去，不愿去的怎么办？”

张钧山若有所思地点了点头，他又端起了搪瓷缸，但很快“笃”的一声放在了桌子上，因为他已经找到了解决办法：“雁阵飞行看头雁。只要把达勐的工作做通了，其他人都好办。我明天去找一趟达勐。”

这是三进石门寨，三找达勐了。与上两次不同的是，这次要办的事情在时间上极其紧迫，不仅要把工作做通，还必须快速。这种紧迫化作了山道上的马影飞驰，蹄声急骤，犹如追星赶月，卷起一路烟尘。

路边的庄稼地里，玉米伸出了粗壮的胳膊，番薯土豆的叶子肥厚宽大，显示埋在土里的果实壮硕。看到这一切，张钧山的心里漾起阵阵喜悦，但他顾不得多看路边地里的庄稼，只是急急地赶路。

达勐见张钧山又一次来到家里，微微有些意外，他知道会有人来找他，但不曾料到又是原来的张县长、现在的张书记来找他，并且这么快就来找他。本来就有心事的他这时心事更重，甚至心里有些慌乱，他不冷不热地招呼张钧山坐下。

张钧山的话开门见山：“达勐头人，去北京的观礼团很快就要启程了，今天特地来看看你究竟是啥想法，有啥困难没有。”

达勐迟疑了一阵后回答：“还真有点困难。”

“有哪样困难？说出来，我们一起来解决。”

“我想，这回不去北京了。”

“因为哪样？”

“我年纪有点大，身上还有病，怕走不到北京就歇下了。”

坐在一旁的岩邦对着张钧山摆了摆手，又用两个指头轻轻地敲了敲自己的脑袋。

“我叫医疗队的医生来给你看看，吃吃药，打打针，也就好了。”

“我不愿吃药，更害怕打针。”达勐带几分紧张地回绝。

张钧山挨近达勐，很关切地说：“有病就得吃药打针。不过，你不愿去北京，并不完全是因为身体的原因吧?”

这达勐平常说话办事，总是如同利刀剖竹，一捅到底，干脆利落，他觉得说话弯来绕去就像脑壳闷在毯子里，很难受，同时又觉得这张书记的眼睛像锥子，一下便扎到了自己的心里，他忍不住说出了憋在心里的话：“竹子还是直的好。我把话直说了吧，我是怕离开寨子就回不来了。”

“这话是你自己想的还是听别人说的?”

“好些个人都这么说，我自己也是这么想的。连老虎都不愿离开自己的山头，真的要去北京，我心里像河面上吊着的藤桥，摇来晃去不踏实。”

“因为哪样不踏实?”

达勐说出了心里不踏实的好多条理由：“我的家，我的地，我的牛，我的山林，都在佤山，都不能跟着我去北京。人离开了，实在放心不下。”

张钧山说出了达勐心里可以踏实的好多条理由：“去了北京，那些地还是你的地，房子还是你的房子，山林还是你的山林，自己跑不了，别人也搬不走。所以，你心里可以像石头桥一样踏踏实实。”张钧山还特别强调，“我可以保证你快快乐乐地出寨，顺顺当当地回寨。”

“你用哪样作保证?”达勐很不客气地反问。

“你需要我用哪样作保证，我就用哪样作保证。”

“嗯，硬气。那就把你的兄弟或者儿子放在我家里。如果月亮圆了三次我还没有回来，就按我们的民族习俗办。”达勐说着还用手掌做了一个砍杀的动作，以表达和强调自己话里的意思。

张钧山知道，以人为质，这源自人类社会早期的一个古老习俗，有时仍然是当地一些寨子之间解决冲突时使用的手段，由此发生过许多人质惨死的血案。当达勐提出要自己用亲人做人质时，他只觉得脑袋“嗡”的一声作响。

这是他完全没有想到过的事情，并且他还知道，这是很难有讨价还价余地的事情。他没有立即表态，他需要冷静一下，认真地思考应对之策。

“原来你们共产党也有害怕的时候？那就算了吧。”达勐说完，冷冷地看了一眼张钧山，只见张钧山两条浓浓的眉毛挤得很近，嘴唇咬得很紧，脸上变得像块铁疙瘩，硬邦邦的没有表情。看来他在想啥招了，甚至像自己说的在害怕。这或许真的就如同朱青老板说的，只要提出一个啥要求，这件事就会像房梁上的老鼠，一下就过去了。他觉得自己这一招很管用，心里泛起几分得意。他最希望的结果是：对方不愿答应自己的条件，自己也不用去北京。

但张钧山的回答出乎达勐的意料：“我愿意把亲人当人质。”接下来，还有让达勐吃惊的话，“我还没有儿子，只有一个不到半岁的女儿，还是一个出生时不足月的女儿，现在住在曲靖。我可以把她母女俩一起接过来，住在你的寨子里，这等于是两个人质了。”

“女儿不行，必须是男孩。”达勐这句话如同法律文书上的判词，接着补充说，“你家没有，换一个其他人家的男孩子也行。”

可上哪儿去找男孩？身边的工作人员极少有结婚生子的，即使能找出来，会同意吗？自己又忍心让同事或战友的孩子去承担这种风险吗？

张钧山又想了好一阵，想不出可以应对这意外情况、奇特要求的方案。他感到口渴得很，习惯性地想起了放在家里、今天没有随身携带的搪瓷缸，眼前也同时闪现出一个人的影子，那就是可爱的小桑。他的心本能地悸动了一阵，扼住了自己的一个想法，但看了一眼达勐，想到当前的情势，那个扼住了的念头又活动起来。他用力地咬了咬牙，艰难而痛苦地说出了又一个方案：“我有一个侄儿，由我抚养，实际上就是我的儿子。行吗？”

达勐迅速表示：“兄弟可以，兄弟的儿子也可以。”

“那就这样说定了。”张钧山说完，便起身离去。他不想再待下去，此刻他心里塞满痛苦和担心。痛苦，如同刀绞箭穿；担心的是，达勐会心生悔意，又冒出什么新的想法，提出什么新的要求，事情便办不成。他还担心，自己会因不忍心小桑当人质而心生动摇。

望着张钧山的背影，达勐站在门口好久没有挪动脚步，既感到很奇怪，又很是服气。这又是一件让他很难明白的事情：为啥会有这样的人，为了一件和自己并不很相干的事，竟然愿意让自己的亲人当人质？

在返回县城的路上，张钧山心里忐忑不安，小桑可爱的模样不断地浮现脑际，马蹄似踏在了自己的心头。自己无奈中作出的这个决定，无疑给小桑带来了极大的危险，如果真的有个三长两短，那将对不起死去的哥嫂，也对不起辛辛苦苦把他抚养大的百合，自己将会在内心终生怀着愧疚、苦痛和煎熬。然而，已别无选择。

张钧山回到宿舍，小桑迎了上来。

张钧山一下把小桑搂在怀里，轻轻地抚摸着他的后背，好久没说话。

小桑有些奇怪地问："叔叔，你今天怎么不说话，生病了？"

张钧山眼中噙着泪水，把小桑抱得更紧，他不想让小桑看见自己的眼睛。

小桑用力挣开了叔叔的手臂，有些惶然地对着张钧山再次发问："叔叔，你到底怎么了？"

张钧山抹了抹眼眶："小桑，我要让你在一个少数民族头人家住一段时间。"

"为什么？"小桑圆圆的眼珠变得更圆。

张钧山觉得很难一下把理由说得清楚，并且如果说得太清楚了，还可能会对小桑幼小的心灵造成冲击、造成伤害，他还可能会因为害怕而拒绝。

于是，他只简单地回答了四个字："为了革命。"

一想到要离开叔叔，一个人待在别人家里，小桑确实不愿意，他眼睛变得不灵动了，有些难过地说："我不愿一个人住在别人家里。"

"我也很不愿意。现在叔叔的工作碰到了困难，只有用这个办法才能解决。就像下棋，光靠车马炮不行，还需要兵和卒。"

小桑揩了揩眼睛："你是要让我去当那个兵或卒吧？"

张钧山无语，心里却是翻江倒海。

小桑见叔叔一副为难的样子，这时又说话了："那我就去吧。"

张钧山从小桑的话里，听到了勇敢和乖巧，也听出了害怕和无奈。自己可以无所畏惧地出生入死，但当自己的亲人要面临险境，并且是自己亲手把他推入险境时，张钧山变得痛苦万分，他捂着胸口，赶紧离开了。

张钧山像打仗时为了防空袭躲进防空洞一般，走进了办公室，想暂时逃开那笼罩全身的强烈而又难言的痛苦。

杜云良没有打任何招呼，便猛地推开门走了进来，紧接着话便像炮弹一样冲了出来："听说你答应把小桑送到石头寨做人质？这实在是一步险棋。"

"这确实是险棋，但看来这也是最管用的一步棋了。"

杜云良情绪激动，从多角度提出这步棋的危险之处：万一那达勐在路上生病、溺水、掉下山崖或是发生其他意外，那可都会把小桑的性命也给搭上去。

张钧山无语。他当然明白，这些可能性都确实存在。除此以外，小桑住在达勐家里，也可能另有难以预测、无法控制的风险。小桑如同身上挂了一个已经拧开盖的手榴弹。

"这实质上是用小桑的生命为达勐的生命担保，成了一种生命的交换。"

"也是，也不是。如果能由此换来民族间的团结，消解矛盾，避免冲突，那小桑就是在为许多人的生命作担保了。"

"只是这对小桑很不公平。"

"你说得有道理，只是现在已经是车到石墙前，无路可走、无计可施了。"

杜云良没有再说话，凝神静气开始想办法。但，这位在战场上纵横驰骋，破城池、炸碉堡、攻山头从来都不缺办法的勇士，却一时想不出什么办法。但他不肯放弃，依然像挖山凿洞般地使劲在想，终于想出一个办法来，他指了指自己的胸膛："让我去！"

张钧山一声苦笑："达勐怎么会让一个老虎一般的人当人质？弄不好他的家人反倒成了你的人质。"

这个办法看来是不成，杜云良的思维像接力赛一样想出了第二个办法："那就报告上级，说明情况，达勐不去就算了。"

"这不行，他不去影响可就大了，并且这不仅影响现在，还会影响将来。"张钧山说得斩钉截铁。

“为什么这样说？”

张钧山郑重地告诉杜云良：要促进各民族的团结与进步，非常需要让各民族了解和热爱新生的共和国，不断强化国家观念。这正是组织少数民族赴北京观礼的重要目的之一。所以必须按原定计划组织好，还必须让达勐这样的头人去。

政委就是站得高看得远。但杜云良依然不愿意让小桑成为人质，于是提出了第三个办法：“能不能考虑换个人？”

“换谁？”

杜云良觉得政委赞同自己的思路，便来了一句既像回答又似是发问的话：“换一个其他工作人员的孩子行不行？”

“这里解放才半年多，工作人员本来就很少，有孩子的工作人员更少。况且，我能这样做吗？”张钧山说完又补充了一句，“就像炸碉堡，我退下来，叫别的战士上，这能行吗？”

杜云良不知如何回答，张钧山又问：“如果小桑是你的孩子，你会要求换人吗？”

杜云良无言可对。

“你肯定也不会同意换人。”

杜云良点了点头。他这下知道，事情已无可挽回。这个千锤百炼的钢铁战士，垂着头快步走了出去。

张钧山仰起脸，眼眶里泪水滚动，继而像一道细流淌在了脸颊上，又变作好几颗水珠，挂在了下巴上。

几天后，就在张钧山在做着把小桑送去石门寨的准备的时候，杜云良带着一个人出现了，这人是商人施有福。

张钧山不由得想：现在不买锄头不买锅，杜云良带个商人来干什么？

杜云良的话如同石破天惊：“小桑不用去石门寨了。”

“为什么？”

原来，杜云良一直在思谋着不让小桑沦为人质的办法。他了解到施有福本和达勐有一面之交，还正好有个十五岁的儿子，让他的儿子做人质，危险系数会大大减少。反复做工作后，施有福最后同意让自己的儿子去做人质。

张钧山听了，先是一阵高兴，如同指挥作战时看到战士突破防线，攻入敌人的阵地，但他很快冷静下来。这等于把危险转给了他人，万一发生不测事件，就等于用施有福儿子的性命换取了小桑的性命。

张钧山坚决拒绝了这个提议。

杜云良极为失望，但很快又想出一个方案：让小桑和施有福的儿子一起押为人质，这样可使小桑免除孤独，也增加了安全性。

张钧山觉得这个方案倒可以考虑，他看了一眼施有福。

施有福当即表示同意这个方案。

杜云良又连夜赶往石头寨，把两个男孩入寨同为人质的方案告诉达勐。达勐也点头同意，心想：这好比猎物，多一个更好。

天上飘荡着阴云，山林里小鸟的叫声显得喑哑，山野的风吹在身上也不像平日那般滑爽，有时显得燥热，有时又略带凉意。

小桑从身后搂着张钧山的腰，和叔叔骑在同一匹马上。

杜云良、小石和几个战士骑马跟在后面。

大家心里发沉，神色凝重，一路上谁也没有说一句话，只有杂乱的马蹄声响在地上，传进耳里，落在心头。

走了好一阵，倒是小桑先开了口："叔叔，这两边的山真漂亮，很像我们老家。还要多长时间到石门寨？"

"很快就到了。是啊，祖国的山山水水都很漂亮，将来会变得更漂亮。"

"长大了我要到全国各地去看看，还要去北京念书。"

"有志气。不过这美丽的山和水，还要有人保卫，因此就可能会有人流血。"

"就像下棋，要取胜，就可能牺牲兵和卒，甚至车马炮，对吗？"

张钧山无言。

进了石门寨，来到了达勐的竹楼前，杜云良对着楼上喊着："达勐头人。"

达勐走了出来，当他看见小桑时，脸上立即如同有风吹过的水面，瞬间生出波纹，心里则卷起波涛：这张书记还真的把侄子送过来了，并且动作还像上房的火一样快。这个书记真算得上是一条说话算话、见死不皱眉头的硬汉子。

张钧山神色庄重地告诉站在达勐旁边的岩邦："根据我和达勐头人的约定，我把小桑交给你了，你可得给我看好。"

岩邦有点茫然地看了张钧山："如果施有福的儿子来了，你这个小孩就不用来了。"

"让小桑来，是我和达勐头人商定的，不能随便改变。不管施有福的儿子来不来，小桑都留在这里。"张钧山又转而对小桑说，"这是岩邦，你叫他哥哥。"

"岩邦哥哥。"小桑发出清脆的童音，他对今天发生的所有事情感到新奇。

杜云良很关切地问："施有福的儿子呢?"

"施有福说他儿子拉肚子了，过一两天再送过来。"岩邦回答。

杜云良心里暗想：该不会是这个商人在耍什么计谋吧?

在张钧山看来，施有福的儿子来不来，本不是什么太重要的事情，他深情地对小桑说："你先在这里好好待着，过些天我就来接你回去。"说完，把他精心准备的被褥、衣物和一些食物交给了岩邦。

在张钧山准备离去的时候，小桑突然感到了孤独，他又一眼看见屋里挂着好多个白森森、带窟窿的动物头骨，还有长长的钢枪和明晃晃的长刀，他的孤独加上了害怕，便带哭地喊着："叔叔，我不想待在这里，我要跟你回去。"

张钧山强忍泪水劝慰着："听话，理由我都告诉过你了。男孩子，要坚强，要勇敢。我和小石叔叔会来看你。"

小桑用手擦了擦已流到脖子上的泪水，断断续续地说："叔叔，我听你的话……留在这里……你们可要常常来看我。"

小桑一直拿在手中的象棋盒脱手掉在了地上，兵、卒、车、马、炮撒了一地，其中一个兵滚到了墙边，和挂在墙上的长刀尖正好对着。

这一夜，小桑先是在哭泣中睡着，又由于做噩梦而在哭泣中惊醒。

似是有心理感应，张钧山也是一夜未睡。他一合上眼，便似是隐隐听到了小桑的喊声和哭声，几次爬起身来，披着衣服，靠着窗户向石门寨方向遥望。黑沉沉的夜空里，有几颗明亮的星星在闪烁，很像是小桑的眼睛。有一颗流星划过天空，先是像一蓬火花，继而像一把闪光的刀剑，他觉得自己的心脏像擂鼓一样，咚咚直响。

孔明庙

第二天早饭后，在达勐家的客房里，一张小方桌上面，摆着好几样供品，供品对着的墙上挂着一些竹筒，这是祖先的牌位。

达勐要做一件极为神圣的事情，这是每逢重要时刻都要做的，就像到了春天必然翻地播种一样。他虔诚地跪下，双手撑在楼板上，微闭着双眼，轻声地一遍又一遍祈告：祖先，你们的后人达勐明天就要出远门、到北京去了，不晓得是福是祸。求祖上的灵魂用全部的力量保佑我，让我一路顺利，平安回家。这些天，你们千万不要到别处去玩耍，也不要喝酒、打瞌睡，要时时刻刻看着我，跟着我，护佑我。

祭拜毕，达勐端起了喝茶的竹筒，向地面洒了几滴，以茶敬神，这也是出远门时必然要做的。祭祀是敬祖，酹茶是拜神，以此求得双重保护。

达勐把岩邦叫到楼上，取出从双江货栈买回来的布料，递给岩邦："虽然鲁娜不听话，但我还是很疼她。上次把她的小镜子摔坏了，我心里一直像长了一根树杈，很不舒服。我本来想去买一块新镜子给她，可是货栈没有，所以给她买了一块布料，你找个时间给她吧。"说到这里，他换了语气，"不过，她要嫁给龙竹寨头人的儿子，她就是哭干了眼泪、上吊投河，我也是不会答应的。盼着她能回心转意，你也好好劝劝她嘛。"

岩邦似答非答地"嗯"了一声，心里泛起对妹妹的同情和担心。不过，以他对鲁娜的了解，她既不会哭干了眼泪，也不会上吊投河，她做事情有主见，有办法。

达勐又带着几分伤感地交代儿子："我出去以后，你也抓紧串一个喜欢的姑娘吧。我希望能活着回来，能见到你结婚生娃子，能见到牛还在牛棚里，见到房子好好的。”达勐像是竹筒里倒豆子，要把心里想到的话全说出来。

他的竹筒里还有一些豆子没倒完，过了一会儿，又哗啦啦地往外倒：“我身板像只熊，老虎豺狼都不怕。如果我死了，有人却说我是病死了、摔死了，或是自己用刀割了脖子，那肯定都是骗你们的，我一定是被人害死了。家兴靠女人，寨旺靠男人，你就一定要带领着全部落的人替我报仇雪恨。”

达勐此时的心情很不平静，像猪圈里的草，乱糟糟一团，说完这番话以后还停下来喘了一会儿气，然后话语变得沉重，似是一种诀别的交代：“你千万记住，如果我这次真的回不来了，那我们就世世代代都再也不能相信政府，不能相信汉人。你要经常看看天上的月亮，我已经和张书记约定，三个月后我就必须回寨。如果月亮圆了三次我还没有回来，你就要用最解恨的方式，把那个押在我们家里当人质的男娃砍了。”

岩邦心里是很相信政府、相信张书记的，连日来心里还喜滋滋的。他神情轻松地告诉阿爸：“我觉得你可以放心去北京。你不是说过，佤族、拉祜族、傣族、汉族都是从同一个司岗里出来的，这些民族都是亲兄弟吗？”

这些传说达勐自己确实对儿子说过，所以当儿子说起这些时，他不知道该说什么了，想了一会才找出话来：“即使是亲兄弟，也会有动刀动枪、打得头破血流的事情发生。”

经阿爸这么一说，岩邦的心像湖水里投进了石子，漾起了涟漪：阿爸年纪大，经历过的事情多，或许有几分道理？他原本的高兴劲一下减弱了几分，他不由得把目光落到了坐在门前一棵树下读书的小桑身上，似乎想从这个小男孩身上找到答案，但这个小孩又懂啥呢？他转而又对小桑产生几分同情，大人们的事，为啥把一个未成年的男孩儿弄成这样？于是在心里暗暗地向木依吉神求告，愿阿爸和这个可爱的小男孩都能平平安安。

为了让父亲高高兴兴地出门，岩邦微笑地劝慰着：“阿爸有本事，有福气，肯定能像每天出窝的鸟，拍着翅膀唱着歌回窝。”

“你如果真的想让我放心地去北京，就别忘了把我给你交代过的那件事办好。”转瞬间，达勐又由慈爱的父亲变成了威严的头人。

岩邦当然知道阿爸是叫自己去办啥事情。他没有接腔，父亲马上要出门了，他不想在这个时候说出让阿爸很不愿听的话来，影响他的心情。他开始帮阿爸收拾行李。

其实，对于去北京心中忐忑不安，因而寻求精神慰藉和神灵帮助的远不止达勐一人。许多人都祭祖拜神，祈求保护。

那李方札在大龙竹前跪拜祈祷的是：请灵验的竹神保佑我平安顺利回来；保佑寨子里不着火，不死人，不死牛；保佑我儿子甲柱和鲁娜婚事顺利。

拜毕，李方札交代儿子：“这次达勐也要去北京，这段时间让鲁娜少来找你，让她多陪陪她的母亲。”在即将离开寨子、离开家人的时候，他忽然心生感叹：哎，真像张书记说的，冤仇还是要像绳结一样解开好。但不知道，这个打在了心上、像勒在脖子上一样的结，啥时候才能捋得直、松得开？

赴京观礼的人在家里作着各种各样的准备，张钧山则是带着急切的心情等待大家的到来。他希望所有的人如期成行，对可能出现的意外也不无担心。他像在指挥一场战斗，想得很深很细：会不会有人心生悔意、不愿上路？会不会有人故意阻挠？发生这些意外怎么办？真是每一步、每一天都让人牵肠挂肚、放心不下，每一件事情、每一个细节都必须妥加应对。

张钧山现在很关心而又担心的问题是：达勐三天前就该到宁洱集中了，为什么还迟迟不见人影？

他把杜云良叫了过来，听到的是让人意外、让人忧心的情况。

原来，达勐头人在拜完祖先后，便穿戴整齐，准备前往宁洱。

妻子这时告诉他，明天是新米节。佤族和许多民族一样，重视节日，并且节日很多。这新米节是欢庆谷子成熟的节日，对农耕民族来说，是很重要的节日。在这个节日要修路搭桥、打扫寨子，要杀猪宰鸡、用新采的谷子熬粥煮饭，还要唱歌跳舞、斗牛摔跤。达勐想，这个重要的节日不能错过，那就过了节再走吧。热热闹闹地过了几天节日以后，他想起该去宁洱了，但他又想起还有一件事情需要做。

他叫来寨子里的魔巴杀鸡打卦，占卜凶吉。看鸡卦是佤族生活中一件不可或缺的事情，就像缺不了火塘一样。魔巴先是念了一阵咒语，再用锋利的竹片把一只毛色斑斓的小公鸡宰了。拔毛煮熟后，取出鸡的两根腿骨，比齐后用绳子扎紧下端，让鸡骨的上端像树杈一样张开，然后再用事先准备好的四根细如缝衣针的竹签，在鸡腿骨上刺探孔隙，眯起他那被皱纹重重包围的小眼睛，很费力地细细观看，得出的结论是：卦象不好。于是从头再来，又杀了一只鸡，依然是凶卦。直到看完第四只鸡的腿骨，才以沙哑的嗓音告诉达勐：大吉。明天可以出门。

早上，天地间轻雾笼罩，浑身泛白的太阳缓缓地爬上山巅，散发出不像平日那么精神十足、那么耀眼夺目的光芒，整个寨子像蒙了一层轻纱，影影绰绰，少了往日的明丽，多了几分神秘的气氛。

达勐一身出远门的打扮，岩邦牵着马跟随。走到村口，树上有斑鸠的叫声传来。他停下脚步，侧起头，支棱起耳朵倾听鸟的叫声。本来，看鸟飞、听鸟叫是很让人惬意的事情，但此时此刻，达勐却是精神高度紧张，因为这时的鸟，已完全不是他平日眼里的鸟，而是承载有特别使命的鸟了。他注意到，鸟在左侧鸣叫，叫过以后横着“唿”地一下从面前飞了过去。不好，这主凶，不吉利，今天还是不能出门。

听完杜云良汇报的这些情况后，张钧山是苦笑、无奈加担心：要是别的事，等等也无妨。只是这件事他一个人不到，整个观礼团就无法成行，就像打冲锋枪，一个子弹卡壳了，后面的子弹就无法出膛。况且时间已经很紧很紧了，还不知道后面又会生出什么意想不到的情况，那就不知道要等到什么时候出发了，必须让达勐尽快出寨。他又感到喉咙发紧了，把手习惯性地伸向搪瓷茶缸，喝了几大口水，然后抱着茶缸，开始踱步。

“我倒有个办法。”杜云良接着细细地说出了他的办法。

张钧山略带勉强地点了点头。

杜云良连夜行动，带着几个人，犹如作战时的奔袭，来了一个急行军，在日头刚露脸时便赶到了石门寨，领着带来的锣鼓队等在了达勐的竹楼前。

达勐双脚刚一跨出竹楼，锣鼓便“咚咚锵锵”地响了起来。有节奏的鼓乐声伴着达勐的脚步声，热热闹闹地向寨口走去。这让达勐很是开心，甚至还有几分激动，脸上挂着兴奋。

但达勐依然没有忘记观察今天是否适宜出行。他一边走，一边抬起头、睁大眼，留心路边的屋顶和大树，特别是到了寨门口，还有意停下脚步，用目光不停地巡视几株高大树木的枝丫、树梢，他还想像昨天一样，听听鸟叫的声音，看看鸟飞的方向。但所有的树上都不见有鸟的影子，更没有鸟的叫声。他认定，鸟没有像昨天一样用叫声和飞行动作提示不吉，今天可以放心地出门了。他跟着大家，前呼后拥地走出了寨门。

红日破云，无边的天空铺满了灿烂的云霞，那云霞又从天上落到地上，山水田园也立即披上了华丽的衣裳。普洱专区行署前面名叫红场的广场上，旗帜迎着和煦的晨风飘动，多种乐器组成的鼓乐队排成了长长的队列，更有数以百计的各民族歌者、舞者，分两排站立。人们要以一个盛大的场面、隆重的仪式，欢送自己的代表去往北京。

普洱地区赴北京观礼团包括所辖十几个县的各民族代表，一共三十多人，成一字长蛇阵站着。每个人身上穿的是节日才穿的服装，背上还斜放着一个包袱；脸上带着春花般的微笑，心情则像过节一般兴奋，但也有个别人心里像秋千一般晃荡着，并不踏实。

观礼团中有达勐、李方札、龙起、刀正哈、力宝、都堂、聂拉等众多的民族头人和代表。引人注目的是，其中还有一个是只有十二三岁的哈尼族小男孩，手里拿着一个叫巴乌的单管竹制乐器，腰里还别着一个双管的巴乌，这就是那个替父亲去北京的男孩儿。他恰好和个子高大的彝族头人龙起身挨身站着，更显得矮小，就像一头刚出生的小象和一头成年大象站立在一起，叫人觉得很是有趣。

已成为副营长的杜云良是观礼团团长的特别助理，精神抖擞地站在队伍的前头。团长则已在昆明等候，因为他还担任整个云南少数民族观礼团的副团长，普洱观礼团的各项具体事务实际上由杜云良负责。

张钧山发表了热情洋溢的讲话，讲了这次北京观礼的由来和意义，还特别讲到，请大家不必有任何顾虑，尽管放心地、高兴地去北京。

达勐听到这里，悄声告诉身边的力宝：“他已经把侄子押在我的寨子里了。”

力宝没吭声，但是听张钧山的讲话更专注了。

张钧山讲话的结束语是：“你们到祖国的首都北京，参加新中国成立一周年的庆祝活动，这是无上的荣耀，也是全专区十五个县二百多万各族人民的骄傲。让我们挺起胸膛，带着欢笑，迈着坚定的步伐，向着北京前进！”

最后，张钧山犹如指挥远征的军旅踏上征程，把大手一挥，大喊了一声“出发！”

观礼团成员们纷纷骑上早已备好的马匹。由于路途遥远，山陈水横，加之山道崎岖，从宁洱到昆明的绝大部分路程需要借助马的驮力和脚力。

锣鼓声、鞭炮声响起，在四周的山峦间产生出巨大的回响，彼此呼应，似乎山山寨寨都在击鼓放炮。欢送的人们挥手、鼓掌，广场内外一片热烈、喜庆的气氛，这种气氛旷古未有。

这时，张钧山想起了一件事情，他走近已端坐在马上的杜云良，靠着马在杜云良的耳边郑重地一阵轻语。

杜云良俯身侧耳听完政委的交代，然后端坐于马上，正了正身子，抖动缰绳，驱动坐骑，领着长长的马队离开了广场，踏上了遥远而非同寻常的旅程。

在陡峭的山路上，马蹄发出轻重不一、杂乱而无节奏的声响。有时响亮，那是踏在了石头上；有时沉闷，那是踩在了泥土上；有时蹄声接着蹄声，那是走在相对平缓的山路上；有时蹄声忽快忽慢，那是行进在陡峭的小道上。

马队在高高低低的山峰间行走，很像船队在大浪中颠簸。马没有了奔驰，便失去了天性，无法显示它拥有的力量、速度和风姿。骑在马上的人则有着前所未有的兴奋、新奇，还有一点点不安，因为这是从来不曾有过的旅行。

翻过几座山峰后，进入一处地势平缓的山谷。

一座建筑物的废墟呈现眼前，地上有许多凌乱的石块构件，石块的缝隙内长有高低不一的杂草。在一块饰有图案的长方形石料上，显出三个很清晰的文字：孔明庙。

杜云良让大家在乱石上坐下歇息。

为什么在这里会有诸葛亮的庙宇？杜云良向去过很多地方、读过许多书的刀正哈询问。

这个傣族土司的儿子果然知道原由：三国时期，蜀汉政权治理这一片土地。由于诸葛亮在这里实行的是很开明的政策，因而得到各族百姓的拥戴。这一带有很多与诸葛亮有关的传说，人们在节日里把点亮的灯笼放到空中，这灯被叫作孔明灯；普洱有一个叫思茅的地方，据说是诸葛亮来到这里后，看到居民住的茅草屋，想起了自己在南阳的茅庐，便把这个地方叫思茅。当地一些人把孔明奉为神灵，所以在许多地方建有祭祀孔明的庙宇。

刀正哈的话音刚落，李方札便大有兴致地讲起了一件与孔明有关的传说：佤族和一些民族的房子样式原来都不是现在这个样子的，上下只有一层，住着不方便，还容易受到湿气和瘴气的侵袭而得病。孔明巡视到这里时，很关注当地人住的房子。离开这里回成都时，他在地上插了几根筷子，又把自己的帽子架在了筷子上，告诉当地人，你们今后盖这种样式的房子，这可以减少湿气，人和牲畜还可以分开居住。这一带竹楼的形状据说就是孔明戴的帽子的样子。

有几个人连连点头，因为他们也都知道这个传说。

爱说话的龙起在这种场合自是不甘沉默，放开嗓门，讲了一个有趣的故事：孔明刚进到佤山地界的时候，当地人并不欢迎，阻止他继续往前走。孔明计上心来，对头人说，你们让我一箭之地吧，我一箭射到哪里，就让我的马走到哪里。世代会使用弓箭的当地头人当然知道，箭能飞多远？答应了。那诸葛亮和当地头人喝完酒以后，走到一个高坡上，挽起宽大的袖子，拉开长长的弓，对着半空发了一箭。好家伙，那箭竟然像鸟一样飞个不停，最后插在了阿佤山的顶峰莱姆山，如果不是这山峰高，就不知还要飞多远。头人连称“好弩，神箭！”孔明也由此更深入地进到了佤山地区。这座山后来被叫作孔明山，因时间久了，把音叫偏了，现在叫成了公明山。

说到孔明，似乎许多人大有兴趣，布朗族头人都堂把话接上了：“这一带人对孔明有好感。一个很重要的原因是，据说是他带来了茶种，还帮助老百姓种茶，使这一带的老百姓不但有茶喝，还能把茶叶卖出去，用来买油买盐买布料。而要说到茶，我们景迈山的茶是又多又好，一千多年前就种茶了，现在还有千年老茶树，大叶的普洱茶在国内国外都很有名。不知道这些和孔明有没有关系？”

杜云良这时发表了看法：“也许有关系，也许没有关系，这些都并不重要。这些传说说明，这里很早很早以前就和内地有着紧密的联系，各民族之间很久很久以前就开始了交往。还说明，老百姓心里有一把尺子，谁对老百姓好，老百姓心里很清楚，并且会记住他。”

有人还想接续孔明的话题，却被打断了。小男孩方水允用手中的巴乌指着山下，对着层层叠叠铺在山上山下的梯田兴奋地大喊：“大家看，从这里望下去，我们哈尼族的梯田多漂亮哟，就像是挂起来的一幅幅画。”

果然，在高处和在低处看见的景象大不一样，那些层层连接、一直铺到云边的梯田，大小有别，形状不同，高低排列，很像精心绘制、刺绣的图案，在灿烂的阳光下，显得分外清晰、壮观、神奇，这是人和大自然的杰作。

杜云良想到一个有趣的话题：“很多人对云南十八怪有兴趣。我看应当再加上一怪，‘层层梯田到天外’。”

大家嬉笑着表示赞同。

刀正哈和拉祜族的聂拉很爱学习，即使在这短暂的休息当中，也各自掏出一本书来阅读。聂拉的发式大有特点，和其他拉祜族男女一样，他的头发基本被剃光了，只在光溜溜的头顶上留下一绺，这叫“魂毛”，显得很是别致，他的发式连同他手中的书本，让许多人投去关注的目光。

达勐问：“聂拉，人家刀正哈是傣族土司府里长大的，将来要办官家的事，办大家的事，这需要读书识字。你们拉祜族是打老虎的民族，读书有哪样用？”

聂拉很认真地回答：“读书很有用处。听说北京的茅坑都是标着字、分着男女的，不识字连上茅坑都烦火。”

所有的人一阵开心地大笑。

这时达勐带着惋惜的口吻说：“我们佤族本来也有文字的，可惜后来自己把它吃掉了。”

“文字还能吃？”方水允好奇地问。

不平常的旅程

达勐长长地叹了一口气："我们这一带的民族好像世世代代都缺吃的。"接着不紧不慢地讲起了本民族的一个传说。

很古以前，在佤山一带，有一对夫妇生了三个儿子。有一年，从地里收下了堆成了山的粮食，从森林里打到铺了一地的猎物。大儿子觉得应该用个啥办法把种粮打猎的经验记下来，就可以一代一代照着去做，也就再也不会缺吃的了。

母亲告诉儿子们：在很远的东方，住着一位智慧老人。他有一样宝贝，可以把见到的、听到的东西都记下来，并且永远都不会腐坏，这个宝贝叫文字。你们如果有志气，可以去找这个老人，但听说文字要记在又薄又软的东西上面才能带回来。

三兄弟决心去寻找宝贝，并且都带上了又薄又软的东西：老大带了一张牛皮，老二带了几庹白布，老三带了好几张做油伞的棉纸。

他们跨过九十九座山，越过九十九条河，终于找到了那个智慧老人。老人很热情地问，你们三个人是共同学一种文字，还是各自学一种文字？三人商量一阵后，觉得一个人学一种好。这样，丢了一种还会剩两种，丢了两种也会留下一种。三兄弟聪明而刻苦，每天从太阳出山学到半夜公鸡打鸣，夏不怕暑热，冬不畏寒冷。几年后学会了要学的文字，并写在了各自带着的又薄又软的东西上面。

返回家的路上，走到了一个三岔路口。这里草多树密，山道弯弯，像钻进了草丛里的蛇，三兄弟都记不清应该走哪条路回家。在争论了一阵以后，各自踏上了自己选定的道路。

在路上，老大干粮吃完了，为了活命，只好把写着佤文的牛皮一点一点烤着吃了。老二遇上大雨，写有字的棉布打湿了，烤干以后，有一部分文字留下来了，这就是傣文。老三走进一个部落停了下来，并在这里办学堂，教人读书识字，他纸上记的汉文都留下来了，这个部落的人后来成了汉族。

“要是他们有四个兄弟，其中一个是哈尼族，那我们哈尼族就也有文字了。”方水允走进了故事当中。

龙起觉得方水允年纪不大，却很有想法，问：“你多大了？一个小毛猴怎么也来了？”

“我已经十二岁了。我父亲心里害怕，不愿意来，我是替他来的。”方水允说着，把身子挺了挺，似乎要以此表示自己长得并不矮。

达勐对着方水允生出一番感慨：“你，有志气。我儿子当时也想替我来，但我没有同意。”转而又问，“你为什么带两只巴乌？”

方水允把两只巴乌比着放在了一起，然后说：“巴乌过去只有单管的，现在开始有双管的了。我最近在学双管的，所以把两只都带来了。”

龙起插话：“枪多了，还要会放才行。”

方水允扬了扬手中的乐器，很自信地回答：“当然会。要不然，我带着它干哪样？”

“那吹奏一个曲子听听。”龙起其实是想听乐曲，龙起和许多彝族人一样，从小喜欢巴乌这种会说话的乐器。

方水允站定，宁神静气，把单管巴乌送到嘴边，运动气息，手指跳动，低沉清亮的巴乌声随即响起。声音里有山风吹过，有流水淌过，还能听出鸟的鸣叫和人的歌唱。这个伴随着拉祜族走过漫漫长路的传统乐器，今天由一个男孩在一段特别的旅途中倾情吹奏，发出的声音显得特别清亮悦耳，飘得特别悠远，连天边的云彩也似乎在驻足倾听。

一曲吹完，大家一阵叫好。

但人群中，有一个人却无动于衷，口无言，掌无声，连表情似乎也没有任何变化，就像一座木雕。也许他对这种乐曲声太熟悉了，也许他另有心事。其实，从离开红场的那一刻起，他就像一面放在箱子里的芒锣，从不发声。总是静静地听别人交谈，或是一声不响地独自吸烟。

这人就是在会议室里最后一个答应去北京的力宝。他不爱说话，是因为父亲曾经告诉他，深山中的原始森林是树王“四武司扒”和动物王“华司扒”居住的地方，所以进了森林不要惊动他们，要尽量少说话。即使说话也要轻声细语，否则就会得罪神灵，就可能突发暴雨，引起山洪，导致灾难。这些话深深影响了他的性格。

真正让他变得沉默寡言的，是一次惨痛的经历：抗日战争时期，日本鬼子打到了傈僳族人居住的地区。男人们用弩弓、长刀、土铳抗击敌人，女人则带着小孩进到山林里躲避。母亲带着十三岁的力宝和只有五岁的弟弟，躲进了一个小山洞中。母亲反复叮嘱，不要出声。但弟弟待久了，哭喊着要出去。鬼子发现了，大吼着叫洞里的人出来。母亲知道，再在洞里待下去，母子三人都会丧命。她把力宝按在地上，轻轻地抚摸了几下他的脑袋，让他继续留在洞里，然后勇敢地带着弟弟走出了山洞。凶恶的鬼子用刺刀把母亲的腹部挑开了，还残忍地把弟弟连同母亲的乳房放在行军锅里煮了，又对着洞里用机枪打了一梭子，然后才离开。力宝侥幸活命，但不久后阿爸也在一次战斗中死在了日本人的枪口下。力宝从此更不爱说话了，上下嘴唇像被针线缝住了，目光也不像过去那么灵动，总是用表情或动作替代说话。叔叔担心他无法正常长大，便带着他移住到了现在的寨子。值得庆幸的是，他虽然不爱说话，但其他方面都很正常，很愿意用脑子想事情，并且在心里滚动的话像河滩上的鹅卵石，很多很多。

杜云良招呼大家起身继续前行。山道越来越窄，越来越险，连马也变得行走困难，有时前蹄跨出去了，后蹄好几次用力也跟不上去。大家离鞍下马，牵着马一步一步往前走。有的地方险峻得一侧如同是斧头劈过的石壁，另一侧是让人头晕腿颤的峡谷，云在身边飘荡，鸟在脚下飞翔。

山高路险，让马不仅行走困难，还感到害怕，目光里流露出恐惧，变得不像平日那样听话，不愿痛痛快快地往前走。骑手有时要费力地拽着缰绳，和马作一番较量后，马才肯迈动它那又瘦又长的腿，用细碎的步伐，费力地缓缓前行。

突发险情。在一个拐弯处，一匹马前蹄踏空，身子前倾，像一块崩裂的巨石滚下万丈深渊，这是达勐的坐骑。

达勐跌坐在地上，手里抓着的是断裂了的缰绳。他本来是用力拽住缰绳的，认为凭自己的力气和驾驭马的本事，完全可以控制住马匹。这回如果不是缰绳断裂，他会随着心爱的黑马一起坠下悬崖。

杜云良一路心里发紧，这一幕更让他惊出一身冷汗，因为他最担心的就是达勐发生意外，这种担忧害怕的心态，过去在枪林弹雨中都不曾有过。好在有惊无险，他便安慰着达勐："人没有掉下去就好。你骑我的马吧。"

达勐却是拒绝，坚持自己步行。他不能让别人觉得自己年纪大了，或是不中用了。

杜云良说了一个让马的理由：后面有的路段完全不能骑马，只能步行。轮换着骑，大家都可以省一些劲，可以积攒一些力气，以便顺利地赶到昆明。

达勐这才扶鞍踏镫，翻身骑在了杜云良的马上。

山风呼啸，铅色的云层压得更低，大雨像屋檐淌水一样下着，雨水在山峦丘壑间汇聚成无数大大小小的瀑布，凹凸不平的路面变成了大大小小的水洼，有的地段甚至变成了哗哗流淌的溪流。这个时候本应是雨水鸣金收兵的季节，遭遇的这场大雨或是老天爷有意出的考题，要考一考这支队伍的意志和力量。

石头的路面变得湿滑，行走的时候让人步步惊魂，步步费力。有时候，一个个像壁虎一般贴着峭壁，十二分小心地迈步移行；有时候，则像一只只蜗牛，艰难地沿着像梯子般竖起的山路向上攀爬。

达勐毕竟年过四十了，这时他已走得有些吃力，呼吸变得粗重，不停地用手抹去夹杂着雨水的汗水。突然，一块松动的石头顺着山坡滚向达勐，他本能地一躲闪，脚下打滑，身子向山崖下倒去。他一个应激反应，犹如鬼使神差，顺手一把揽住了崖边一棵碗口粗的树木，又很有经验地就地倒下，从而整个身体停在了悬崖边，双脚则已越过了悬崖边缘。

一直跟在达勐身边的杜云良眼疾手快，一把扯住了达勐的衣服，但二人依然在缓缓地向下滑动，亏得这时龙起和聂拉一起冲了过来，同时伸出了手，又一起用力，像拔河一样，把达勐拽离悬崖。聂拉光光的头，被岩石蹭刮出好几道血口子。

杜云良这才感到有几分后怕，如果达勐掉进峡谷，不仅凶多吉少，还会有人跟着受拖累，他的脑海中瞬间闪过小桑的影子。他大声喊着："路太难走了，有危险，大家相互照应着往前走。"之后他亮开嗓门，为大家放声吼起了在部队常唱的歌曲：团结就是力量，团结就是力量，这力量是铁，这力量是钢，比钢还硬，比铁还强……

在歌声中，在风雨中，一支由多民族组成的队伍，怀揣着憧憬和信念，在陡峭险峻的山路上，艰难却不停步地向前迈进。

路再长也长不过人的脚板，山再高也高不过人的脑壳。经过二十多天的艰难跋涉，观礼团成员把长长的路、高高的山、弯弯的水都甩在了身后，把畏惧、担心和艰险踩在了脚下，走到了昆明，住进了这个城市一家最好的旅店。

接待的同志告诉杜云良，整个云南省的观礼团早就按计划离开昆明了，可能已经到了北京。

杜云良一阵默然。一路上，他始终怀揣着一个其他成员不会产生、也无法察知的担忧。这种担忧随着进入昆明而像一个雨中背着的棉花包，变得越来越沉重。根据预定的行程，观礼团到昆明后，然后去重庆，由重庆乘轮船顺长江而下，到武汉登岸，再由武汉乘火车去北京。这些旅程至少还需要七八天的时间，可现在已是 9 月 28 日了，这便意味着不可能按计划在 10 月 1 日前赶到北京。如此一来，这次活动的意义便大打折扣，甚至要不要继续赶往北京也成了一个需要加以考虑的问题，一次耗费万千心血、经历无数波折的活动面临着夭折的巨大危险。如果真的是这样，这对观礼团成员是一次严重的失信，也将会使政府的信誉大受影响。但此时的他却是英雄无用武之地，他有为完成任务而甘愿献出生命的慷慨，可是面对越来越紧迫的时间却无能为力。

参观团成员坐在一间小小的会议室里，虽然疲惫满身，但都很兴奋，热烈地议论着接下来的旅程。

达勐大发感慨："路实在太难走了，从宁洱走到昆明竟然花了二十多天时间，亏得最后还坐了半天汽车。"

拿着书本的聂拉把书本靠在胸前，漫不经心地问："到北京还要走好久？"

"从昆明到北京，走路花的时间可能和宁洱到昆明差不多。"接话的是刀正哈。

"那就要再走二十多天？那啥时候能走到？"聂拉说完，又捧起了书本。

龙起挺了挺高大的身子，他依然精神饱满，说话不改风趣："水不停，就能从山上流到河里；脚不停，就能走到任何要去的地方。用不着尿泡里还没有尿就伸手解裤子，迟早能走到北京。"

刀正哈又一次显得见多识广，告诉大家："从这里去北京不用全靠脚板了，可以坐汽车，然后坐轮船，后面还可以坐火车。"

听到这里，正在摆弄巴乌的方水允一脸认真地问："火车能坐吗？坐上去不把人烧焦了？"

满屋子爆发出一阵大笑。

杜云良却是心事重重，一点也笑不出来，就像是牙正疼得厉害。

达勐觉得，最重要的事还得找杜云良，他说的话也最可信："杜副营长，这里去北京的路又远又难走，大家实在走不动了。就是有火车也不敢坐，咋办？"

大家的关切与议论，使杜云良的忧虑又增加了好几分，为了稳住大家的情绪，他故作平静地告诉大家："现在离国庆节只剩下两天时间，昆明到北京没有直达的火车，即使有火车也来不及了。不过，大家不用着急，我相信，上面一定会想办法。大家先好好休息吧。"

李方札轻声地自言自语："可千万不要再转过身又走回宁洱。"

达勐无意中附和了李方机的话：“那我们前面的受苦受累不全都白费了？这还了得！”他心里还有没说出的话，是不是政府故意安排的，只是把我们哄了骗了出来？

“这还了得”几个字像木槌敲钟一样撞击着杜云良的心。他略加思索，趴在桌子上，在一页纸上匆匆写了几行字，交给昆明的接待人员。

大家一个个唉声叹气地走出会议室，进到自己的房间，焦灼地等待着，就像是在饥饿中等待火塘上的苞米烤熟。

达勐却是例外，他不愿去多想那些自己弄不明白、更无法掌控的事情，他躺倒在床上，拽过被子便睡。一路经过的歇脚点，都有床和被子，但他睡上去以后，觉得身子像是躺在树上，心里不踏实；被子盖在身上像有木头压着，很不舒服。所以依旧和在家里一样，只睡在地板上，扯下床单裹在身上。听说到北京睡的也是床，盖的也是被子，所以他要像射箭一样，先拉几下弓弦，免得到了北京还是不习惯。或许是太累了，这次他很快入睡了。

在快要亮灯的时候，只听见杜云良在楼道里大喊：“大家快出来，有消息了。”

人们一个个从房间里走了出来，达勐也被惊醒了，他翻身下床，还没有穿好衣服，便从门边探出脑袋，像荷谷挤出荷衣一样。

一双双眼睛带着急切的期待盯着杜领队：有消息了？是啥样的消息？

杜云良站在走廊里大声宣布：“告诉大家一个特别特别好的消息，经西南军政委员会特别批准，让我们普洱观礼团坐飞机去北京。因为飞机需要调配和检修，我们后天上午出发。明天还可以在昆明歇一天。”

大家一个个惊喜满怀：从来没有坐过飞机，这次居然能坐飞机，真是让人太高兴了。这就好比打猎，本想打一只兔子，却居然打着了一头野猪。但大家很快又起担心：一天就能到北京吗？

达勐说出了大家的疑问。

杜云良的回答很肯定：“不要一天，飞机大半天就可以飞到北京。”

方水允忍不住很惊奇地问：“鸟用半天时间也飞不到北京吧？飞机能飞那么快？”

“能。飞机比所有的鸟都飞得快，并且快好多。”杜云良又是很肯定地回答。

听完这句话，楼道里发出欢呼，有人还用力地跺脚。浑身的疲劳、满心的担忧，顿时像风雨路途上滚下峡谷的乱石，不见了踪影。

不见了踪影的还有达勐的猜疑，他大声喊着：“要得！晚上得喝几碗泡酒才好。”

在明媚的阳光下，一架军用飞机从昆明起飞，跨越千山万水，徐徐降落在北京西郊机场。

机场上有大幅红布黄字的欢迎标语，刀正哈大声地念了出来，聂拉也跟着一起念。这让大家很是羡慕，识字真好。

中央人民政府民族事务委员会的领导带着许多人列队欢迎，达勐虽然一个也不认识，但他隐隐约约觉得，这些人都有几分像张钧山书记的模样和神态。

有儿童献上鲜花。当每个参观团成员手里接过鲜花的时候，心里涌起一阵温暖和激动，觉得这花别样的艳丽，散发出别样的清香。云南的鲜花很多，但今天才知道，鲜花不但可以观赏，还可以用来表达美好的情感，能让人的脸上和心里像花一样开放。

观礼团成员进入一辆客车。

杜云良这时想起了张书记临行前在马侧的低声交代，有意招呼达勐和李方札相邻而坐。两人略一犹豫，又互相看了一眼，挨着身子坐了下来。

达勐坐下后，便情不自禁地开口了：“这大铁鸟真是力气大，飞得快，果然大半天就从昆明把我们驮到了北京。要是普洱到昆明也有飞机就太好了。”

杜云良用眼睛瞧了瞧李方札，似是问：你说哩？

“要是普洱到北京有飞机那才好哩。”李方札不假思索地接了一句。

杜云良会心地一笑：“你们都说得太好了，我相信一定会有那一天。你们继续说吧。”

达勐、李方札又相互对视了一眼，却没有再说话。

似是为了免除这种尴尬，达勐故意拍了拍正襟危坐的力宝：“你为啥老是不说话？想家了？”

力宝微微一笑。他有点想说话，但还是继续选择了用耳朵听别人说话。

汽车开进了市区。观礼团的成员们瞪大眼睛，觉得眼睛忽然间变得豁亮了，变得不够用了。一切都那么新鲜、那么神奇，宽宽的街道，高高的城墙，一排排楼房，一个个店铺，在现实世界里和梦中的世界里，都没有见过。不时出现在眼帘里的自行车，更是吸引了许多人的目光，脸上是疑惑的表情：那有两个圈圈的东西为什么能在地上像陀螺一样飞快地跑动？陀螺只是原地打转，这个圈圈却是能转动着往前走，并且走得比人还要快，坐在那上面的人还不会掉下来。

北京城真大，街道真多，大街连小街，小街套胡同，胡同接巷子，巷子通院子，这太容易迷路了。不过，这汽车有能够发光的眼睛，挺能认路，不用人吆喝，也不用鞭子抽，七拐八拐，最后把大家送进了一个名字很有趣的地方——椅子胡同招待所。

观礼与献礼

丽日蓝天，天安门城楼庄严雄伟，两层飞檐中间挂着的国徽，在国庆节中第一次出现，分外引人注目。在秋天的艳阳下，楼顶和周边许多建筑全都好像镶上了黄金，发出耀眼的光芒。哟，这需要多少黄金啊。

天安门广场彩旗飘动，人山人海。普洱观礼团成员坐在东面的观礼台上，兴奋地朝四周观望。大家的眼珠子好像是加了润滑油的玻璃球，根本停不下来。一会儿向左，一会儿向右，一会儿看远，一会儿看近，一会儿仰起脖子看，一会儿低下头来看，因为进入眼帘里都是从来没有见过的东西。

嘴也像早晨森林里的鸟儿们，叽叽喳喳，声音不停。

“从来没见过这么多人，比我们过节或赶街时的人可是多多了。不，比森林里的树还多。”这是达勐说的。但他并不知道，此刻集聚在天安门广场的人有四十万之多，况且他对这样庞大的数字在心目中并没有概念。

“我们国家大，所以人在世界上最多。”这是刀正哈的话。

“这个城楼比沧西和宁洱城的门楼大多了、高多了，就是用我们寨子边的龙竹做成梯子也爬不上去。”这是李方札的话。

“北京住着这么多人，吃饭喝水怎么办？”这是龙起的话。

“还有上茅坑怎么办？”聂拉又提到了上厕所的话题。

正在这时，雄壮的乐曲如海潮林涛一般响起，压住了广场上所有的声音，人们凝神静气，向着天安门城楼方向张望。

毛主席等党和国家领导人出现在天安门城楼，顿时广场沸腾，万众欢呼，如同高山起舞，大海扬波。观礼团成员情不自禁地跟着一起欢呼，一起大喊，一下变作了那高山上的一棵草，那大海中的一滴水。有几个人还习惯性地手舞足蹈，一会儿便觉得嗓子发紧，声音发哑了。

方水允显得比其他人更兴奋：“毛主席住的地方一定比我们住的寨子大。”

马上有好几个人接话：“那还用说，肯定要大好多好多。”

首都的建筑和边地的寨子本来并无关联，也没有可比之处，并且远隔千山万水，但由于边地多民族成员进京，二者便自然而然地联系起来了，不只是建筑物的联系，更是心灵的联通和情感的联结，由此成了一个特定时刻大有意义的话题。

“嗵嗵嗵……”二十八响礼炮震撼长空，所有在场的人全都起身站立，聆听国歌，注视着国旗。参观团的成员们是第一次在国歌声中看到鲜艳的五星红旗冉冉升起，又看到所有的人垂手站立，表情庄重，一下被这种气氛深深感染，心中涌起从来不曾有过的神圣与庄严。当天晚上，杜云良教大家唱国歌。

阅兵开始。朱德总司令站在一辆没有顶蓬、没有外壳，似乎只有方向盘和车轮的吉普车上，向城墙一般屹立的人民军队挥手致意。人们也许不会想到，这辆美国制造的军用吉普，是解放战争中人民军队的战利品。不过，那本在右边的方向盘改装在了左边。

最让观礼的人们迷醉的，是人民解放军各兵种受阅队伍在天安门前排山倒海般的行进。今年和去年开国大典的阅兵有一个明显的不同之处是，受阅部队穿的是统一的军服，戴的都是大檐帽，因而更显得军容威严，威武豪壮。走在最前面的是陆军部队，他们步调一致，似乎是同一个人抬腿摆臂，落在地上的脚步铿锵有力，使大地也微微颤抖。他们的喊声，犹如雷霆，有着压倒一切敌人的英雄气概，是誓死保卫新生国家的激情迸发。与此同时，空中传来隆隆的响声，一架架飞机如雁阵掠过天空，银灰色的机身在太阳下发出耀眼的银光，那是磨亮了的刀刃的颜色。

紧接着，摩托兵部队、坦克、装甲车、用马拉着的炮车列阵随后而行。这是一股钢铁的洪流，长长的炮管威严地斜指着天空；车轮如海潮滚滚向前，可以把挡在路面的任何东西碾得粉碎。让人不可思议的是，这些用轮子在地上滚动的东西，也和人用脚步行走一样排列整齐，在行进中一点也不错乱、不变形，难道这些车也能听懂人的语言？

达勐看得情绪激动，他神采飞扬地问杜云良：“我们国家有这么多军队，这么多武器，哪个能打得过？”

“对，所以我们打败了日本鬼子，把国民党赶出了大陆，也保卫了我们新生的国家，中华民族再也不怕任何敌人了。”杜云良伴着隆隆的兵车声作答。

观礼团和许多此时在广场上的人们一样，并不知道：朝鲜半岛已是战云密布，中国政府正在考虑出兵朝鲜。阅兵式中透露的一个重要信号是，站起来的中国人民有同任何敌人血战到底并赢得胜利的决心和力量。第二天新闻报道中，对首都国庆游行在标题中使用的词语是“各层人民大示威”，其中的意蕴耐人寻味。这次阅兵，犹如一次出征前的集结和动员。十几天后，包括有受阅官兵在内的中国雄师跨过了鸭绿江。

观礼的人们很快又被广场上一支特别的队伍吸引住了，这是由一千九百匹马组成六路纵队的骑兵部队，并且所有的马都是一水的白色，无半根杂毛。马蹄得得，犹如大雪中的战马奔驰；马首高昂，如玉塑冰雕的马群，在看不见的力量牵引下快速移动。达勐突然想到，如果自己的马也在这马队里威风地行走，该有多好！

阅兵式过后，便是群众游行：少年儿童摇动着手中的花束，又蹦又跳，犹如山花开在广场上，显示着国家今天的蓬勃朝气和未来的无限希望；工人们穿着蓝色的工装，表达着国家要以工业为先导，实现国强民富的雄心壮志；农民挥舞着镰刀，显示了国家要以农业为基础、在土地上播种和收获希望的坚定信念。此外还有各行各业的队伍，无一不在展示着一年来的伟大成就，表达各族人民努力建设好新生国家的信心和豪情。

几个小时的观礼，参观团的成员们时而站起，时而坐下，时而鼓掌，时而呼喊。在这个特殊的日子，在这个特殊的场合，他们深切地感受到了国家的真实存在，感受到了国家的伟大力量，自豪感、荣耀感油然而生。一颗颗心如大海卷浪，血如滚汤沸腾，整个身心融进了天安门广场，融进了一个崭新的时代。

达勐不停地伸出大拇指，大喊着："真是太厉害了，了不起！"

许多人也伸出大拇指，呼应着。

一路极少说话的力宝也喊了一声"好"！

参加完天安门广场上的庆祝活动，大家的心情久久没有平静，又一个难忘的时刻正在等待着大家。

这是 10 月 3 日的入夜时分，华灯齐放，树影婆娑，此时的北京显出与白天不一样的风采。掠过院墙、树梢的晚风，带着田野果实的芬芳，带着令人怡然的清凉，吹进了北京城，吹在了人们的身上，也吹进了人们的心田。大街上，人群熙熙攘攘，人们神采飞扬，欢歌笑语，依然沉浸在节日的欢悦和激动之中。

观礼团的成员们走进了与天安门一墙之隔的中南海怀仁堂。这是他们从来没有听说过的名字，以至开始有的人还认为：中南海一定是有海水、有渔船的地方，想不到竟然是一个很大的院子，院子里有很多雕龙画凤、描金绘银的漂亮房子。

观礼团成员走进中南海怀仁堂，这时发现会堂里已有来自全国各地的一百多名少数民族代表。大家坐在有扶手的椅子上，心情激动地等待着。璀璨的灯光让大家一脸喜气、一脸红光。

毛主席和多位国家领导人出现在大家面前。

毛主席微笑着同大家打着招呼："各民族兄弟好！"

观礼团员们一愣，都不知道应当作啥样的表示才好，但怀仁堂内很快涌起了如同开闸的洪流，人们热烈欢呼，放声喊出了"毛主席好"。

毛主席向大家伸出了他那宽厚的手掌，许多人慌乱地把手在衣服上擦了好几下，才激动地伸了出去。

毛主席的话有着浓重的湘音，但云南人听得并不费力：新中国成立了，我们废除了旧的民族压迫、民族剥削制度，中国各民族从此建立了新型关系，大家都是平等的兄弟姐妹。过去，各民族都为中华民族的形成和发展，为新中国的建立和建设，作出了自己的贡献，都是祖国的优秀儿女。今天，我们要团结起来，共同奋斗，发展进步，把我们古老而年轻的国家建设得繁荣富强，使伟大的中华民族跻身于世界先进民族的行列……

毛主席的话音刚落，掌声如春雷声般地滚动。

接下来工作人员宣布：“由各民族代表向毛主席敬献礼物！”

达勐首先走出队列，把一杆剽牛用的标枪用双手举过头顶，语调极为庄重地说出了在心里说过许多遍的话：“毛主席，我们佤族有重要的事情都要剽牛。标枪有灵性，很珍贵，这是我家三代用过的标枪。把这件东西献给毛主席，也是献上了我们全家、全寨子、全部落、全民族，热爱新中国、热爱毛主席的心愿。”

毛主席接过标枪，看了看：“可见这标枪凝结着佤族的历史和文化，谢谢你。”然后又问，“听说你们还有猎人头祭谷的风俗？这个东西不好。最好能改一改，比如改成用猴子的头去祭，行不行？”

达勐一阵犹豫后认真回答：“可以改。但是猴子的头太小、太轻了，不能用。用老虎的头可以，但现在老虎不好找。”

“那你们回去好好商量吧。”毛主席依然面带微笑。

“毛主席，我们听您的话，回去后一定想办法改。”达勐的声音变得比刚才响亮、顺畅。

都堂双手托着一坨普洱茶。他看了一眼毛主席，又把目光收回，落在了茶上：“毛主席，这是产自景迈山的普洱茶，在我们布朗族地区，有世界上最古老的茶树，已在山上长了一千多年。这茶叶，就是从那些古茶树上摘下来的。”

毛主席轻轻地吸了一下鼻子，似乎在品味茶叶的清香，点点头说：“这茶的味道一定很不一般。那你们那里就应当算是茶马古道的起点了？茶马古道很了不起，就像一条纽带，把中国许多民族、把中国和世界联结起来了。”

轮到力宝献礼了，杜云良很担心会出现什么闪失。他揪着心，目不转睛地看着力宝的一举一动。这位一路上加起来才说了不到三句话的代表，在今天这个场合可千万不要还是默不作声，当然也不能说话跑题走火。昨天晚上，杜云良还对力宝进行了专门交谈，让他讲一两句与礼物弩弓有关的话。因为弩弓对傈僳族来说，大有话题，太有特点。历史上，弩弓和傈僳族一起走过了漫漫岁月，家家都有，出门必带，是男人身份的独特象征，是护家护身的可靠武器，是特色鲜明的文化符号，留下许多传奇，凝聚深厚感情。明清时期，傈僳族曾出现过以弓弩为武器的兵勇，被称作“傈僳弩练”，为卫国戍边、安边治边发挥过重要作用。在十八十九世纪之交的片马抗英斗争中，在二十世纪四十年代初的抗日战争中，傈僳族的强弓硬弩曾穿透侵略者的咽喉，插进侵略者的胸膛。

力宝捧着一把弩弓，走到了毛主席身边，双手递过弩弓以后，立即转身离开。

杜云良心里一沉：为什么不说一句话呢？

这时毛主席说话了：“你别走，你还没有告诉我你的名字和这弩的特点呢。”

力宝这时赶忙停下脚步，把身子转过去，缓缓却是很清晰地回答说：“我叫力宝，是傈僳族。这弩弓是我们民族非常重要、非常珍爱的东西。”

毛主席拨弄了一下弓弦：“弩是中国人在武器上的一大发明。战国时的秦军和三国时诸葛亮的蜀军很有战斗力，一个重要原因是，兵士使用了比一般弓箭更有杀伤力的弩。”

力宝听了，心里涌起一阵自豪。他心里有几句话想说，但最终还是没有说出口，只是把身子弯得像一把弩弓，向毛主席深深地鞠了一躬。

杜云良轻轻地舒了一口气。

又有观礼团的几个成员向毛主席献礼。龙起送的是彝族特有的查尔瓦，很像一件披风，男子披在身上，平添威武。聂拉送的是拉祜族很喜欢的葫芦，人们认为自己的祖先是从葫芦里出来的。葫芦成了拉祜人的吉祥物，成了人们出行时必须携带的物品。今天，葫芦则有幸成了珍贵的礼物。有趣的是，佤族和其他一些民族，也有的人认为自己是从葫芦里出来的，或许是葫芦的造型赋予了人们美好的想象，其中也折射出民族间的相通相融。

刀正哈敬献的礼物与众不同。只见他双手握着一把金伞，平放着托在胸前，用流利的汉语，以从容不迫的语调说："毛主席，我来自西双版纳，是土司的后代。云南有善于剽牛和能够猎虎的民族，我们傣族则是能够驯象的民族。"

毛主席点点头，然后对着所有在场的人说："可见我们中华每一个民族都很了不起。西双版纳是一个好地方，地名也非常好听。"

刀正哈接过毛主席的话说："西双版纳的意思是十二块土地。我今天献给毛主席的是一把金伞，金伞在我们那里是权力的象征。献上这把伞，表达的是我们傣族人民乐意在毛主席领导下，在祖国大家庭里，过幸福的新生活。"

"你说得好，我们收下傣族和各民族同胞的心愿。"毛主席接过金伞后，又问，"这样一来，你们就没有金伞了？"

"没得关系，西双版纳虽然没有了金伞，但可以迎来一轮金色的太阳。这是非常合算的。"刀正哈说着，又灵机一动，递过他很少离身的笔记本和笔，"毛主席，请您给我们题个词吧。"

毛主席接过刀正哈递过的笔记本和笔，快速写下"前进"两个字。这两个字是写给观礼团成员的，也是写给全国各个民族的，是一个伟大的召唤：各民族携手同心，在社会主义大道上奋勇前进！

献给毛主席的这把金伞，后来一直收藏在北京民族文化宫。

方水允这时急了，只有自己没有像大家一样向毛主席献礼，并且什么也没有带，这咋个行呢？他急中生智，拿出随身带的那支单管巴乌，学着其他人的样子双手递给毛主席。

毛主席接过巴乌，高兴地问："这是什么乐器？"

"毛主席，这叫巴乌，是我们哈尼族最古老、最喜欢的乐器。"

"好。我们各民族不但要有勇敢的精神，还要有文化素养。"毛主席说到这里，摸着方水允的脑袋说，"观礼团中有儿童，很有意义。中华民族的大团结，新中国的建设，需要一代又一代人的不断努力。"

掌声又起。

各地各族代表给毛主席献礼后，毛主席向各族代表回赠礼物。

毛主席接过工作人员递过来的一个布制大口袋，告诉大家："我代表中央政府送给大家的是一套衣服，还有一袋药品和牙刷牙膏。希望各民族都能过丰衣足食的日子，都拥有健康快乐的新生活。我还要送给大家一句话，中华人民共和国各民族团结起来。”

中央政府回赠的礼物中，蕴含着社会主义的中国在民族工作中追求的崇高目标，也正是各民族世世代代的殷切企盼。

精彩还在继续，接下来毛主席和各民族代表在怀仁堂一起观看文艺节目。

鼓乐声声，笙歌阵阵，来自多地的少数民族文艺团体登台进行专场演出。舞台上，新疆、内蒙古、吉林延边和西南地区少数民族的文工团，带着雪山的风情、草原的气息、森林的韵致、江河的气势，在充分地释放激情与创造力。有风情万种的独舞，也有气势雄浑的群舞；有清丽悠扬的独唱，也有声遏行云的合唱；有清扬委婉的独奏，也有真情横溢的合奏。一曲一舞，呈现的是各民族文艺的多姿多彩，展示的是中华文化的万千气象，表达的是各族人民热爱新生国家的一片衷情，还有对新生活的热爱和对未来的憧憬。

这一天正是中秋之夜，明月高悬，四海清辉，怀仁堂里各民族代表聚集一堂，营造出花好月圆的美好意境。当新疆文工团演出的哈萨克舞蹈《圆月》结束时，毛主席对坐在身边的柳亚子先生说：“这样的盛况，亚子先生为什么不填词以志盛？我来和。”此时此景，连共和国的缔造者也是激情澎湃，诗情难禁。邀人作词，主动唱和，是毛泽东主席一生中的唯一一次。

在这良宵盛会，面对主席的真情邀约，柳亚子先生诗心飞扬，文思如潮，即兴写下了《浣溪沙·怀仁堂观剧》：

火树银花不夜天，弟兄姐妹舞翩跹，歌声响彻月儿圆。
不是一人能领导，哪容百族共骈阗，良宵盛会喜空前。

第二天，毛主席写下《浣溪沙·和柳亚子先生》：

长夜难明赤县天，百年魔怪舞翩跹，人民五亿不团圆。

一唱雄鸡天下白，万方乐奏有于阗，诗人兴会更无前。

毛主席以领袖和诗人的情怀，以如椽大笔，为各民族代表进京观礼和进行文艺表演，留下了真实而形象的历史记录，以凝练的诗句对中国新旧时代的民族关系作了精确的描述，仅那“一唱雄鸡天下白，万方乐奏有于阗”，便将各族人民告别千年历史，开创伟大时代，同庆新生，共开新程，写得淋漓酣畅而又意蕴无穷，这无疑是一首描绘中华各民族并肩同心、去旧而图新的不朽史诗。

长城上

在观礼团成员住的椅子胡同招待所餐厅，一次晚饭刚刚结束时，蓄着两个小辫子的年轻服务员一边收拾碗筷，一边热情地问："各位兄弟民族的代表同志，我们做的饭菜合口味吗？北京的饭吃得惯吗？有不满意的地方请大家一定要提出来，千万不要客气。"

大家都觉得，这回在北京，天天欢天喜地，招待所工作人员如同亲人，饭好菜香，哪里还有不满意的地方？但让许多人感到意外的是，还真有人开口提意见。

说话的是大个子龙起："吃的住的都太好了。看，我们都长胖了，甚至长高了。"

龙起最后一句话引得一阵笑声。

刀正哈边笑边说："你再长就碰到天花板了。"

但龙起接下来的话让笑声戛然而止："不过我还是要提一个意见。"

大家一阵紧张，这个大个子有点过分了。不知他要提啥乱七八糟的意见？可千万不要说出给云南人丢脸的话来。

龙起说出他的意见来了："这饭桌上还缺少一样东西，使饭菜缺了一些味道。"

服务员把捧在手里的一摞碗又放到了桌子上，十分诚恳地问："缺了什么东西？请您说出来。"

龙起的话是四个字："缺了蘸水。"

这句话像一块石头掉进水里激起浪花一般，引起一阵哄堂大笑，饭厅里一下被欢快的声浪灌满。

服务员被这笑声弄得莫名其妙，一本正经地问："我明白了，你们的习惯是，饭和菜要用水蘸着吃。是要自来水、井水、开水，还是茶水？"

屋里又一次激荡起笑声，笑声比刚才还要响亮，也更持久，有的人笑得弯着腰捂着肚子，杜云良还清楚地听见了力宝的笑声。

杜云良等笑声停息以后，告诉服务员："是在一碗凉开水里放一些辣椒面、盐，然后蘸菜吃。"

服务员这时也笑了："我这一回长见识了。明天饭桌上就会有蘸水。"

方水允掏出了从不离身的巴乌，自告奋勇地要表演节目："为了感谢招待所的叔叔阿姨们，我用巴乌吹一个曲子吧。"

服务员微笑，观礼团成员鼓掌，大家已习惯在适当时候用掌声来表达自己的意愿和情感了，这是一种在不知不觉中的改变。

方水允把双管巴乌放到嘴边，运了运气，带着认真和激情吹了起来。方水允练习双管巴乌的时间不长，但今天却有很完美的发挥。别有韵味的乐曲飘荡在饭厅里，也飞出窗外。有人在门外听见这陌生而又动听的乐音，忍不住停下脚步，用目光向乐音吹响的地方搜寻：这是什么乐器奏出来的乐曲，如此优美动听？

一曲奏完，服务员竖起了大拇指："真好听，你吹的是什么曲子？"

"云南民歌，叫《快乐的节日》。"方水允回答。

"我们确实每天都是在过节。"刀正哈顺势作出了解释，这也是大家共同的感受。

达勐这时突发感慨："我是等过了新米节才离开寨子的，早知道在北京天天像过节，我就应该早点出家门，不至于耽误大家好几天时间了。"

龙起凑趣地说："还得感谢你，要不然大家怎么会有飞机坐？"

过节的感觉还在持续：观礼团成员把足迹留在了天坛的圜丘和祈年殿上，把笑声留在了颐和园的楼台与长廊之间，把身影印在了北海的碧浪及塔影之中……

长城巍峨。观礼团成员们弯腰蹬腿，登上了一个又一个高高的烽火台，纵目长城内外，万里山河，无边秋色，尽入眼帘，发出一阵阵惊叹、一声声赞美。

讲解员以溪流般顺畅而有节奏的声音，讲解长城的历史，讲解长城的特点，讲解长城与中华民族的关系，最后着重讲述了一段发生在长城边的故事：“抗日战争时期，各民族组成的抗日义勇军，为了挽救民族和国家的危亡，在长城脚下用枪炮，也用大刀长矛，还用拳脚和牙齿，与拥有飞机大炮的日本人舍命搏杀。长城上的砖块上，印有中华儿女的热血，见证了中华民族儿女保家卫国、舍生忘死的伟大精神。有一个叫田汉的作家到长城边寻找创作的材料，在了解到发生在长城边的战斗以后，写成了《义勇军进行曲》，后来一个音乐家把这首词谱成了曲，这首歌现在已成为中华人民共和国的临时国歌。对了，这位音乐家叫聂耳，是你们云南人。”

“国歌的歌词是什么时候写出来的？”达勐发问，因为讲解员的讲述，使他联想到了记忆中的往事。

“1934年。”讲解员回答。

“啊，太巧了。我们佤族和许多民族的兄弟在班洪使用大刀、镖枪，与英国人拼杀，竟然是同一年，并且当年在佤山地区同英国人作战的队伍也是由许多民族组成的，名字也叫义勇军。”

听了讲解，又听了达勐的话语，参观团的成员们受到极大震撼，那个一路不说话的力宝突然发问：“为啥在同一年，在中国的南方和北方，会同样遭受外国人的侵略？”

杜云良觉得，力宝的这个问题问得非常好，是参观团成员共有的疑惑，便请讲解员把这个问题加以解释。

讲解员犯难了，从来没有人问过这个问题，他也不曾思考过这个问题。但他还是在急速思索了一阵后简要地作了阐述：“这不是一种巧合，而是一种必然。一些西方国家强大以后，便凭借武力，对我们国家进行野蛮侵略。他们要霸占的不是某个地区，而是整个中国；他们要奴役的不是某个民族，而是整个中华民族。所以，1840年以后，我们中国的东南西北都出现过侵略者的影子。中国人也越来越深刻地认识到，生活在中华大地上的各个民族，生与死、荣与辱就像皮与肉一样，是紧紧联在一起的，只有团结一心，挺起胸膛，刀对刀，枪对枪，同侵略者战斗，才能避免亡国亡种的危险。最后终于在中国共产党的领导下，赶走了侵略者，赢得了民族的独立和解放，开始了中华民族发展进步的新时代。”

虽然这些话大家不能完全听懂，但记住了许多事，许多人，也明白了许多道理，就像站在长城上，看远看近，许许多多的东西就看得清楚明白了。

杜云良这时提议：“我们已经学会了《义勇军进行曲》，今天就在这长城上唱一次吧。”

杜云良当起了指挥，方水允用巴乌伴奏。大家紧挨在一起，放开喉咙，纵声放歌，雄浑的国歌声在长城内外飞扬。虽然节奏有时快慢不一，音准有时高低有别，但这声音发自于肺腑，融入了真情，是真正的“歌咏情”。在歌声中，边疆和北京又一次连在了一起。唱着唱着，还彼此挽起了臂膀，用脚步踩着节奏，和着歌声，融进了家乡的歌舞动作。达勐和李方札的胳膊不由自主地挽在了一起。

在一旁的其他游客也大受感染，情不自禁一起放声高歌。《义勇军进行曲》响彻在长城内外，回荡在云树之间。

观礼团离开北京后，并没有回普洱，而是开始了到全国其他地区的参观活动，并由此产生了新中国促进各民族相互了解交流、共同团结进步的一种重要形式——少数民族参观团，后来成为惯例。

出京的第一站是天津。参观团成员坐在轮船上，游览海河，两岸秀丽风光尽入眼底。轮船顺流而下，到了大沽口。大家登上了大沽口的军舰，观看壮丽的海上日出。第一次见到军舰，第一次见到大海，第一次看到海上日出，一个个和方水允一样感到新奇而兴奋。

达勐的话似乎变得越来越多，他用力踏了踏钢铁铸就的甲板，踏得脚板生疼，便连连称赞：“这条船太大、太结实了。”

杜云良插话：“过去外国人侵略中国时，往往使用这种军舰，军舰上的炮能从很远的海上打到岸上。”

穿着军装的解说员告诉大家：“1900年，八国联军就是乘军舰在大沽口登陆后，一路烧杀，攻入北京。”

大家的心灵又一次受到强烈的震撼，第一次知道了八国联军，知道了八国联军在北京烧杀抢掠，还强迫中国签下了不平等条约，其中条约里要求中国赔款的数量，合每一个中国人出一两白银。纷纷从心底发出带着愤怒和谴责的感叹：这些侵略者真是太坏了，旧中国实在太弱了，中国人受的苦难真是太多了。

达勐问了一个问题：“八国联军实际参战的只有两万人，中国有那么多人，为什么还是打不过外国人？”

讲解员觉得要把这个问题说清楚很难，说得让面前的听众听明白更难。他认真思考了一会，然后作出了回答：“原因很多，主要有三个。第一个是，清政府像是一个年老体衰还有病的人，没有和敌人战斗的精神和力量；第二个是，由于国家落后，军队战斗力很弱，敌人是有锋利牙齿的虎豹豺狼，中国的军队却像是马牛绵羊；第三个是中国人虽然很多，但像一盘散沙、一筐碎石，外国侵略者则像是铁锤、榔头，所以只能是挨打，并且被打得很惨。”

大家听了，频频点头。达勐一下想起了国庆观礼时看到的飞机、大炮、坦克，抑制不住内心的激动，他用力拍了拍军舰上的大炮，大声说：“现在我们是新国家、新政府，也有了好武器，再加上各个地方、各个民族都团结起来，就再也不怕外国人欺侮了。”

观礼团成员们走进了天津自行车厂产品陈列室。讲解员指着一辆自行车样品介绍：这种自行车叫“飞鸽”牌，是三个多月前才确定的名字，是新中国自行车的第一个品牌。我们国家不仅要造自行车、汽车，还要造火车、飞机和各种机器。

大家认真地端详着自行车，有人不由自主地用手在车身上轻轻抚摸。有人忽然想起，刚到北京后见到的在地上快速转动的圆圈圈，原来就是这种自行车。当时觉得太神奇了，想不到今天可以如此近地观察、触摸，就像抚摸和拍打自己家里养的牛一样，太有意思了。

人们对自行车感兴趣，或许暗合了人类社会发展的一个普遍规律：发明轮子和使用轮子，是一个民族进步的重要标识，也是一个民族发展的强大动力。中国历史上，有一个部族因为使用着很大轮子的车子而被称作“高车”。云南的山地环境不适合车轮行驶，但各民族对发展进步的追求却早已潜藏在人类共有的基因之中。

龙起用力地在自行车铃上按了一下，急骤而清脆的铃声响起。大家先是一惊，继而大笑。

方水允瞧了瞧自行车，很认真地问：“这自行车每天要走很多路，需要像马一样喂料喂水吗？”

讲解员笑着回答：“不需要。”

不知谁说了一句：“我也想问这个问题。要是我们寨子里的牛和马也这样就太好了。”

李方札接话说：“要是我们寨子里也有自行车和汽车就更好了。”

百老汇

观礼团成员登上火车，前往南京。

上车以后，方水允立即弄清楚了，火车不是有火的车，是有很多轮子、能坐很多人的车。只听一声又长又粗的大吼，接着是一阵轰隆隆的声音，车身震动，火车开动。透过车厢，可以看到一排排树木、一幢幢房子，似乎对着自己倒了过来，接着又快速地跑到了后面。

大家贪婪地看着窗外，一切又是那么新鲜，同时也有许多想法进到心里：这一带的土地为啥这么平整？地里为啥有那么多牛和人一起劳动？房子为啥那么高而且漂亮？正在成熟的庄稼为啥长得那么好？这些想法，像一粒粒种子撒进了心里，等待在适当的条件下长出新苗，开花结果。

在谈笑中，在思索中，火车开到了南京。

时间已是午夜。下车后，参观团成员们看到，天上正是一轮圆月，车站边有一个大湖，湖中也是一轮明月，天上地下水里，满眼银辉，无边无际。所有人都连连赞美这难得的景致，杜云良和达勐却无言无语无笑声，因为他们别有心事在心头。

在南京，参观了雨花台、中山陵、莫愁湖、老城墙，还特别允许走进了蒋介石的总统府。当走出总统府时，达勐悄声对力宝说："太有意思了，蒋介石打不过毛主席，所以张忠义打不过张书记。"

每一个参观点，都是春风的吹拂，春雨的洗涤，都是视野的开阔，观念的冲击。

下一站是上海。当接待人员把大家领到百老汇大楼前，许多人又是一阵惊叹：怎么会有这么高的楼，就像一座山峰一样？

方水允仰着脖子，好奇地用巴乌指着楼的窗户从下到上数着，最后兴奋地告诉大家："总共有二十四层，二十四层。"

都堂说："我们景迈山最高的茶树也没有这么高啊。"

达勐心里在想：这么高的楼咋个上得去？如果用脚杆子一层一层住上爬，那就太费劲了。他已经感到自己心里发虚、双脚发软了。

接待人员告诉大家："这座大楼是一个英国商人在 1934 年建的，现在是上海也是全国最高的大楼，叫百老汇大厦。但是，我们国家将来一定会建起许许多多比这座楼更高的大楼。"

达勐不由得心里又是一震：怎么又是英国人，又是 1934 年？

工作人员似乎听到了达勐心底的声音，继续讲解："新中国成立前，上海有许多地方被外国人霸占着，叫租界。这些租界成了中国人不能管的国中之国，外国人在租界里盖楼房、造工厂、开商店，甚至有的公园也不准中国人进去。"

达勐愤愤地说："外国人也他娘的太坏了。得把他们占的地盘、盖的房子统统收过来。"

接待人员告诉大家："现在这座大楼已属于我们中国了。大家这次就住在这百老汇大厦。"

"百老汇是啥意思？"刀正哈提问。

"这本来是美国一条街的名字，被用作了这座大厦的名字。"

"百老汇这个洋名字太不好听了，既然这个楼已经是中国的，就应当换一个名字才对头。"达勐居然对着接待人员提出了一个建议。

接待人员觉得这位少数民族朋友很不简单，但没有接话，只是微笑着点了点头。很有意思的是，半年以后的 1951 年 5 月 1 日，这座大楼真的换了名字，改称为"上海大厦"。大楼改名不一定是因为达勐的建议，但达勐的话无疑代表了许多人的心声。

达勐仰起脖子，又看了看大楼，说出了自己担心的问题："这个楼太高了，我实在爬不了那么高。”

工作人员笑着说：“不用爬，可以坐电梯上去。”

刀正哈立即联想到坐飞机：“那一定像坐飞机一样，又快又省劲？”

“对。喝几口茶的功夫就可以到达顶层。”

达勐担心的问题没有了，继而在想：那这电梯就比飞机还要快了？还有比电梯更快的东西吗？他心中的这个疑问到后来还真的有了答案。

观礼团成员进入机关、工厂、街道、学校参观学习，每天都有新的见闻，每天都有新的收获。让大家印象极深的是在纺织厂的见闻：不需要人动手，说不出形状的各种机器好像有数不清的手和脚，不停地摆动后，眨几下眼的功夫，一团团白云般的棉花，就变成了一根根像蜘蛛吐出来的丝一样的棉纱，棉纱转眼变成了像小瀑布一样的白布，白布在浸染后立即又变成了红、黄、蓝、青的颜色，有的白布则变成了印有各种图案的漂亮花布。太神奇了，难道是暗中有神灵在帮忙？我们普洱为啥没有这样的神灵？

达勐有许多问题要问，但车间的声音很大，他也担心影响工人干活，所以没有发问。心里却在想，有一天寨子里也有一台纺纱织布的机器该有多好，那就人人有穿不完的漂亮衣服，女人不用光着上身，男人也不用下身只是围着布片了。他忍不住问杜云良：“这织布的机器可以搬到石门寨吗？”

杜云良回答：“现在还很难。但这里织的布可以运到普洱，将来大家都可以穿这种布做的衣服。”

“真盼着这一天早一些到来。”达勐有几分激动。

傍晚，观礼团成员陆陆续续从繁华的南京路走回百老汇大厦。杜云良清点人员时，却发现不见了达勐的身影，顿时慌了，带几分紧张地问大家：“达勐没有回来，他去哪儿了？你们有人知道吗？”

众人一片愕然，无人应声。

龙起满不在乎地说：“看来有人舍不得离开上海，要留在这里当上门女婿了。”

杜云良第一次带着气恼说话：“严肃点，现在不是开玩笑的时候。你们有谁知道达勐为啥没有回来吗？”

依然是无人应声。

这达勐是最不能有意外的，可偏偏像上学时的考试，你怕什么题目，卷子上便有什么题目，岔子就偏偏出在达勐身上。

杜领队一副发急生气的样子，大家也一个个面面相觑，心里发紧，感到了事情的严重性。

刀正哈这时出了一个主意：大家出去分头寻找。

杜云良心想，这不行，大街上人太多，不要已经丢了一个，接下来又要再丢三个五个。他只指了指李方札：“你跟着我一起去找，其他人等在房间里，谁也不要出去。”

杜云良领着李方札在人流中穿行，顾不得看大街两边的高楼大厦，也顾不得看五光十色的玻璃橱柜，只是像在树林里打猎一样，用眼睛搜寻目标。但直到满街次第亮起灯火，并且灯火越来越多，越来越明亮，也还是不见达勐的身影。要在一个大都市的人流中找见一个人，那不如同去搜寻一只跑进了森林里的兔子？此时的黄浦江，在霓虹灯的辉映下，波浪带着色彩涌动，半个月亮在水里上下沉浮。使江面显得华丽秀美，也显得神秘莫测，但却让杜云良的紧张和担心又增加了几分。

二人最后带着无奈回到了百老汇大厦。

杜云良一脸不安和自责，在房间内不停地走动，琢磨着应该怎么办。同时在考虑，万一找不着，如何向张钧山书记交代。当他无意中看了一眼窗外的时候，看到了吃惊的一幕：一辆警车停在楼前的路灯下，一位公安人员下了车，还有一个人也一起下了车，这人竟然是达勐。这是怎么回事，难道达勐犯事了？

杜云良一下变得紧张了，有人敲门。进来的是一位公安人员，跟在后面的是达勐。

公安人员对着达勐问：“这是你们的人吗？”

“是。”杜云良本能地回答，既而问，“他犯了什么事吗？”杜云良这时极为担心的是，达勐由公安人员领着，是不是有什么违法行为？即使达勐身体不出意外，但如果因犯案而被扣押，同样是让人头疼的事情，同样会有难以意料的后果。

公安人员告诉杜云良："没有。他迷路了，我们把他送回来了。"

杜云良立即如释重负，大松了一口气，连连向这位公安人员致谢。

"不用谢的。我们很高兴有机会为来自边疆地区的民族兄弟服务，大家都是一家人嘛。"公安人员说完，礼貌地离去。

杜云良对着略有几分不安的达勐，脸上变得严肃，话也有几分严厉："你去哪儿了？让大家心急忙慌地一阵好找。"

达勐这时并没有在意杜云良的表情，而是高兴地一边用手比画，一边说着原由。

原来，达勐见街边许多商店里摆满货品，就好像大树上的树叶，天上的星星。他很喜欢去的沧西双江货栈和上海的商店相比，就像墙根下的一只蚂蚁比一群森林中的大象。这些商店里摆着的几乎都是他从来没有见过的东西，他一下想到了妻子、儿子，还有女儿。他像见到了猎物，闻到了酒香一样，涌动了购物的念头。

他信步走进了一家商店，最想买的是一面小镜子，了却一桩心愿。他发现柜台里摆着各种造型不一、大小不同的镜子，任何一块都比那块摔裂了的漂亮得多。他把一块块镜子拿起放下，最后选中的是一块两面都能照人，还有架子支撑、可以放在桌子上用的镜子。刚要离开柜台，他又想到了未来的儿媳妇，便又买了一块。要出店门时，又对那五颜六色的花布动了心思，给妻子和鲁娜各买了一件衣料。

但当他兴冲冲地走出商店的时候，已不见了观礼团任何人的影子。达勐有些慌了，自己无论如何也找不到那个要坐电梯才能上去的大楼。好在他记得参观团住的是上海最高的房子，所以遇见一个中年人，便问上海最高的房子在哪里。但对方都只是摇头，显然没听懂他的话。

又连着问了好几个人，对方依然是摇头、摆手。这时，他想起了一路看书认字的聂拉，要是自己识字就好了，写上那个叫"百老汇"的高楼，别人一下就知道他要去啥子地方了。

达勐就像孤身走进了茫茫大森林，辨不清方向，找不着道路，他的心跳忽然加快，变得有点害怕了。因为他这时还想到，如果自己失踪，可就麻烦了。

他又鼓起勇气，向一个中年妇女询问。这位中年妇女虽然也听不明白他的话，但她一眼就能判断出眼前这位是少数民族同胞，便把他带到了挂有公安局牌子的一座楼房前。

公安局的一位工作人员客气地让达勐坐下，还给他倒了一杯茶，然后开始不停地打电话。最后放下电话，把达勐带到一辆警车上，把他送了回来。

杜云良听完达勐的讲述，由着急改成了轻松，还觉得几分有趣，但还是又把轻松换作了严肃："你这可是违反纪律。如果都像你这样乱走乱跑，那不全乱套了？我是军人，在部队里最讲纪律，违反纪律是要受处分的。"

在一旁的龙起插话："找不着你以后，我们的杜副营长就像丢了家里的牛一样，可着急哩。"

达勐低下了头，他意识到了自己的错误，诚恳地说："我错了。副营长，你处罚我吧。罚我剽一头牛，送给大家吃。"这可能是他一生中第一次真诚认错。

"太好了，回去就有牛肉吃了。"龙起大声起哄。

"知道错了就好，下次不能再犯了。"杜云良的语气变得和缓了。

想不到达勐这时却提出了一个要求："杜副营长，你说的话我记住了。但我请求你给我办件事，你一定要答应我，并且办得越快越好。"说话间，他的脸色也变得少有的庄重，看来想要办的是很不一般的事情。

杜云良心里一动，达勐头人在这百老汇要演哪一出？

牵挂小桑

达勐说出来的话有几分急促，还带几分激动："杜副营长，我越来越觉得很对不起张书记。在北京观礼以后，我就像办喜事后欠了许多债的人，高兴过后，心里又变得不踏实了，并且一天比一天不踏实。"

"是因为哪样事让你这样？"

达勐以一副十分歉疚的样子告诉杜云良："我现在明白了，共产党的县长和国民党的县长确实不一样，就像是水稻和稗子。我不应该对张书记态度不好、不信任，特别是不应该要他把侄子送到我的寨子里当人质。所以现在请你一定要想办法告诉岩邦，让他马上把小桑和施有福的儿子都送回他们家里。"

杜云良像听到了坚冰开裂、新芽破土的声音，太让人欣喜了。离开北京时，他已经有预感，达勐的思想迟早会发生转变，却不曾料到会如此突然，如此明显。他告诉达勐："你的想法非常好，说得也很对。只是这上海离普洱太远了，我没有法子把你的想法很快告诉岩邦，告诉张书记。"

"你咋也得给我想办法，越快越好。我觉得你的本事大得很，哪样事都难不住你。"

杜云良觉得，自己应当尽可能满足达勐这个很不一般的愿望，凝神思考了片刻后："我倒是想出一个办法来了。"

"是哪样办法？"达勐快速接话，话语里有着孩子看到糖果般的欢悦。

"我帮你写封信。大约十多天后，岩邦就能收到这封信，就能照你的意思办了。"

达勐听了，叫了起来："十多天？太慢了。最好有个两天就能把信送到普洱的办法，一天能到最好。”

杜云良却是连连摇头，他又何尝不想以最快的速度把这信送到普洱？这个消息无异于迎春的花苞，报喜的锣鼓，到达宁洱和沧西越快越好，但却苦于没有办法。不过，这事也好像不用着如此急促：为啥要这么像火上了房一样急呢？

“比火上房还要急！”

“那到底是咋回事？”

“月亮要第三次变圆了。”

听到这句话，杜云良立即想到，让小桑入石门寨时，曾有个三次月圆之约。他们这次离开普洱以后，第一次见到月圆是在北京，第二次月圆是在南京，再过些天就会是第三次月圆。想到这里，杜云良的心也一下变得紧张了。那就意味着，现在要发的信已不只是迎春的花苞，报喜的锣鼓，而是十万火急的鸡毛信，拯救生命的特效药了。

杜云良急急地说：“这可咋办？”

想不到达勐居然想出了办法：请求毛主席让上海派一架飞机把信送过去，这样一天就可以了。

“专门用一架飞机送一封信，这不行，太浪费了。”

“那就用上海的电梯送过去。电梯不是比飞机还要快吗？”

杜云良差点笑出声来，这是一个太有想象力的主意，比这想象力更有意义的是达勐在动脑子解决问题了。他由此更觉得，一定要想办法帮助达勐实现美好的心愿，让一场可能的危机尽快雪消冰融。可办法在哪里呢？他用力拍了拍自己的脑袋，恨自己关键时候太笨太钝。

真是急中生智，他猛然想到了一样东西，兴奋地告诉达勐：“我想到了一个比坐飞机和电梯还要快的办法。”

达勐眼睛瞪大了，心里却起了雾：不是说飞机和电梯是世界上最快的东西吗？难道真的还有比飞机、电梯更快的神鸟？他带着惊奇问：“是哪样办法？上海也有神鸟吗？”

“都不是，是电报。可以拍一份电报，由张书记转交给岩邦。这样，他们两个人都能很快知道你的意思了。”

“电报？这电报快吗？”

“快，比飞机和电梯都要快。”

“要得。那就赶快发电报。”达勐催促着，然后又说，“我们回普洱的时候，就坐电报吧。”

“电报不能坐。”杜云良笑了，他又看了一眼达勐，很快想到另一件事情，不由得心里一动，或许一个打灯笼也找不着的机会出现了。

“达勐头人，我也有一件事一直想跟你说哩。”

“哪样事？你说吧。”

“我说出来，你也得答应我才好。”

“答应，答应。”达勐这时觉得，对杜副营长没有啥不可以答应的事情，并且相信他决不会为难自己。

“这次出来后，你和李方札已经几次搭话了。在长城唱国歌的时候，你们的手还挽在了一起，他刚才还跟着我一同去找你哩。所以你们最好能正式和解，鲁娜和甲杜也就可以结婚了。”杜云良心里一直装着张钧山临行时倚着马特别交代的事情，也一直在寻找合适的时机，他觉得现在是时候了，就像酒已经泡得差不多了。

果然，达勐没有像从前一般毫不犹豫、毫不客气地加以拒绝，他的表情是沉默。显然，他的态度已经有了变化，在认真思考这件事情。

杜云良则是欣然地等待着满意的结果，或许可以将这个结果一并电告张政委，那就成一报双喜了。

终于，达勐认真地表达了自己的意愿：“杜副营长，你和张书记说的都很有道理。只是我们两个寨子结的仇太久了，伤口深得能看见骨头，我实在一下转不过弯子来。如果是其他啥事情，比如要我的房子、要我的地、要我的牛，我不眨眼就会答应；或是叫我去做啥事情，就是可能会掉脑壳，我抬起脚就会去做。但这件事我现在还不能答应。”

这话让杜云良有些失望，但又觉得，达勐虽然又一次拒绝两个寨子通婚和好，但说的是“现在还不能答应”，只要再挖通沟渠，等着水来，就会有百年仇恨一朝化解的奇迹出现。

杜云良的语气里抱着希望、带着肯定：“好，你再细细地想想吧。一下拐不过弯来，就像上盘山道，多拐几下。我相信，这个弯子即使是一架大山、一道大河，你也一定能拐过来。”

达勐没有接话，用眼睛专注地看着窗外，似乎在向普洱方向眺望，他关心普洱的许多事情，现在他最关心的是那留在自己竹楼里的小人质。

让我们也把目光转向普洱。

张钧山自从把小桑送到达勐家后，就好像把心肝肺胆也留在了石门寨，老是觉得心空空，意茫茫，睁眼闭眼都是小桑的影子，门内门外的任何响动都觉得是小桑弄出来的声音，并不由自主地用目光寻觅。这使得他吃饭不香，睡觉不稳。他专注地埋头于工作，让会议、文件、谈话占据自己的心理空间，以排除纷至沓来的烦恼和煎熬。情绪总算变得稍好一些了，心中的天空那厚厚的云层，逐渐变成了淡淡的云朵。

这一天因为太困倦，他比平日早一些上床了。可是刚合上眼睛不久，小石便推门径直走了进来，说石门寨有紧急情况。他跃起身，快速穿好衣服，别上从不离身的手枪，和小石分别骑上了早已等在门前的战马。一阵腾云驾雾般的驰骋后，又奔马深一脚、浅一脚地走进了一片显得阴森森的树林里。眼前出现了让他惊悚的一幕：小桑直挺挺地躺在草地上，胸部插进了两把长刀，鲜血流了一地。他蹲下身子，一条腿跪下，双手抱起血肉模糊的小桑，大喊着：“小桑，小桑，你怎么啦？”

他猛地惊醒，是一场噩梦。后背已像淋过雨似的，湿漉漉的一片，心里则是难以言状的悸动和慌乱。一看表，时针指着午夜一点，但直到窗户发亮，他也没有再合眼。他不迷信，并不相信梦境和事实会有什么联系，但强烈的思念和意识深处的担忧，却使他难以自已，驱使他决定尽快去看一看小桑。

第二天一大早，他带着小石，骑着马又一次直奔石门寨。离达勐的竹楼还有好几丈远，便亮开嗓门大喊着：“小桑，小桑，我和石叔叔看你来了。”

然后，他睁大眼睛，兴奋地期待着，期待小桑连蹦带跳地冲下楼来，满脸欢笑，扑进怀里。可是，却不见有任何动静。他加重声音，又喊了一遍，但除了微风吹动树枝竹叶簌簌作响的声音，却依然没有听到他期待的声音。

他有点心神不定地快速上了竹楼，发现竹楼里空空荡荡，不见一个人影，连达勐的妻子也不在家。这让他心生疑窦：人哪儿去了呢？

小石指了指矮桌：“政委，你看。”

张钧山抬眼看去，只见矮桌上放着棋盘，棋盘上散乱地摆放有棋子。他有了一系列推测：看来小桑今天下棋了，是和谁下棋呢？这里几乎没有人会下象棋，或许来了什么外人？可能在下完棋以后，又一起外出了？

他还发现，小桑摊开的作业本上，写着两行字：“上下土地田林，左右日月水火。”字很幼拙，像是一笔一笔描出来的，这不像是小桑的字。这两句话文理通顺，但不知具体含义是什么，像是偈语，又像是暗号。岩邦不识字，更不会写字；施有福的儿子念过好几年书，字不会写成这个样子。这就意味着写这些字的另有其人，哪会是谁呢？这加重了张钧山的疑虑。

他在心里反复揣摩这十二个字。如果这两句话里真的藏有玄机，则似乎在暗示，小桑的行踪与野外、与树林有关，还可能与水和火有关。这让他的心又一下提了起来，昨夜的梦境忽地一下闪到眼前。但这时要到寨外去寻找小桑，无异于林中觅兔，海底寻珠。因为寨子周边，或是不见尽头的密密森林，或是连片连片的漫漫草坡，或是长满庄稼的块块田地，完全没有办法选择目标，确定方向。况且，他只带来小石一人，也没有那么多时间在这里像执行军事任务一般进行搜索。

张钧山把带来的食物放在了棋盘旁边，脚步缓慢地下了竹楼。然后向左邻右舍询问，得到的回应要么是说不知道，要么是摇头。这使张钧山的忧虑与紧张如同屋上叠瓦，又加了一层。

张钧山和小石在寨子里东南西北转了个遍，然后心情复杂地带着失望离去。

从石门寨到宁洱，骑马要花两个多小时，二人一路扬鞭纵马，疾速赶路。

张钧山无一语出口，只是频频用脚镫和鞭子催马，尽量让马跑得快些，更快些。当身体在马上剧烈地颠簸时，他觉得心里的忧虑和紧张似乎会抖落一些。

走到了山道的一个拐弯处，路两边是树木高低相杂的林子，归程已过去快一半了。张钧山觉得身上有些发热，伸手松了松风纪扣。突然，伴着从林子里传出的一声枪响，一颗子弹擦着他的耳畔呼啸飞过。如果不是松风纪扣的这个动作，让身体稍稍后倾了，这颗子弹肯定会准确地击中他的头部。

张钧山一只脚掌抽离马镫，一个鹞子翻身，下马落地。随手拍了一下马的脖子，马立即照着指令卧倒。张钧山拔出手枪，以马为掩体，抬眼向枪响的地方观察。

小石几乎是同时采取了同一个动作。

又一颗子弹“哧溜”一声从头顶飞过。

小石摆动手中的冲锋枪，对着枪响的方向就是一梭子，紧接着换上弹匣，跃起身子，又打了几个点射，然后猫着腰，小跑着向树林里搜索前进。

“回来！”张钧山却是大声叫住了小石，然后轻轻说了声：“撤！”

马挺身站起，迈开四蹄，二人在马的跑动中飞身上马，接续几鞭，马几乎是全身腾空，犹如飘动的云朵一样飞奔向前。

奔驰了一阵后，马速减了下来。

小石这时问政委：“刚才为什么不让我冲进林子，找到放枪的敌人，给他身上来几个窟窿？”

张钧山告诉小石：“这显然是有人故意袭击。我们在明处，袭击者在暗处，也不知道他们有多少人，我们贸然进入林子不就活生生地成了他们的猎物？所以最好的办法是快速撤离，离开险地。”

小石点点头，然后气愤愤地说：“看来这一带还残存有该死的敌人。”一边说，一边心里还想着，要是那放枪的人已被我一梭子撂倒了，就太好了。

“这一带情况复杂，国民党留下的特务、张忠义派进来的特工，当地的土匪，都有打这两枪的可能。但只要他们的马脚露出来了，便蹦跶不了几天。”说到这里，张钧山又一下想起了小桑，他不由得几次回头朝石头寨方向瞭望。

张钧山回到办公室，开始处理一件又一件公务，但依然时时刻刻惦记着小桑。小桑圆圆的脑袋、水汪汪的眼睛，时常在面前晃动。终于稍有空暇了，他决定抽出半天时间再去探望小桑。

由于上次遭遇了不明原因的冷枪，这次多带了三个战士。就在几匹马刚刚出城的时候，通讯员骑着马撵了上来，送来了急件。

张钧山拆看信件，上面的内容是：中共云南省委已派专员前往普洱专区进行工作调研，请张钧山同志接洽。署款是云南省委办公厅。

张钧山只好带几分遗憾改变行程，勒转马头，返回宁洱。心里想的是：看来有重要事情。

岩邦与小桑

专员是省委副秘书长杨山春，他来到了张钧山的办公室。

二人熟悉，比邻居还要熟悉。因为他们是共过患难的伙伴，共过生死的战友。这个杨山春就是当年和张钧山一同逃出矿山、一起参加红军的那个同伴。在部队，他们还曾是一对搭档。张钧山负伤时是营长，当时的营指导员便是这杨山春。他们见面时的礼节与众不同，相互敬过礼后，便会给对方的肩头一拳。张钧山负伤后不久，杨山春调到了另一支部队，彼此偶然见面后，第一句话往往是“你还活着？”，现在的话换成了“你活得更精神了”。

热烈而简单的寒暄过后，杨山春首先向张钧山通报了云南边境一线面临的形势：朝鲜战争爆发后，美国的第七舰队开进了台湾海峡。蒋介石认为有机可乘，已命令李弥将溃逃到缅甸的国民党军，加上在云南的国民党残余势力、土匪等，组成了“云南省人民反共救国军”，李弥任总指挥，并被委任为云南省长。对此务必有针对性地加强工作，坚决有力地应对美蒋的联合行动。

杨山春紧接着传达省委的指示，中央已组织赴少数民族地区慰问团，毛主席亲自为中央慰问团题词：“中华人民共和国各民族团结起来！”慰问团将会赴普洱地区慰问，当认真做好相应工作，以此增进各民族的团结，推动民族工作。

杨专员带来的每一个都是重要消息，每一项都是重大任务，张钧山顿时觉得肩头上的肌肉变紧了。

杨山春接着告诉张钧山：为有利于政权建设和经济建设，将对云南一些行政区划适作整合，这便会涉及相关干部的岗位调整，其中拟议中的意见是：

将张钧山调省民工委工作，新组建的这个部门急需一位熟知民族工作的负责人。这种安排，还有对张钧山个人和家庭关心的考虑。张钧山身上有伤，他的爱人和女儿住在曲靖，让他在省城工作，爱人和女儿便可以随调昆明，全家团圆，这是一个于公于私都有利的方案。不过，这事还想听听张钧山的意见，这是杨山春以专员身份到此的目的之一。

张钧山没有立即表态，这个问题并不简单，他不能仓促作答。但凡比较复杂的问题，他总是要在认真思索后才会作出抉择，表明意见。他在快速思考：调回昆明，对他的个人和家庭，当然是一件好事。现在他更多的考虑是，这里的情况自己已经开始熟悉，工作局面也已经初步打开，但还有许多疑团未解，还有许多需要展开的重要工作。边境一带，除了看得见的敌情，还有看不见的风险，就像江河中，表面风平浪静，流水远去，但下面存在暗流漩涡。联系到刚才杨山春通报的情况和传达的要求，他觉得自己留在这里，比新换一个人更为有利，并且这些情况、任务都是新的挑战，他很愿意接受这种挑战，就像在战场上，一听到冲锋号响起，他便会毛发张开，血流加速，涌起出击的冲动和攻杀的激情。因此结论是，自己应当留下来，而不是离开。

但是他也知道，组织上“拟议中的意见”，如果没有特别的情况，实际上就是决定。因此他必须有充分的理由，才能说服上级，从而改变“拟议中的意见”。

就在他正要开口时，杨山春从口袋里掏出了一封信，说：“谈了公事，再说点私事。我是从曲靖过来的，特地去看过你爱人百合，还带来了她的一封信，你可以先看完信再表态。”

张钧山带着喜悦和期待展开了妻子的来信。信不长，除了简单的问候和炽热的思念之词外，话题集中在小桑身上，其中写到：“小桑该回曲靖了，随着社会秩序的恢复，学校已经陆续复课。他迟迟没有回来上学，是生病了，还是有什么意外情况？总之，请你务必告诉我实情，否则我便会整天坐立不安，甚至做噩梦。”

看来妻子对小桑迟迟不归已经起了疑心，有了担忧。如何回答？如果把小桑现在的处境直白地告诉妻子，她必然会担惊受怕，甚至无法接受；继续隐瞒着吧，于情于理又都说不过去。并且，小桑万一真的有个意外，自己如何面对妻子，妻子又如何面对事实？

他不知如何是好了。如果是平日遇到难题时，他会在喝下几口水以后，站起来端着搪瓷缸踱步，以缓解紧张的情绪，进行深入的思考。但今天当着杨山春的面，自己站起来踱步沉思，肯定是有点不合适了，不过他还是站了起来。

杨山春看了一眼张钧山，见他眉头紧蹙，一副心神不定的样子，便关心地问："是不是百合在信上开枪开炮了？如果有必要，我回昆明时还可以稍绕一点道，再路经曲靖，当面做做她的工作。"

"没事没事。谁的家里总会有一些醋酸盐咸的事情。"

"那就好。也许你们很快就可以团聚了，家里的事将来可以面对面、嘴对嘴好好地谈，细细地说，会打仗还得会治家才好。"杨山春似乎一下又回到了当年任教导员的角色，但紧接着话锋一转，"关于工作变动的事，你到底什么想法？"

张钧山这时摆出了自己的想法："综合考虑，左右权衡，为了工作的需要，我还是留在普洱为好。"接着他瓜分豆剖，从多方面道明了理由，就像一次大战前的敌我情况分析，有根有据，理由充分，逻辑严密，无懈可击。

杨山春被说服了："你的理由十足，我如实向省委报告。"

张钧山这时从笔记本上撕下一张纸，写成只有几句话的信，装进妻子带过来的信封里，然后交给杨山春："那就麻烦你回昆明后，找个机会把这信交给百合。我信上只是说了，重要的话请你当面转达。"

"你放心，你如果继续留在边疆地区工作，我一定好好策应，帮你做好工作，把她拿下。"

"这件事倒不用烦劳你做工作，她一定会支持我的决定。我说的是另一件事。"

"另外一件事？"

于是，张钧山把小桑已成为了人质的事简略地说了一遍，然后告诉老战友："我在信中实在无法也不敢把这件事写清楚，更无法预测她见到信以后的反应。小桑是她带大的，她对小桑感情非同一般的深，小桑任何一点风吹草动她都会紧张、担忧。所以我想委托你当面同她说明情况，讲清理由，帮我做点工作，让她能够理解。"

杨山春一下把张钧山的手握得很紧，动情地说："哎呀，烈火炼真钢，几年不在一个战壕里摸爬滚打，你已经变成了一块特殊好钢。这些情况，我也会向组织汇报。"

但张钧山却恳求："除了我对工作调动的意见，其他都不用汇报了。"

杨山春走后，张钧山立即根据形势的变化和省委的要求展开工作，去石头寨看望小桑的事只能再往后推一推。

张钧山还另有心事在怀，他一直牵挂着赴北京的观礼团，不知情况如何？

几天后的飞鸟归巢时分，他收到了一封来自上海的电报，这便是杜云良代达勐拟写的电报。看完电报以后，立即血流加速，心花怒放，大喊了一声："小石，备马！"

小石连忙问："太阳都快要下山了，去哪儿？"

"石门寨。"

"晚上得走三个小时，路上也不是很安全。等到明天一早动身不行么？"

"一分钟也不能等。再叫上三四个人，马上出发！"

月色下，崎岖的山道上，几匹马披着银色的光芒，像在迁徙中日夜赶路的鸟向前飞去，急骤的马蹄声在夜的寂静中显得清脆响亮，传得很远。

石门寨已在近前，挂在天上的明月，已是半近圆，亮晃晃的，像是被棉絮一样的白云反复擦拭过的夜明珠，光辉耀眼，张钧山很自然地想起了与达勐的三次月圆之约。夜幕下的石门寨，被月色涂满，大地上的生物都似乎浸泡、陶醉在无边无垠的银色光辉之中。最爱晚间歌唱的夜莺悄然无语，最爱喧哗的树叶也无声无息。只有少数竹楼里有油灯发出不太强的、带着淡黄的光亮，就像是半明半暗的灯笼，这是勤劳的女性在为出嫁的女儿赶织筒裙。整个寨子宁静而安详。

在达勐的竹楼里，在这个羁押了人质的地方，是一种有违常理的气息，既没有情绪的对抗，也没有杀气的运行，而是充溢着和整个寨子十分协调的气氛。但有别于其他竹楼，屋子里现在有紧张的对峙与攻杀，是一大一小两个男孩，正在进行激烈的攻防战，把棋盘上的车马炮不停地拿起放下。

小桑此时俨然一副大人的架势："你不能只使用车马炮，还要让兵和仕相也一起参战才行。"

这些话是从叔叔那里学来的。

"我觉得还是使用车马炮过瘾，也才能赢棋。"岩邦对棋的理解，和早些时候的小桑一般无二。

"你这和我以前的毛病一模一样。"

"是吗？你的毛病是咋样改掉的？"

"我叔叔教了我几回后，自己又慢慢地琢磨，慢慢地就改了过来。"

"要是你叔叔也来教教我就好了。"岩邦已经迷上象棋了，他觉得这棋盘很小，天地却很大。在三十二枚棋子的你来我往中，有着无限的乐趣，很像一个真实的战场，要取得胜利，需要勇敢，需要智慧。一步棋是进是退，是左行还是右行，都有着无穷奥妙，都会决定胜负。其中他体味最深的是，各个棋子必须相互配合，同攻同守，才有可能获胜。棋子、棋盘、棋局，在他面前展开了一方新的世界，况且小桑是一个十分有趣、让他非常喜欢的男孩，这使他面对棋盘总是特别地开心，是超越打到大型猎物时的满足和愉悦。

到了该睡觉的时候了，阿妈、鲁娜早已回她们的房间。但这两个斗士仍然弈兴未尽，又一次摆好棋子，拨亮油灯，继续再战，大有古代战场上，亮着火把，大战三百个回合的意味。

岩邦拿着一枚棋子，瞪大眼珠看着棋盘，思考着如何落子。这时候忽然有声音干扰他的思路，有人在楼下大喊："岩邦，有人在寨门口叫你的名字，说要进寨。"

岩邦的心思只在棋子、棋盘上，随口回答："晚上不便进寨，让他明天再来。"

"我们说过了。可他坚持要进寨，并且说，你告知岩邦……"

岩邦没有等楼下的人说完，便回答："看来是我认识的人，那就让他进来吧。这么晚要进寨，可能有要紧的事。"说着，把手中的子"啪"的一声落在了棋盘上，油灯的火苗左右颤动。这回他运动的第一个子是象，由通常的架当头炮改为了飞象，由进攻的架势换作了防守的开局。

两人又是你来我往的一阵厮杀。转眼间，岩邦又处于下风，他用一个棋子敲了敲棋盘，有些沮丧地说："我的棋又不行了，要是你叔叔来了就好了。"

恰在这时，门外传进来一个熟悉的声音："岩邦、小桑，我来了。"

二人听到张钧山的声音，立即扔下棋子，离开战场，跑下楼去迎接。

张钧山已带着长长的影子走了进来，小桑一下扑到叔叔怀里："你来了，也不先告诉我们一声？"

"我想来一个突然袭击，所以对看守寨门的人也没有通报姓名，为的是让你们喜出望外。"

岩邦接话："确实让我们太高兴了，张书记怎么晚上跑过来了？"

张钧山这时从小石手里接过电报，对着岩邦亮了亮："我得把小桑领走了。"

"那可不行。"岩邦的回答干脆明了。

张钧山觉得自己没有把事情说清楚，再次晃了晃手中的电报："你阿爸可是在电报上说得一清二楚。"

岩邦："田豹？就是山豹来了，我现在也不能让他走。"

这岩邦也太倔了。张钧山问："阿爸的话你也不听？"

"阿爸不在家，就由我说了算。"

哎，难道又碰到麻烦了？张钧山很认真地问："你不让小桑走，啥理由？"

岩邦见到张钧山的脸色，想起了他难忘的往事："张书记，你的脸色和我第一次见到你的时候怎么一个样？"

张钧山意识到自己的脸色过于严肃了，马上加上了温和的微笑："你为啥不让小桑走？”

“我会认的字太少，这象棋我也还没有完全学会。”

张钧山不由得“扑哧”一笑：“这是什么理由？”

岩邦又很肯定地说：“小桑自己可能也不愿意走。”

“是这样吗，小桑？”

小桑的回答果然是：“让我再多待几天吧。我和岩邦哥相处得可好哩。”

张钧山听了，心里又惊又喜，这两个人竟然变得有点难分难舍了。人质入寨的结果完全出乎他的意料，也完全颠倒了历史。他这时发现，小桑的作业本上又写有四句话：太阳照在山冈上，山上山下闪金光。大木小草都欢笑，人的心里亮堂堂。

这些字却是写得歪七扭八。张钧山很快联想到上次来看小桑时，见到的那两句像谜语一样的话，指着作业本问：“‘左右山水田土，上下日月星辰’是什么意思？”

小桑只一句简单的话，便让张钧山想了很长时间、费了许多心思，苦猜苦想的谜团如冰解雪消：“我是在教岩邦哥识字。”

张钧山仰头一声大笑，然后自我解嘲：我一个正规军的师政委，竟然对一个儿童团员写下的两行字无法作出正确解释。

张钧山又问：“施有福的儿子呢？”

“他来了不久就又生病了，我就让他回家去了。本来小桑是应当住在公房里的，我很喜欢他，就让他住到我家的竹楼里了。”岩邦一副当家做主的架式。

张钧山还有未解之谜，问小桑：“那天我们来看你时，只看见桌上的象棋和作业本上的字，你们人去哪里了？”

岩邦和小桑二人相视一笑。

岩邦说：“那天你来得不巧，阿妈赶街去了，鲁娜去龙竹寨了。我们哩，也出寨子了。小桑，你把那天的事情告诉叔叔。”

小桑开始绘声绘色地讲述。

那天一吃过早饭，岩邦便带着小桑走进了不远处莽苍苍的原始森林。森林里，生长着各种粗细不同、高低参次的树木，长相不同、颜色各异的鸟类在林中鸣叫，还长有各种大小不同、形状有别的蘑菇。岩邦教小桑辨认蘑菇，采摘蘑菇，辨认小鸟，呼唤小鸟。偶尔有树叶像蝴蝶飘舞，从树上掉到地上，发出轻轻的响声。

忽然，有响声越来越大。小桑循着声音看去，顿时吓得说不出话来，只见一条和自己的小腿差不多粗细，足有两丈长的大蛇，正在离自己只有几尺远的地方游动。

岩邦把小桑拽到身后，轻声说："这是大蟒蛇，无毒，眼睛看不远。只要不乱跑，就没有危险。"

小桑紧紧地抱住岩邦，连大气都不敢出。果然，那条大蟒扭着长长的身子滑行着离开了。

岩邦关心地问小桑："现在不害怕了吧？"

"不怕了。因为你不怕，我也就不怕。"小桑壮着胆子回答。

说到森林，岩邦有说不完的话题，他接着告诉小桑："这蟒蛇能吞下一头小猪。但也没有啥可怕的，如果人被蟒蛇缠住了，最好的办法就是死劲控捏住它的脑袋，它就会变得没有力气，松开身子了。"

小桑龇牙点了点头。

这时，不远处的树丛中，又有异样的声音传来。岩邦抬眼一看，脸上变了颜色，刚才见到大蟒蛇时，他没有一点慌乱，这时却大吃了一惊。因为透过树的浓密枝叶，他看见了一个人影，脸上似乎涂抹了锅底上的灰，因而看不清他的眼睛鼻子，他正对着小桑弯弓搭箭。岩邦猛地把小桑按倒，"嗖"的一声响，箭从二人的头顶上飞了过去，深深地插进了一棵大树的树干上。

岩邦操起了随身带着的猎枪，对着射箭人的方向开了一枪，对方慌乱地带着弓箭，借着林木的掩护逃开了。

听到这里，张钧山心猛地动了一下："射箭的人是谁？"

"可能是打猎的，他可能把我们当成野兽了。"

张钧山轻轻地摇了摇头。

其实，岩邦也觉得射箭人很让人猜疑。他当时这么解释，是怕吓着小桑，后来他没有再带着小桑走出寨子，并且对小桑看护得更加小心。他也很明白，如果小桑出了意外，后果会十分严重。今天他还是这样解释，不仅担心小桑后怕，也担心张钧山受惊。

张钧山不仅对岩邦的解释心里大有疑惑，而且把许多让人生疑的事联系在了一起，特别是想到了上次从这里返回宁洱时，半路上那射向自己的两颗子弹。他暗暗地用力捏了一下拳头。

当张钧山看了看变得亲如兄弟的岩邦和小桑，发出了会心的微笑，一场本来基于很不信任、藏着可怕后果的人质事件，变成了一场不同民族兄弟之间的友好际会、真诚交往，变成了一段互敬互爱、情感交融的佳话，或许这也是天道人心。

岩邦这时问："张书记，我阿爸他们咋样了？"

"非常好，他们已到了上海，还要去重庆和昆明，过些天就回来了。"

"我早就知道，他们一路会很顺利的。"岩邦看了一眼张钧山和战士们，又说，"张书记，天很晚了，你们就在我的竹楼里睡一晚吧。"

张钧山同意了岩邦的邀约，他从来没有机会在佤族兄弟的竹楼夜宿，因为佤族不会轻易让别人留宿竹楼。于是告诉小石："感谢岩邦的美意，我们今晚就睡在这里。"

在这竹楼里，睡觉简单而方便，不需要床、被褥之类的卧具，躺在楼板上铺着的竹席上，靠在火塘边，盖上带来的军用被，便是在佤族人家夜宿的完整体验。

躺下以后，张钧山思潮难平，想起了在过往的战争岁月中，无数次在老百姓家的屋里屋外铺草成眠，留下了许多难忘的记忆。这次则是一种不同往昔的经历，是在边疆一幢少数民族人家的竹楼里，并且是由第一次在竹楼里只能蹲着变成了今晚可以舒展身体躺着，这是多大的变化啊，这种变化历经了多少艰辛、又有着多么大的意义啊！这将会成为自己军旅生涯乃至一生中永远值得珍惜、值得追忆的经历。想着想着，他慢慢有了睡意，然后恬然睡去。他完全没有察觉到，在夜的黑暗中，潜藏着看不见的危险。

半夜时分，有一条黑影出现在竹楼附近，这和岩邦在森林里看见的脸上涂了锅底灰的是同一个人。上次这人带着一张弓和几支涂有见血封喉的毒箭，这次他的脸上蒙了一块破布，手里带的是火种，他的目标仍然是小桑。当他接近达勐家竹楼的时候，发现了系在楼前的马匹，还发现一个解放军战士端着枪在来回走动。黑影知道无法下手，因为只要弄出一点动静，解放军手里的那家伙一响，自己便会丢了性命，只好懊丧地像草丛里的蛇一样溜走了。

庄重的提议

张钧山心情愉悦地回到了宁洱，立即着手筹备召开普洱专区各民族代表会议，接着准备组织一个盛大的仪式。

各民族群众代表又一次来到了宁洱城的广场上，等候赴北京观礼团载誉归来。小桑、岩邦等站在张钧山的身边。

太阳高高地挂在天空，像一个硕大的红灯笼，发出热烈而喜庆的光辉，把远远近近的山水田林，照得特别明亮，也让人们的脸上泛出一层红光。

观礼团成员身穿毛主席代表中央人民政府赠送的青呢子上衣，犹如一支纪律严明的队伍，风尘仆仆而又精神抖擞地走进了广场，脸上流淌着喜悦和自豪，就像一次伟大的远征后胜利凯旋的勇士。出发时是 9 月 6 日，今天是 12 月 26 日，正好一共经历了三次月圆，其中第三次月圆是在重庆，是在西南军政委员会的首长接见和宴请观礼团的那天晚上。

达勐骑在一匹高大的白马上。从昆明返回普洱时，因为他的马在去北京的山路上掉下了山涧，省上特地为他准备了一匹马，并且和他原来的马一样高大，并且同是黑色。但达勐坚持要白马，在北京国庆阅兵式上看到的白马方队，让他产生了这种愿望。他把胸膛挺起，走在最前面，今天还特地戴着红包头，在佤族山寨，这种红包头只有头人才能戴，并且只有在重要场合才会戴。

鼓号声、鞭炮声、掌声齐起。

达勐特地走到小桑面前，把小桑很亲近地搂了搂，然后一脸真诚并带着歉意对张钧山说："张书记，我一路都惦着小桑，有时觉也睡不稳实，真害怕他会有啥意外。要是那样，那我就太对不住你、对不住政府了。”

张钧山把达勐的手紧紧地握着：“我们也一直惦念着你们呐。”

达勐觉得有很多话要和张钧山说，但这个场合不能说得太多，只挑了几句他认为重要的告诉张钧山：“托毛主席的福，托神灵保佑，我和大家一路都顺当。这出去的三个多月，使我眼睛变亮了，心胸变宽了，脑壳变活了，明白了许许多多的道理。觉得自己变得很像是秋天的粮仓，从上到下都是满满的。”

张钧山欣喜地一阵大笑，然后扫视了一下广场，作了热情洋溢的讲话，热烈欢迎观礼团的同志们胜利归来，勉励大家珍视荣誉，为普洱的民族团结和社会发展进步努力奋斗，建功立业。最后还告诉大家：“普洱专区明天起召开兄弟民族代表会议，邀请观礼团的同志们列席。”

礼堂里，正面悬挂着“普洱专区第一届兄弟民族代表会议”的会标，主席台的帷幕正中挂着会徽。会徽上有镰刀斧头的图样、五星红旗、毛主席像，还有孔雀和牛的图案，表达的涵义明确、丰富、深刻。三百多名来自全专区各地的各民族代表端坐在这里，有史以来来第一次以主人的身份，讨论确定全区的政权建设、经济发展、民族关系、民众生活等大事。

张钧山已成为区划调整后新成立的中共普洱地委书记。他向大会作了专题报告，结尾处是：“普洱现在所辖的大部分地区，在汉代被称作永昌郡，宋代还叫过永昌州，表达了人们对这片土地美好而殷切的期待。但两千年来，却只是一种愿望，一个梦想，这里从来没有昌盛过，更不用说永昌了。今天，历史已经翻开了新的一页，在社会主义时代，普洱一定会和全国其他地区一样，成为繁荣昌盛的地方，成为名副其实的永昌之地。”

在会议各项议程之外，临时加上了赴北京观礼团的代表向大会汇报情况。

刀正哈第一个发言，他本来口才就很好，加之一路所见所闻内容丰富，感受很深。他娓娓道来，讲得条理清楚，生动有趣，绘声绘色。代表们一个个听得如同自己也去了北京，心情激动。最后他用自己反复琢磨出来的四句话作为结尾：“我们国家大得很，毛主席英明得很，共产党亲得很，各族人民好得很。”

第二个汇报发言的是达勐："我不想像自行车轱辘一样再重复刀正哈的话，我要说的话合起来就是四句。"

达勐说到这里，有意地把话停住了，这让许多代表瞪大眼睛、张开口等待着。太有意思了，他把见过的自行车用在了话里，并且刀正哈最后合起来说了四句，这达勐也要合起来说四句，不知道是一个啥样的四句？

"没有出寨子的时候，我是一点都不想去；到了北京以后，我是半点也不想回来。"他的第一句话引得一片笑声。

"在寨子里的时候，我认为我们部落大，参观以后才知道，还是我们国家大。我们寨子和整个中国比，就好比是海里的一滴水，牛身上的一根毛。"他说着还用右手的拇指和食指比划了一下牛毛的长短，引起一片笑声。

他接着说出了第三句话："过去我认为自己很厉害，部落里的人都听我的。现在我明白了，还是共产党厉害，那样的事都整得成，那样的外国佬都不怕，所以今后我们都得听共产党的。"

大家的笑声未落，达勐又说出了第四句话："过去对政府的话，我像是路边茅草，风一来就摇摆。现在对政府的话，我是剜木鼓用的大树，根牢牢地扎进了泥土里，再大的风来了也不会晃动。"

这回是笑声加掌声。

他的话朴实而简明，贴切而自然，真实而生动，和刀正哈二人说的话合起来，像两个高明的琴手，合奏了一首优美而和谐的乐曲，拨动了大家的心弦，使每一个人产生了美妙的感觉和强烈的共振，会场上一片掌声、一阵欢呼。

又有几位少数民族代表接着在会上发言。谈自己听了观礼团代表发言的体会，那都同说了三遍的话是："我最想要说的是，在新社会，我们都可以大口喘气了。"

好几个代表呼应都同的话："这句话说得太好了，说出了我们的心里话。"

观礼团的好几个成员都说话了，或说得很长，或三言两语，力宝却依然是缄口不语。不过他的情绪看上去很好，欢笑时动情，鼓掌时用劲。

另有一位不是观礼团的成员主动发言："名单里本来有我，但是我胆子小，心里害怕，不愿去，后悔得我肠子都打了三个结。下次再组织参观团，可一定得让我去。”

会场上漾起一阵欢快的笑声。

达勐碰了碰相邻而坐的力宝：“这三个多月你都是闷出出的，没有听见你说话了，简直像一个哑巴，今天说几句吧。”

力宝这时像睡醒了一样，动了动身子，开口了：“现在我有重要的话想跟你说。”

“说吧。”

“换个地方说，我的话现在还不想让其他的人听见。”力宝的表情带着几分神秘。

达勐看了力宝一眼，见他一副特别认真的神情，心想，这个傈僳族老弟，一直像一面没有敲击的铓锣，看来今天是要响了，但不知道声音对点不对点，好听不好听？

二人走出会场，站在礼堂外的走廊上轻声对话。

达勐问：“你想说哪样？”

“我一直在想一件重要的事情，要用一个好形式，表示各民族团结起来，一心跟着毛主席、共产党，建设好新中国。”

“对头，我也好多天都在想这件事哩。”达勐变得兴奋起来。

“我想能不能用佤族的习惯，剽牛起誓立碑？”

达勐用力拍了一下大腿：“好主意，完全和我想到一块了。马上告诉张书记。”

这句话被恰好路经身边的几个人听到了，都用奇异的眼光看着他们，心里在说：他们商量了啥天大的事，还要急急地告诉张书记？

张钧山认真地听了达勐和力宝的想法以后，立即敏锐地察觉到，浩荡东风正在吹拂着祖国边陲这块古老而年轻的土地，将会山河大变，万象一新，一个重要的时刻即将来临，一个伟大的事件即将发生。他在精心思考，如何顺风张帆，趁势而为，把一件非同等闲的事情办成，并且办得圆满、办得精彩。

他迅速决定，增加一次全体会议，专门讨论达勐和力宝的建议，要使盟誓立碑这件事，成为各个民族的共同意愿和统一行动。

张钧山先是将达勐和力宝的建议详细地告诉大家，接着提出了落实的具体办法：起草一个民族团结的誓词，经各民族的代表同意并签名后，再按照民族传统仪式，剽牛盟誓，刻在一块石碑上。他的话音刚落，很多代表立即站起身来，如狂风卷浪般地高喊着："要得！赞成！"但在专区党委会专题讨论这件事的时候，却发生了很大的争论。

争论的焦点是：这个提议无疑有着重大的意义。但佤族剽牛要遵循严格的程序，会出现凶与吉两种结果。如果剽牛的结果是凶象，就意味着不能立碑。不仅眼下立碑这件事做不成，还会给后来的工作带来很不利的影响，那将会很被动。所以，剽牛立碑，是一柄双刃剑，不得不慎作考虑。

张钧山认为，这个意见自有道理，通过剽牛来决定是不是立碑，确实存在风险。但任何机会都会相伴着看得见或者看不见的风险，并且风险越大的事情如果做成了，意义也会越大。不去做，虽然不会有风险，但将失去一次极好的机会，尤其是群众要求立碑的情绪已经像火一样在燃烧，理应因势利导，有所作为，而不能消极地听之任之，更不能以任何方式阻止。如果这回冷了群众的心，要重新燃起群众的热情，那就像冷锅冷灶用湿柴，不知要耗费多少功夫。

经过很长时间的热烈讨论乃至激烈争论，最后的决定是：顺适民心，遵从民俗，妥为组织，剽牛立碑。

有懂得剽牛仪式的同志建议：既然这件事一定要办，就要确保办好。为求成功，可以考虑采取一些必要的措施，比如调派几个身健力足的战士到现场，在关键时刻控制牛倒下的方向，以争取预定的结果。

张钧山断然否定了这个意见：必须取信于民，严格按传统仪规办理。但为了稳妥起见，工作中事先准备好剽牛成功和失败两套工作方案。成功，则照俗办理；失败，则作出适当解释，以安抚群众，并安排好接下来的工作。

会议最后强调：誓词上的签名必须充分反映签字人的真实意愿，不得有丝毫强迫，也不得作任何劝导。

剽牛，对佤族等少数民族来说，是一个神圣的仪式。每逢重大节日、重要事情都要剽牛，人们对此并不陌生。但这次剽牛与往常大不相同，不只是传统意义上的剽牛，而是为了一个共同的心愿而举行一个古老而庄严的仪式，其中蕴含着极其重要的意义，承载着特定的使命，也蕴含着无法预知的风险。有人说，人心难料，天意更难测。这次剽牛，究竟会是一个什么样的结果？

剽　牛

数以千计的人聚集在广场上，带着前所未有的关注和祈盼，观看一场盛大的仪式，更等待着剽牛的结果。

广场的一角，已经燃起一堆大火，烈焰灼空，浓烟升腾，以一种非同凡响的气势，宣告了剽牛仪式的开始。

一切照传统程序办理。魔巴接过达勐递过来的一个装满泡酒的竹杯，在广场的中央蹲了下来，轻声地念着咒语祝词，最后将酒酹在地上，起身缓缓地退场。

一只壮硕乌黑的大水牛被牵到了广场上。也许是人多声杂，牛显得有些烦躁不安，不太自然地抬起脑袋，用它滚圆而外凸的眼睛向四周张望，长长的尾巴无规律地甩动着，像是大风中折断后随风摆动的树枝，步履也有些凌乱，远不像平日那般下脚有印，稳实有力。它将被拴在广场中央的木桩上，去完成一次人类赋予它的使命。

佤族另有一种与牛有关的祭祀活动，叫砍牛尾巴。是以宰牛来驱邪、送鬼、祈祷，使用的是刀，并且第一刀是砍下牛尾，所以也叫砍牛尾巴。剽牛主要用以庆贺、接福、结盟，只会出现在重大节日和重大活动之中。可见剽牛和砍牛尾巴有着极大的不同。但二者选用的都是牛，足证牛在佤族人生活中的地位，认为只有以牛为牺牲，才能充分表达真挚和虔诚，才最有可能实现祈求的美好结果。

力宝领着四个人抬着两桶山泉水，挤开人群走了过来，他一边走一边大喊着：“请大家让开一点，让开一点，水来了。”他似乎已经一改过往不言不语的模样，话变得多了，嗓门也像擦净了锈蚀的铓锣，响亮了。新的生活激活了他的语言系统，唤起了他表达心中意愿的欲望。

两桶水摆平放稳后，又在水桶边放上了许多大小不等的粗碗，有瓷制的，有陶制的，还有竹制的。有的已经现出或直或曲的裂纹，有的已经有了或大或小的缺口，但丝毫不会影响它盛满美酒、让人痛饮的功用。喜欢喝酒的人更是一眼发现，水桶边还放有很多个装有泡酒的竹筒。加之火堆上的烟雾已飘荡在广场上空，这使今天的剽牛一下增添了神圣、神奇和神秘的气氛。

但这些提前准备的水、碗、酒会不会派上用场，什么时候派上用场，将完全取决于剽牛的结果，就好像庆贺添丁加口的仪式能否举行，完全取决于产妇生产的结果。

岩邦犹如一个古代武士，提着一柄修削过的木质标枪，站在了离拴牛桩不远的地方。与躁动不安的水牛相比，他显得镇定而自信。

达勐手里拿着一面铓锣。这面锣整体呈现深褐发灰的颜色，中间部分却是金黄锃亮，因为它已承受过千百次的敲击。他看了一眼场上，又环顾了一下四周，然后挥动手里的一根小木槌，把铓锣“当当当”地敲响。锣声急骤，回荡在广场上，飘向苍穹，也响在人们的耳边，灌进人们的心田，霎时使广场上的气氛添了几分紧张，在场所有人的心脏在跟着锣声跳荡。

不料，这时出现了一个意外，在将牛往木桩上系的时候，牛低头猛地用力，挣脱绳索，跑向人群。失去控制的犍牛，顿时由此变成了一头猛兽。

岩邦几步快跑，挡在了牛的前面。

这种情况过去还没有出现过。有人提议：把牛重新在木桩上系好，再行剽杀。

岩邦表示：“不用再费手脚。”

达勐赞同岩邦的意见：“就这样吧，或许是神灵的有意安排。”

这样一来，本是把牛羁控好的剽杀，变成了如同在野外的猎杀。这不仅增加了剽牛的难度，也增加了结果的不确定性。在场的人平添了紧张，增加了担心。

水牛和岩邦对峙着，双方移动身子，瞪大了双眼盯着对方。

水牛似乎要显示一下自己的脾性和力量，突然低下头，前腿屈起，举着粗壮尖锐的锥角，像战场上的搏杀者举着长刀利剑，向岩邦冲了过去。

岩邦并不紧张，双脚微微腾挪，身子稍稍一偏，在牛角几乎已触及他身体的那一瞬间，闪身避开。

水牛停下身子，重心放在了前腿，全身力量则集中在后腿，像拳击中的摆拳一般，将坚硬的蹄子踢向岩邦。这几个动作是从祖先传习而来的看家本领，很像景阳冈上与武松生死搏斗的吊睛白额虎使出的功夫。

岩邦下腰侧身，就势把头一偏，牛蹄带着一阵风从脸旁擦过。他又面向水牛，双脚站稳，稍稍弓背，把手中的标枪抓得更紧，目光如电，投射在水牛身上。这标枪不是刀剑斧钺，只是一杆木质物件，要刺中要害，穿透牛皮，让牛迅速倒下，绝不是一件容易的事。剽牛手出击的时机，标枪突进牛身体的位置，使用的力道和技巧，都会决定剽牛的结果。

佤族剽牛和西班牙斗牛在形式上很有几分相似，但在内涵上有着天壤之别。

西班牙斗牛，只是展示斗牛士挑逗公牛的技巧和击杀一头公牛的本领，表演一场人对动物作弄后的杀戮，以博得观众的喝彩，实际上是进行一场愉悦观众的商业性娱乐。

佤族的剽牛，除了表现人的勇敢与力量，还含有丰富的社会生活的内容，寄托有人的祈愿，表达着人的意志，其结果会影响人们的行为，并积淀为群体的一种生活方式和共同观念，会由此直接产生巨大的社会后果。此时，一个中华民族共同体的信念、习俗、性格都聚集在了这个名闻遐迩的传统仪式之中。

几个回合以后，水牛的眼珠发红，嘴边挂有白色泡沫，全身肌肉抽动，显出几分疲惫。但，牛在耗散了许多体力之后，已变得近乎疯狂，基因中的野性最终像山洪一样爆发。只见它身子前倾，脖子伸直，把全身力气集中在骨硬如铁、锥角如刀的头部，朝岩邦顶了过去。这本是所有牛的天性，也是牛类独有的看家绝技，更是格斗时战胜对手最厉害的一招，非洲草原上的狮子有时也经不住野牛这一顶，这一顶如果像流星锤一般落在目标上，一定会让人血溅骨碎，生死难卜。

人对付猛牛冲撞的最好办法是避实就虚，卸去牛力，以左晃右晃躲开过这一招。但，岩邦却没有再闪避，他把紧攥在手中的标枪斜着提起，迎着冲过来的牛，以迅雷不及掩耳之势，对着水牛右肋的血仓部位扎了进去。与此同时，他如同双脚踏在弹簧上，纵身跃起，加上身体的力量，将镖枪深深地推进了牛的体内，这是剽牛中最具关键意义的动作。

达勐手中的铓锣敲得更急更响，在场的人在不停地呐喊。

水牛猛烈地、悲壮地跳跃了几下，然后前腿跪倒，接着后腿趴下，几声重重的喘气加上一阵挣扎后，像风雨中的一堵墙一样倒在了地上。

达勐扔掉了手中的铓锣，大喊着："查看伤口！"

这是剽牛一个必经的程序，通过验看牛伤口的状况，以确定剽牛的结果，判定剽牛的吉凶，认定剽牛的成败。

达勐、力宝、李方札等多个人如同竞跑，几乎同时冲到了牛的身边。

达勐仔细看了一会，然后双手做成喇叭的样子对着观众大喊："牛头向南，身体向左侧躺倒，伤口朝上，血往上喷。大吉、大吉，可以立碑了。"

力宝、李方札和许多人也在一遍一遍地狂呼："可以立碑了，可以立碑了！天意，天意！"

力宝把早已提在手里的公鸡一刀割开脖子，将鲜红的鸡血滴进两个水桶里。李方札、龙起、都同、阿尼等将盛满泡酒的粗大竹筒打开，开口朝下，把泡酒哗哗地倒进水桶里。

魔巴对着水念起了咒语，大意是：

今天起誓，共同遵守；如果反悔，不得好死；谁要背叛，惩罚不饶。

达勐接着大喊："大家可以来喝咒水，喝咒水！"

一只只粗糙的手捏着一个个粗糙的碗，伸向水桶，舀起半碗带血带酒的水，在手里晃了晃，送到嘴边。有的一饮而尽，有的则是手手传递，各喝一大口，最后一个人把碗里的咒水喝得一滴不剩。

碗触碰到桶底，发出响声，桶里水、酒、血的混合物所剩无几。

达勐把水桶提起，桶底朝上，将残尽的咒水倒在一个大碗里，自己先喝了一大口，然后递到了张钧山手里。

张钧山双手接过，仰起脖子，一口气喝下后，然后抹了抹嘴，带几分激动地对着所有在场的群众喊道：“盟誓立碑是天意，更是各族人民群众的共同意愿。接下来，请代表们宣誓后开始签名。”

两位工作人员将一张桌子抬起，摆放在人们面前。桌上平铺着写有誓词的大红纸，纸是和牛血一样鲜亮的颜色。桌上还放有毛笔、砚台，砚台里已经研磨好的墨汁乌黑发亮，可以隐隐约约看见蓝天白云的影子，也映见了人们脸上喜悦而又庄重的表情。

张钧山和四十多位各民族代表站在一起，举起右手，由工作人员领诵拟制好的誓词。

此时此刻，在场的民众，高耸的山脉，奔流的河水，密密的森林，都在屏息倾听：

我们二十六种民族的代表，代表全普洱区各族同胞，慎重地于此举行了剽牛，喝了咒水。从此我们一心一德，团结到底，在中国共产党的领导下，誓为建设平等自由幸福的大家庭而奋斗！此誓。

宣完誓以后，广场上的欢呼声如春雷滚动，借着风的力量，飘进远处的山谷，发出响亮的回声；飘进不远处的村寨，在竹楼间游荡；飘进近处的树林，惊起一群飞鸟拍着翅膀上云霄。

“现在开始签名。不会写字的，可以请会写字的同志帮忙代签。”张钧山犹如在战场上指挥作战。

代表们纷纷靠向桌子。

刀正哈第一个提起毛笔，熟练地在誓词的下面用傣文签上了自己的名字。

紧接着是聂拉签名，他用的是拉祜文。他写得极为认真，心中滚动着骄傲，因为他可以提起笔，在一张大红纸上、实际上是在一块石碑上书写自己的名字了。

达勐从聂拉手里夺过毛笔，喊着："这不识字还真恼火。哪个会写字的同志帮我把名字写上。"他第一次使用了"同志"这个词。

聂拉把笔接过来，用汉文在红布上写下了达勐的名字。写完以后，还冲着达勐善意地笑了笑，似是在呼应进京途中，达勐提及过的关于读书的话题：知道了吧，读书识字太重要了。

施有福把笔在手，恭恭敬敬地签上了自己的名字。

毛笔从一个人手里传到另一个人手里，笔尖在纸上作着轻重缓急却很有节奏的运动，有时是优美曼妙的舞蹈，有时则是劲牛奔马般的驰骋；字体有的像凤尾竹一般秀丽俊逸，有的则如刀剑般刚硬有力。

报族名和姓名的声音接续响起：

"我是彝族龙起，签名！"

"我是布朗族都同，签名！"

这时响起了一位女性的声音，在众多浑厚洪亮的男子的声音中，她的声音如春莺啼树，显得分外清脆："我是回族马桂华，签名！"

方水允抓过笔，把一个年长的人推到前面："阿爸，去北京你错过了，这回签名你可不要再错过了。"

方水允的阿爸赶忙喊着："我是哈尼族，签名！"

又有人接续："我是景颇族！""我是白族！""我是基诺族！""我是瑶族！"我是……"

一个个横写、竖写、斜写在红纸上的黑字，是名字，更是殷殷心语和铮铮誓言。

张钧山右手提笔，左手以掌在纸上抚动了几下："我代表中共普洱专区党委、也代表我自己，签名。”接着郑重地写下了自己的名字。

有一个人把笔像握枪一样握着，声音洪亮：“我作为一名军人签名。”然后唰唰唰，笔落纸上，字出笔端，犹如枪弹出膛，大红纸上出现了三个刚劲有力的字——杜云良。

岩邦一把从杜云良手里抓过笔，问张钧山：“我阿爸已经代表佤族签过名了，我还可以签名吗？”

张钧山：“只要你愿意签，可以。”

岩邦激动地说：“很愿意。”说着把笔递给了张钧山，“请张书记把我的名字写上。”

张钧山接过笔，运了运气，很认真地在纸上写下了岩邦的名字。

这时力宝开腔了：“张书记，请你也替我把名字签上。”

张钧山笔走龙蛇，快速写下了力宝的名字。

人们发现，力宝——这两个字比一般人的名字写得要大些，那墨迹透过了纸背。

下　部

碑不能倒——人心

着火死牛

杜云良领着七八个年轻汉子，耸肩挺胸，合着步子，喊着号子，将一块长超六尺、宽过二尺、厚达八寸的大石块抬进了宁洱广场。这块石料取自附近的一个山壁，有着山的基因，山的品格。

几个远近有名的工匠应邀而来。他们手提锤子、凿子、尺子，走近石块，比划、审视、画线，专注地察看红纸上的誓词和签名，暗下决心，要穷尽平生所学技艺，精雕细刻，把这些字词原汁原味地刻到石块的肌肉之上，镂进石块的骨骼之中。

铁锤不停地抬起落下，凿子在石块上游动跳跃，金与石撞击后发出美妙的声音，如同悦耳的乐曲，在广场上回荡。

彩霞满天，晚风阵阵。工匠们下工后，张钧山走进了工地，他要了解一下誓词碑刻制的进度，要看一看誓词碑不断成长的模样。

经过工匠们几天的刀凿之功，大石块已经开始显示出碑的形制。他蹲下身子，在石碑上轻轻、深情地抚摸着，心里却是波澜起伏。这块石头太有幸了，将会刻下一段誓言，印上一段历史，然后岿然屹立在中国的西南边陲。他想到，古往今来，在中华大地上耸立着许许多多的石刻石碑，在延安民族学院学习期间，有教员曾在民族史课中讲到刻石铭碑，有几块石刻、石碑已经留在了他的脑间。

一块是东汉大将窦宪出塞三千里，追击匈奴大获全胜后，在北漠燕然山留下的石刻，铭文为参与对匈奴作战的著名史学家班固所作，史称“燕然勒功”。历史上有著名诗人把这用作了典故，唐代诗人陈子昂在《送魏大从军》

中有“勿使燕然上，惟留汉将功”的诗句；宋代范仲淹在一首词里有“浊酒一杯家万里，燕然未勒归无计”之语。这块碑堪称为军功之碑、历史之碑、文化之碑。

还有一块是唐代刻制的“唐蕃会盟碑”。唐王朝和吐蕃互派使节，先后在京师长安和拉萨盟誓后，将盟文刻石立碑，碑文中有“谊属重亲，地接比邻，乐于和叶社稷如一统”和“社稷叶同如一，为此大和”这样的用语。这块碑的顶部用屋顶式石帽覆盖，体现了藏区碑刻的特有风格。一千多年来，一直矗立在拉萨大昭寺前。这块碑是中央王朝和雪域高原关系的真实记录，也是汉藏民族友好关系的历史见证。

另有一块在自己的家乡曲靖，叫《段氏与三十七部会盟碑》。记载的是宋代这一带各民族盟誓共约，去仇去怨，同心友好，并务存久长的真实故事。这块石碑用汉字书写，内容用的却是各少数民族语言，别有特点。如果说前两块碑上都映照着中央王朝的身影，这块碑则是一个地区众多民族共同留下的印记。

可以说，这每一块碑，都是中华漫漫历史的一个真实路标，都是一个很有特色、不可磨灭的文化印记。想到这里，他心里涌起一股豪情，便轻轻地闭上眼睛，心驰神动，怡然地想象着这块各民族盟誓碑屹立在天地之间的雄姿，思考着这块碑将会在中国民族史上拥有怎样的地位。

杜云良快步走了过来，轻声说：“张书记，我有急事汇报。”

“好。”张钧山答应了一声，又看了一眼像幼儿一天天长大一样，正在一步步变身为石碑的大石块，然后若有所思地离去。

张钧山走进办公室后，看了一眼见杜云良，半开着玩笑问：“你当专区行署的保卫科长还只有三天功夫，就找我有事？”

“是的，并且是很重要、很紧急的事。”

暮色已经涌进屋里，张钧山点亮马灯，扯过一把椅子坐下，平静地问：“什么事？”

杜云良也坐了下来，告诉张钧山：“龙竹寨昨天傍晚着火了，烧掉了一户人家的竹楼。幸亏扑救及时，否则全寨都会过火，成为废墟。”

“没伤着人吧？”

“人倒没伤着，损失也不算很大，但这火着得很有些蹊跷。”

“到底怎么回事？”

杜云良报告了自己掌握的情况：“烧着了的是李方札的邻居。火也差点烧着了李方札的竹楼，因为发现得早，这位头人的房子才算逃过一劫。值得关注的是，随后龙竹寨传出流言，说起火是因为取石立碑，得罪了神灵。”

张钧山如同晚上站岗时听到了响动，立即警觉起来，刚刚取石刻碑，就有寨子着火，并有流言，看来这里面大有名堂。他告诉杜云良：“必须抓紧查明情况，同时让其他寨子加强防范。联想到这里刚解放时，我们给群众发农具、种子，便有种种传言，当时认为是群众对党、对政府不了解，现在看来，绝不如此简单。可以作出明确的判断，黑暗中有一股力量在同我们较量，并且手段步步升级。要把发生过的一系列事情联结成一根链条，作为案子进行调查。这件事情重大，由行署保卫科直接办理。”

张钧山接着又对下一步的工作，细加交代。

杜云良离去时，天上下着不大不小的雨。杜云良披上了张钧山递过来的防雨衣，快速融进了夜雨之中。

第二天破晓，雨还在下，山峰遁形，树林模糊，远近一片迷蒙。杜云良带着保卫科两名工作人员来到了龙竹寨。

李方札家紧邻的一幢竹楼已成一片废墟，地上零乱地躺着烧残的竹木，还有桌椅板凳的构件、破碎的陶钵。

失火人家的主妇戴着一个很大的斗笠，还在废墟中寻找火后仍然可能使用的一切东西。她一边哭泣，一边对着天和地，也是对着自己，重复着相似的话语：“天呐，取石立碑惹怒了神灵，就应当让那些主张立碑的人家遭报应，为什么无缘无故地把火星撒到我家的房子上？”

杜云良听了，心里沉重，一阵心酸。他满带同情地看了这个妇女一眼，同时还发现，旧楼的废墟旁边已经摆放了一些新鲜的竹子和木头，显然是刚刚从山上砍下来的，看来在准备盖房子，也许三五天房子就能盖好。这抗灾盖房的速度比他想象的要快得多，几乎是火灭了的同时，盖房便也开始了。这让他心里变得轻松了一些。

“我是专为寨子里着火的事来的。你对这件事哪样看?”杜云良进到李方札的竹楼后，直接道明来意。

李方札皱了一下眉头：“寨子里对这件事的说法，现在就像早上林子里的鸟叫，又多又杂。”

“你觉得这是不小心失火还是有人故意纵火?”要是几个月前，杜云良决不会直通通地说出这句话的，现在彼此已是很熟悉的人了，因而增加了信任，减少了顾忌，还因为必须抓紧查明实情。

李方札对着楼下大喊了一声：“甲柱，你过来。”

随着楼梯的响动，李甲柱很快上了楼，然后开始叙述他当时见到的情形：“天刚断黑，我吃过晚饭后，要去看看牛棚里的草料够不够。脚刚一跨出楼门，就看见黑暗中有一团火忽闪着过来了。山寨最怕火，我不由得惊叫了一声‘谁? 拿火干哪样?’那团游动着的火立即换了方向，离开了我家的竹楼边，随后邻家的竹楼起火。”

杜云良很快作出了判断，看来那团火本来是要点燃李方札家的竹楼，只是因为李甲柱站在了门前，所以改为了在相邻的人家匆匆扔下火种。但他不便轻易说出这个判断，只是说：“初步可以肯定，这是有人故意放火。”

李方札带几分紧张地问：“是谁这么毒，又有这么大的胆子，居然敢放火?”

杜云良回答：“其他寨子也有乱七八糟的传言，看来是有人为了阻止我们竖起誓词碑。”

李方札的神色变得庄重：有的传言我也听到了。但立碑的事谁也不能阻止，这是大家发了誓、许了愿、喝了咒水的大事，碑无论咋样也得立起来。

李甲柱插话：“我还听说，寨子里有些人要去找县政府，请求不要立碑，以免招来更大的灾难。因为政府是为人民着想的，所以肯定会同意人民群众的要求。”

杜云良更加意识到，这把火大有来头，便郑重地对李方札说："这又是一个新情况，还是和立碑有关系。如果真有这种情况发生，请你一定要加以制止。"

"这个你放心好了。没名堂的事去找政府？这不行！谁敢？"李方札显示出了头人的架势和自信。

临行前，杜云良又交代李方札："先找个地方让失火人家安顿下来，我回去还会请县政府给予救济。"

李方札却是淡淡一笑，非常肯定地说："都没有必要。"

为什么？一个大大的问号腾起在杜云良的脑海里。但他并没有因为李方札这句话，放弃请县政府救助蒙灾者的想法。

当杜云良走出李方札的竹楼时，发现相邻竹楼火后的废墟上，已经有很多人在忙碌。有的在立柱子，有的在把横着竖着的竹子、木头用竹篾扎紧，地上还摆放有许多刚割下来的青色茅草，有人在把茅草编成梳子的样子，看来是准备用来铺作屋顶。废墟成了繁忙的工地，人们正在紧张地盖房子。这动作也太快了，有点像部队在野外搭建营房。

杜云良向送他出来的李甲柱发问："这竹楼多长时间能盖好？"

"一天。"

"一天？"杜云良简直不相信自己的耳朵。

"我们寨子里谁家盖房子，大家都会跑去帮忙，还会送来木头、竹子、茅草，并且当天动工，当天就能盖好。所以我阿爸刚才说，遭火的人家不用政府救济。"

杜云良不由得用赞许的目光看了看忙着盖房子的寨民，又抬起头看了看竹楼参差的寨子，他对这里的人和寨子多了几分了解，很真切地感受到了那看不见的传统力量的强大，也感觉到了这种传统对一个民族的生存所产生的巨大作用。

大风来了，满山的树木都会晃动。在石门寨，突然也有风卷浪起，以至整个寨子都在开始晃动。

西边的太阳像一个大火球，又大又红。达勐扛着火枪，手里提着一只山鸡，带着怒气，急匆匆地从集上走回寨子。进到家中，他把山鸡“卟”地一声扔到地上，把枪挂回到墙上，大声叫着：“岩邦，过来。”

岩邦步子发沉地从牛栏边走了过来。岩邦看到了阿爸怒气冲冲的样子，达勐却没有注意到，岩邦的脸色也和平日大不相同，像烟熏了一样，很不好看。

达勐一开腔便像点着了的柴草，带火冒烟：“我今天在街上听人说，有人怀疑龙竹寨着起来的火是我们寨子的人放的，这是棺材里出来的话，直冒阴气。可龙竹寨的人还信了这话，要为这件事进行报复，李方札简直是个石头脑壳。”

很耐人寻味的是，李方札称达勐是树疙瘩脑壳，达勐则把李方札叫作石头脑壳。或许，当仇恨和猜忌存在于人的心头的时候，眼睛里看到的便不再是真实的图影，看到的是悬崖边石缝里挤出来的小树，是斜着长的。

岩邦这时告诉阿爸：“嗨，这恼火的事赶在一起了，家里可是出大事了。”

“出哪样事了？”

“你来看。”

达勐跟着岩邦来到牛棚前，只见那十几条原本活蹦乱跳的大水牛全像被标枪扎过了一样，直挺挺地躺在地上，一动不动。

达勐脑中的火与烟猛地变成了冲天烈焰：“昨天还活蹦乱跳的牛怎么会全死了呢？肯定是被毒死了，并且肯定是龙竹寨的人下了毒。”情急之下，达勐连着说出了两个“肯定”。

岩邦这时倒是显得比较冷静，告诉阿爸：“杜科长已派人来看过了，还取了牛身上的东西带回去，说是要做化验。是咋回子事现在还不知道，树上的果子是哪根藤结的，要细细分辨才看得清。”

“你用脑袋瓜子好好想一想，龙竹寨失火了，有人怀疑是我们寨子的人放的火，并说要报复。第三天我们家的牛就全死了。果子是哪一根藤上结的，明白得很。”达勐说得又快又急，以至气都不够用了，只好停下来喘了一口气，接着再说，“还因为我们两个寨子本来就有仇，加上我到现在都不同意你妹妹和李方札的儿子结婚，所以他便像受了伤的野兽，拼着命乱叫乱咬了。

但他不敢提刀提枪跟我来明的，便来暗的了。这件事决不能饶了他，还得老账新账一起算。”

岩邦心里发累，这样一来，两个寨子必然会发生冲突，那结果会比烧掉几座竹楼、死掉十几头牛严重得多。他自己原本的气恼这时一点都没有了，改为了担心，既而决定泼水熄火，赶忙劝解：“鸡丢了，到底是不是狐狸抓走了还没有弄明白，不能就拿着棒子满山找狐狸。”

“既然鸡丢了，找狐狸就没错。”

岩邦知道自己很难劝住阿爸，但他找到了认为准能管用的理由：“阿爸，你前不久才从北京参观回来，大家喝了咒水，正在刻团结誓词碑，这个时候你咋能带人去龙竹寨找李方札头人？”

这话像火塘里减了柴一样起了作用。达勐愣了一下，没有再出声，但火塘里似乎很快又塞进了干柴，火又明起来了，他找出了回答儿子的理由，先是问：“我们派人到龙竹寨放火了吗？”

“没有呀。”

“这就对了。可是李方札平白无故地诬赖我放火，并且毒死了我们家的牛。这就是他违背誓约了，所以必须照着誓约惩罚他。”

岩邦一听这话，更急了，阿爸居然认为聚集人去龙竹寨，是在遵守誓约，守护誓约，那事情就变得更严重了，但他很快想到了新的应对办法：“这事最好先同张书记说说。”

达勐又是一阵犹豫，但也很快找到了新的理由：“盟誓立碑喝咒水的时候，就已经说得很明白了，有人背叛誓词，就要进行惩罚，可以杀死。张书记当时就在场，所以不用问，他事多，少去打搅。我去惩罚违背誓词的人，他不仅不会反对，反而会很高兴、很支持。”

“阿爸，这事还得再想想，着忙着慌开枪，打不着猎物。着忙着慌地办事，不仅办不成事情，还会把事情弄坏。”

达勐已不愿再想了，而是要迅速采取行动，他以不容置疑的口气告诉岩邦：“开枪打猎，就得快。慢了，就只能闻野兽的骚味了。你马上鸣枪，立即开头人会议。”

头人会议是寨子里各个家族头人参加的会议，不是十分重大的事情，不会召集头人会议。一旦开会，头人们把一件事定下来了，就是天崩地裂也得办，寨子里所有的人都必须无一例外、毫不含糊地参与。

岩邦自是知道开头人会议可能产生的后果，他在恳求：“阿爸，从枪管里飞出去的子弹回不来。一鸣枪，各家头人们一到，后面的事情就不知道会变成啥样了。”

“别啰里啰嗦，碍手碍脚，鸣枪！”

“我不能鸣枪！”

达勐把手中的长刀“嚯”地抽了出来：“你不鸣枪？我就先砍了你。”

“就是砍了我，我也不会扣扳机，我也在石碑的誓词上签过名。你带人去龙竹寨，可能双方又要流血死人了，不管怎么说，都是违背了誓约。”

达勐扬了扬长刀：“我这是为了遵守誓约，所以该流血还得流血，该死人还得死人。你到底鸣枪还是不鸣枪？你不鸣枪我就先拿你祭刀。”

岩邦的倔劲上来了：“砍吧，我眼睛都不会眨一下。阿爸，你知道，我从小就不怕死。”

达勐被噎住了，儿子确是如此。八年前，岩邦十二岁，和另一个寨子的一位成年人用摔倒一头牛犊的方式比力气，赌注是一头牛。岩邦输了，趁阿爸不在家，真的从牛棚里牵出一头大公牛给了人家。达勐知道后，气得七窍生烟，要把儿子痛打一顿，但打骂儿童是会被寨子里的人轻蔑、责骂的。达勐改为了把岩邦捆在树上，让他认错。岩邦却不肯低头，依然认定说话必须算数，打赌输了就应当给人家牛。达勐时断时续地逼问了差不多半个上午，岩邦就像是一头犟牛，死活不认错，更不讨饶。但快到中午时，他悄悄地对母亲说：“我太饿了，给我一个苞谷吧，这挨饿比挨刀还难受。”后来经人调解，对方要了三只鸡，把牛还回来了，这件事才算了结。自此以后，达勐有了对付儿子的办法。

今天，达勐要用一下这个办法，他指了指客房：“你如果不鸣枪，就待在那里，先饿你三天，等我和龙竹寨算好账以后再出来。”

岩邦早已不是十二岁的少年了。他看了阿爸一眼，转过身，抬腿快步下楼，然后跑出了家门，跑出了寨子。

他不是怕关在屋里，也不是怕挨饿，而是另有主意。

风波起

达勐取下墙上的火药枪，对着天上开了两枪。这枪声在本是宁静的山寨，犹如大石头滚进了平静的深潭，激起大浪水花，发出惊心的巨响，让全寨人觉得耳朵和心里都大受震动。这一枪虽然不会伤人，但却像是炸药上被点燃的引信，将会导致震天撼地的爆炸。这种爆炸产生的后果，难以预料，难以控制，但可以肯定，十有八九是惨烈的，会有美好生命的消逝。

各个家族的头人们快速走出了家门，踏着阳光褪去后铺上了阴影的寨中道路，向寨子里议事的公房走去。没有反对的声音，只有赞同的怒吼；没有减柴降温的话语，只有添柴泼油的用词。在越来越浓的暮色中，如砍瓜切菜，头人会议顺当而快速地形成了一致的意见：攻击龙竹寨。这不仅仅是因为当下，还因为过去；不仅仅是为了当下，也是为了未来。

第二天一早，晨雾还没有完全消散，木鼓声在石门寨“咚咚”地响了起来。木鼓在佤族人心目中有着神圣的地位，没有木鼓的村寨不能称之为村寨。木鼓是通天神物，是统一战斗、传播信号、激励斗志的工具。细观细察，可以发现，木鼓和生命有着紧密的关联。鼓有一公一母，挖空的部分雕成女性生殖部位的模样，明显表征着生殖崇拜、呵护生命的含义，其中蕴含着一个至为简单真实而又亘古不变的认知，民族的存在和延续首先是生命的存在和延续。木鼓放置在专门的木鼓屋里，有专人看守，任何人不得随意敲击，只有在祭祀、与外寨外族发生战斗或重大节日时才会敲响。至于木鼓出现在舞台上，成为一个颇具特色的文艺节目或道具，那是三十年以后的事情。

这木鼓声音并不响亮，也没有复杂的节奏，但它有着特定的含义，借助传统的力量，有着像军号一样的威力。根据头人会议的决定，在木鼓声的召唤和催促之下，众多的石门寨寨民提刀执弓持棒，很快聚集在了寨子门口。

达勐把阿尼叫到眼前，口气严厉，很像战场上的军令：“阿尼，岩邦被我打得不见踪影了。这次去龙竹寨，你带人走在前头，打头阵。”

阿尼看了头人一眼，没有接话。

达勐觉得这很反常，难道这平日很听话的阿尼要学岩邦的样？他带着怒气喝问：“木鼓都响了，你为啥不出声？害怕啦？”

阿尼：“我不害怕，也不怕打头阵，但是今天这件事最好还得在脑壳里再多转几个弯。”

达勐一听，恼怒又添三分，阿尼和岩邦的表情和说的话咋都一模一样，是被哪路鬼怪摸了脑门？他大声呵斥着阿尼：“我已经想过很多遍了，还用得着你对我说酸话？为了信守立碑时的誓言，也为了老账新账一次结清，今天要杀进龙竹寨。”

阿尼却还是在说酸话：“草房子怕火星，人多了怕起哄。这么多人去龙竹寨，弄不好就会变成罩不住的大火了。”

“你们年轻人不懂事，口水说干了也听不清爽，你先领头往前走。”达勐不想再多费口舌，只想尽快赶往龙竹寨。

阿尼却依然站立不动：“我不能走在前头。”

达勐瞪圆了双眼，眼珠子已经微微发红：“因为哪样？”

阿尼的话语调不高，但很清晰：“我们冲过去，两个寨子必定会打起来，就又要流血了。这和刻在誓词碑上的话不合，所以我不想冲在前头。”

今天到底咋回子事？昨天是儿子死活不肯听话，拒绝放枪召集头人开会，今天是这个平时很温顺的阿尼反常地不听使唤，拒绝打头阵。他有些后悔没有叫魔巴打一个鸡卦，最近办事已经不像过去那样重视打卦了。

达勐不能任由寨子里的人拒绝他的命令，挑战他的权威，话如响锣：“你敢停住？不走也得走。”

阿尼嘴上没有再以言语抗拒，但不肯挪动半步，整个人像一根立在地上并且深深地打进了土里的木桩子。

达勐摆了摆手中的钢枪：“你晓得寨子里的规矩吗？”

“晓得。”

“要是过去，你的脑壳早就掉地上了。但现在是新社会，我还起过誓，所以不能随便砍人头。但你必须挨罚，你自己说咋整？”

“头人，为了寨子的规矩，为了不让你为难，我自己惩罚自己吧。”阿尼说着，抬起手中的长刀，对着自己另一只手掌带砍带削地挥了过去，两根手指像没有长大的萝卜掉在了地上，鲜红的血从伤口上往地上滴落，很快聚成了殷红的一滩。

达勐又气又恼，也一下觉得没招了，总不能让缺了两个指头的人打头阵吧。但他很快有了办法，只见他一只手举着钢枪，一只手张开口大喊“出寨！”然后抖擞精神，怒冲冲而又很威风地走在了队伍的最前面。

众人蜂拥着、呐喊着，跟着自己的头人走出寨门，直奔龙竹寨而去。风暴平地卷起，一幕在历史上曾经不止一次上演过的惨剧又要重演。

龙竹寨将会作出怎样的反应？

连日来，李方札正被寨里的那把火燎得心神不宁，还费了很大的劲，又劝又骂，阻止了寨里的人因着火的事去找县政府。寨子里总算暂时安定下来了，这让他紧绷的神经也松弛了许多。但是，那团差点把自家竹楼也烧着了的火苗，依然不停地在眼前忽闪，好像随时还会变成冲天火焰。这一天早饭后，他捧着大烟筒，不停地抽烟，脑子在忙乱地思考。

李甲柱走了进来，他有话要同阿爸说。

李方札似是问自己，又似是问儿子：“寨子里的这把火着得很古怪，要不是你当时碰巧在门口，我们家竹楼肯定要变成灰了。这是啥原因？谁会干这种事？”

李甲柱：“我听有人说，是因为签名剽牛立碑得罪了神灵，所以要烧龙竹寨，要烧我们家。但因为你是头人，神这次对你留情了，只是给了你一点厉害看看。但如果碑真的立了起来的话，房子可能还会再着火。”

“其他寨子里也有着火的事吗？”李方札要问明情况，再作判断。

“没听说。”

“好多寨子的人都在誓词上签了名，他们都没事，为啥只有我们寨子着火？所以这着火跟立碑没有啥关系。”

“我也这样想。不过还有人说，这火可能是石门寨的人点的。”

李方札听到这里，不由得心里一震，快速放下烟筒：“这倒有可能，因为我们两个寨子世代有仇。”

“这也不一定。我听你说，去北京观礼时，一路上你和达勐相处得很好，还在长城上拉着手唱过歌哩。”李甲柱提醒着。

李方札点了点头：“是这样。但人心隔肚皮，鸟身隔毛羽，谁知道他达勐心里长的竹子往哪里歪？”

这时，鲁娜突然快步走了进来，把李甲柱拉到一边，在他耳边爆豆子似地一阵轻语，然后又跑出去了。

鲁娜是发现石头寨的人正在聚集、准备出动后，赶忙跑来给龙竹寨报信的。

李甲柱这时说出了严重而紧急的情况：“刚才鲁娜说，达勐带着石门寨的人要来冲我们寨子。”

李方札一愣，他很难相信这是真的。便带着气问儿子，也是问自己：“达勐为啥要带人到龙竹寨来寻事？真是人在家中坐，石头从天上砸下来。”

“达勐家的牛全死了，怀疑是我们寨子下了毒。”

李方札这下由生气变成了发怒：“他家的牛死了找我，我们寨子里着火找谁？他这不过是找个理由，要借机报过去的仇来了。但是我不怕他。”

“两家过去的仇恨还没消哩，在冒烟的火堆里，不能再添干柴了。”李甲柱劝阻。

“那你说咋办？”

“我和鲁娜一起去找达勐，当面和他说清楚，两个寨子千万不要误会。”李甲柱说出了自己的想法。

“你去找他？那你就会第一个在他的刀下丧命。”

“我不带刀、不带人，他或许就不会动刀动枪。”

“这不等于向他示弱、认错？这不行。别说我们没错，就是有啥错，也不能轻易向他达勐低头。”

“大家发过誓，正在建誓词碑。为了团结，有些事就得忍一忍。”

李方札摆出了理由：“正因为我在誓词碑上签过名，所以不能轻易退让。这是他违背誓言，有意挑事，打上门来，那就必须惩罚他。”

“阿爸，你不让我去找达勐头人，那我就去找张书记吧。”

李方札斩钉截铁地说：“人家都杀过来了，还来得及找张书记吗？他的刀举了起来，我就决不能牙发颤、腿发软，也必须把自己的刀高高举起来。甲柱，吹响牛角号，让全寨的男人在寨门口集合。”

李甲柱提醒说：“阿爸，你去过北京，在誓词上说的重要的话就是大家要团结。”

“鸟只有一个翅膀飞不起来。我们说要团结，可人家要打要杀，咋能团结得起来？刀枪前面，无理可讲。人家进，我们退，必定要吃亏。有句话说得好，打架不拼命，事后报仇难。”

达勐的队伍离龙竹寨越来越近，已经可以隐隐约约地看见坐落在龙竹林边的一幢幢竹楼。这时忽然有一个人从龙竹寨方向跑了过来，像林中的一头小鹿，跑得飞快，全身都带着风，长长的头发向后飘动，好似骏马奔驰时扬起的尾巴，套在头发上的银箍闪闪发光，是一位女性。不一会儿，这头小鹿就到了眼前，大家再一细看，看清楚了，这不是别人，是鲁娜，她喘着粗气站在了大家面前。

达勐一看鲁娜是从龙竹寨跑过来的，满脸阴沉地问：“哼，你又去龙竹寨了？你跑来干啥？”

鲁娜一边继续大口大口地喘气，一边声音忽轻忽重地告诉阿爸：“不要再往前走了。龙竹寨已经吹响起了牛角号，集合了全寨的男人。”

“这正好说明他们心中有鬼怪，像偷了东西的贼一样，心虚了，要和我们来硬的了。”达勐对着自己的队伍大喊了一声，“向寨门靠近，作开仗的准备。”

鲁娜伸开双手挡在了前面。她的想法简单而强烈，避免械斗，避免死亡，让甲柱和许许多多的人不致流血或受伤。

“你想整哪样?”愤怒的火焰正炙烤着达勐的全身，说话时，他眼睛里喷出来的是火焰，眼前女儿的模样也似乎一下变得有些模糊。

“阿爸，不能过去，不能过去!”

鲁娜急切的呼唤让达勐怒火似乎减弱了一些，眼前又是女儿真切的模样。他这时注意到，她身上穿的是自己在上海南京路买的布料做成的上衣。这使达勐不由得犹豫了一下，并且突然有了一个想法，语声也和缓了一些:“如果你和那个李甲柱一刀两断，这件事我还可以再考虑考虑。”

“这完全是两回事。”

“是两回事，但现在这是分不开的一件事。”

“要我和李甲柱分开，我做不到，真的做不到。”鲁娜的话充满痛苦，带着坚定。

“既然你做不到，那就只有让我来办了。”

“你要咋样办?”

“很简单，冲进去，把那个甲柱剁了，一下就把所有的事情都办好了。”

鲁娜知道，阿爸话说出来了，就会真的去做，阿爸已经不是第一次说这类话了。她好像看见，带着一道白光的刀已经落在了甲柱的脖子上，甲柱的脑袋像一个西瓜在地上滚动，身体扑通一声倒在地上，血流了一地。想到这里，鲁娜哇的一声哭了，嘴里冲出来的话是:“他死了，我也不想活了。”

“那你就去死吧。”达勐已经怒不可遏，他像一头愤怒的狮子，眼前只有猎物，只有搏杀，其他的一切已经统统抛到天外云端了。

“那我就死在你面前。”鲁娜说完，猛地从阿尼手里夺过长刀，便往脖子上抹。几个人慌乱中一起动手，拉住鲁娜的两只胳膊，夺下她手中的利刃，这才使阿尼的刀刃上避免了又一次沾上鲜血。

鲁娜蹲在地上失声痛哭，哭得特别伤心，浑身都在抖动。但鲁娜的自杀和痛哭只是让达勐这头狮子稍微迟疑了一阵，并没有能阻止狮子的狂躁和攻击的欲望，反而情绪变得更加愤怒、决心变得更加坚定。刀已经出鞘，就不能轻易放回去，必须攻入龙竹寨，拼个你死我活。如果停下来，自己将会在石头寨的人面前丢脸，也会被龙竹寨的人耻笑，还会被周边许多寨子里的人瞧不起。今天是要把性命系在刀尖上，是死是活，是伤是残都豁出去了。达勐用血红的眼睛看了看大家，然后用刀指着龙竹寨怒吼着："杀进去！"

在头人的号令下，几百人变成了狂涛怒火，这狂涛怒火步步逼近寨门，很快就会演变成可怕的灾难：鲜血飞溅、火光冲天、哭喊动地、死亡满寨……

龙竹寨的所有男人们，也已经提刀执枪，集结在寨门边。血液中的基因，传统的力量，牢固的观念，使人们没有恐惧，只有仇恨，不想退却，只想拼杀。一对对喷出火焰的眼珠子，好像快要迸出眼眶，死死地盯着寨门外。

李方札已经想好了，先不出寨迎击，只是利用坚固的寨墙、深深的壕沟以及防御功能很强的通道，尽可能地防住对方的进攻，然后再找机会出击。

就在达勐高高举起了手中的长刀，领着人马冲到了寨门前的时候，耳边忽然传来几声带着尖啸的枪响。这让寨门内外的人都一阵惊愕，不由得纷纷晃动脑袋，睁大眼睛向四处张望，寻找子弹飞出来的方向。石门寨的队伍一下由奔腾向前的激流，变成了原地翻卷的漩涡。

伴着一阵急骤的马蹄声，张钧山、杜云良、小石、关军医，另有七八个战士，还有岩邦，一起出现在龙竹寨的寨门边，一道看起来单薄、实则无比厚实的人墙隔在了双方的面前。

张钧山翻身下马，面带怒容，声若惊雷，很严厉地发问："达勐头人，你带着这么多人到这里想整哪样？"

达勐见到张钧山，又见他完全不同于往日的吓人表情，气已泄了三分，但口气依然强硬："惩罚背叛誓词的人。"

"谁背叛了誓词？"

"龙竹寨。他们说是我们烧了他寨子的房子，还毒死了我家的牛，从而引起两个寨子争斗。这就是背叛民族团结碑上的誓词，必须惩罚。”

“你咋样晓得，那个话是龙竹寨人说的？你又咋样晓得，那毒死你家牛的事也是龙竹寨的人整的？”张钧山的话语依然严厉。

“我在赶集时听到几个人说过。我自己也好好想过了，藤长在再高的树上，也能找到根。那些话、那些事，只会是李方札那个寨子的人说的、干的。”

张钧山盯着达勐的眼睛，稍放缓了一些语气问：“你在街上到底是听谁说？”

达勐一下列出了三四个人的名字。

“他们是咋样晓得的？”

“他们也是听别人说的。”

“一只母鸡是不是下蛋了，不能听别的公鸡、母鸡怎么叫。”张钧山说到这里，反问达勐，“有人说，龙竹寨的火是你叫去人去放的，这是真的吗？”

“我不会做这种烂肝烂肺的事。”

“解放军刚到这一带的时候，张忠义说解放军要强占各寨的土地、杀死十五岁以上的男丁；后来，县政府要给困难的寨民送农具、种子，也有人说，用了这样的农具，土地要归政府；用了政府送的种子，会长不出芽。这些都是真的吗？”张钧山连珠炮般地反问。

达勐没有回答，因为他没有底气回答，那些话后来证明都是水人的话，他重重地用手掌拍了一下自己的脑袋，然后像是用力太重了，双脚撑不住整个身体，上身下坠，双膝弯曲，蹲在了地上。

岩邦这时插话：“这些话我都亲耳听到过，如果当时听信了那些话，那就糟糕透了。”他往返宁洱，跑了整整一夜，但声音依然洪亮。

张钧山这时一字一顿地说：“所以，无根无据地说石门寨的牛死了是谁下的毒，说龙竹寨烧了房子是谁放了火，都不能相信。”

“张书记说得对。”这句话是李方札隔着寨门喊出来的。

达勐似乎一下明白了什么，又拍了几下自己的脑袋，然后把脑袋埋在臂弯里。

张钧山以肯定的语气告诉两个寨子的民众：“杜云良科长正在全力调查这两件事。根据现在了解的情况，虽然龙竹寨的火是谁放的还不知道，但可以肯定，不是石门寨放的；达勐头人家的牛是被谁毒死的，现在也还不知道，但可以肯定，不是龙竹寨的人毒死的。”

寨门内外的人都不由得“啊”了一声。

张钧山接着解释：“经过化验，毒死达勐头人家牛的毒药里面，既没有见血封喉，也没有乌头草，是一种化学毒药。你们两个寨子、包括这一带其他许多寨子都造不来这种东西来，甚至根本就不知道是一种啥东西。”

“这就怪了，太怪了，这事会是啥人整的？”达勐这时一阵自言自语，他已经像是烈日下缺了水的庄稼，发蔫了。

张钧山说：“看来，这是我们的敌人有意进行的一场破坏活动，为的是使你们两个村寨发生争斗，再把这些事和立碑扯在一起，从而破坏立碑，破坏民族团结。”

“啊？！这些我真是没有想到。”达勐这时站起身来，语气坚定地说：“不论是谁要破坏立碑、破坏民族团结，都不能饶了他。已经剽牛立誓了，山崩了、水干了也不能翻悔。”

李方札也在寨门里大喊着：“放火放毒的人是灾星、魔鬼，我们要尽快找到这些坏家伙，按照剽牛时念过的咒语惩罚他们。”

“森林里的动物中有带毒的蛇，山上的野菜里面有带毒的菜，人里面也会有很坏的人，我们决不能上坏人的当，中坏人的招。”张钧山转而问达勐、李方札，“你们说今天的事情咋办？”

李方札首先表态：“听张书记的。”

张钧山问达勐：“你说哩？”

达勐没有回话，只是对着石门寨的人大喊了一声：“大家都回家去。”

一场可能铺天盖地的腥风血雨，归于风停云散。

李方札邀请张钧山到寨子里歇脚喝茶。

张钧山原本很愿意进寨入户，多与群众接触。但是，双方的冲突虽然已经犹如炸弹拔除了引信，但炸弹是谁放上去的还不清楚，必须抓紧查个水落石出。他既没有心思，也没有时间进寨，便婉言谢绝，又以赞许的眼光看了一眼岩邦，急急地赶回宁洱。

一场搏斗

张钧山又抱着搪瓷缸开始踱步。他把险些酿成龙竹寨和石门寨流血冲突的前因后果理出了简明的线条：剽牛立誓后，有人先是在龙竹寨放火，继而在石门寨投毒，同时散布谣言，以图引起两个寨子的冲突。目标所向，直指二十六个民族的盟誓立碑。进而又联想到，部队刚刚进入这一带时的种种谣言，还有射向自己的子弹和飞向小桑的箭头，这些很可能都是同一伙敌人所为。这伙敌人文武并用，手段狡猾而残忍，究竟来自何处？境内境外都有可能。有敌必战，必须给敌人重重一击。但攻击点在哪里？又一阵思索后，他像工兵搜索地雷时发现了疑点一般确定了目标：敌人的企图是要破坏盟誓立碑，目的没有达到，不会轻易息心罢手，极有可能还会针对誓词碑采取行动，在哪里出击，如何攻击的方案在胸中逐步形成。

刻碑现场，石工们挥锤抡凿，碎石飞溅。粉尘落在脸上，挂在眉毛上，积在赤裸的前胸后背上，先是像一层厚厚的霜，既而变得像一层薄薄的泥，但却顾不得停下来擦一擦，他们想以最快的速度完成这一伟大工程。只有口里渴得冒烟发紧时，才会停下手，从放在旁边的水桶里舀水解渴。

石碑的誓词部分已经刻制妥当，开始刻录签名。

小石打扮成杂工模样，在工地上或做些杂活，或来回走动，用警惕的目光注视着周围的一切，就像一位在战场上观察敌情的哨兵。

不时有人来到刻碑工地，或欣赏石工们的手艺，或阅读石碑上的文字，或询问誓词碑完工的工期，都很想提前看到石碑的模样。人们脸上露出微笑，带着期待，表达赞许。

又一个人出现了，他也和其他人一样，很有兴趣地观看石碑的制作，还会向工匠询问感兴趣的问题。小石认得出，这是黑杠，他不只一次来过刻碑现场，看来对誓词碑的打造非常关心。

黑杠看来是渴了，他走近水桶，拿起石工用过的碗，舀起一碗水，咕噜咕噜地一口气喝了下去，渴得真是厉害。然后他扫视了周围一眼，转过身把手中的碗放在腰际停靠了一会儿，接着挪动几步，又把手中的碗伸到水桶里。

这一切，早都被小石像鹰眼搜寻草丛里的兔子一样看在眼里。他移步靠近黑杠，猛地伸出钳子一般的手，犹如老鹰捉鸡，牢牢地抓住了黑杠的一只手腕，冷冷地问："你往水桶里放了啥东西？"

"哪样也没放，我只是想再喝一碗水。"黑杠说着，连连叫唤，"你轻点，为啥这么使劲？骨头都快被你捏断了，你不能这样对待少数民族。"

小石用另一只手夺过黑杠手里的碗，从水桶里舀出半碗水，递到黑杠面前，语气像打雷："那你把这水喝下去。"

"喝就喝。喝一碗水有啥难的。"黑杠说着，看了小石一眼，然后缓缓地伸出一只手接过碗，并把装了水的碗往嘴边送。小石不由得想，这家伙真的敢喝碗里的水？难道自己看错了？但就在碗要触到嘴唇的一刹那间，黑杠冷不丁把碗里的水泼向小石。小石本能地一躲闪，黑杠趁势用力挣脱被小石控制的右手，像猎枪响后没有中弹的兔子一样狂奔起来。

小石像猎犬逐兔一般追了上去。

黑杠身子灵活，脚下生风，穿大街、过小巷、翻院墙、过沟坎，跑得飞快。他相信，凭着自己在山林中逮过兔子、追过野鹿的本领，很快便可以甩开追赶自己的人。

但他很快发现，今天遇到了和自己一样善跑能跳的对手，这个和自己年龄差不多的解放军居然像影子一样，紧紧地贴在了自己后面。他有点心慌了。

不远处是一片不大的树林，透过或密或疏的树木，可以隐隐约约看到奔腾的河流，那是怒江的一条支流。

小石担心黑杠跑进树林后，容易逃脱，便大声喊道："站住！再不站住，老子就开枪了。”

黑杠没有放慢脚步，还挑衅地回了一句：“你不敢。”

小石拔出手枪，对着天空扣动了扳机，枪声清脆。黑杠略略有些惊恐，但并不理会，不顾一切地冲进了小树林，身影在树木间时隐时现。

以小石的枪法，他一枪便可以在黑杠的身上穿一个窟窿。但他知道，这人已经十分可疑，但到底是个什么样的货色并不清楚，可能和一系列案子有关联。杜科长交代过，不能轻易将他击毙，最好的选择是将他生擒活捉。他怒目圆睁，跟着冲进了树林。

但黑杠却在他的视野里消失了。小石知道，这个家伙肯定躲在了附近某个树叶稠密的地方，他停下脚步，向周边观察了一阵，然后把一棵小树摇得哗哗作响，大喊着：“我已经看见你躲在那里了，这下你可跑不脱了。”说罢，咔嚓一声，推弹上膛。

黑杠以为小石真的看见自己了，分开树枝，撒腿再跑。

小石起身再追。

黑杠跑出了小树林，到了河边。黑杠踏上了河上的木桥，继续狂奔。小石对这样的桥并不陌生，去年他和岩邦初遇时，一场生死搏斗就发生在一座桥上，当然并不是这座桥，他时常为当时自己跌落桥下感到懊恼。今天，他要以一次完美的胜利，洗净过去的懊恼。他深深地吸了一口气，没有半点减速，双脚踏上了木桥。

坏了，对岸不远处是一片大森林，如果这个家伙跑进去了，可就成了鱼入江河猴上树，要捕要捉都不好办了。

小石又一次扣动了扳机，子弹擦着黑杠的头发飞过。黑杠本能地愣了一下，这时小石离黑杠只有一只手臂的距离。

小石没有进一步逼近，在桥上难以制服对手，双方交手，必然会一起掉到桥下。河里水深流急，如果对方拼死挣扎、抵抗，那最有可能是一个双方同归于尽的结局。他想好了，在黑杠登上对岸后的那一霎间，来一个猛虎扑羊，从后面将他扑倒。

黑杠这时已觉得气力不支，预感到马上就会变成猎犬牙齿咬住的兔子。他急中生智，一个青蛙入水，从桥上跳入河里，他想利用自己从小在河里练就的水上功夫逃脱。

小石没有任何犹豫，纵身一跃，跟着跳下了小桥。这个从小在一条大河边长大、常常戏水踏浪的战士，想要展示一番犹如浪里白条的身手，在波涛中与对手来一番痛痛快快的搏斗。

但却什么也没有发生。只见黑杠连呛了几口水以后，便翻起了白眼，像被桨打了的鱼一样，身不由已地在水里半沉半浮。原来这黑杠跳入河中时，撞在了隐身在水里的一块大石头上，他的水中功夫还没有来得及施展，便晕了过去。

小石心想，不能让这个家伙就这样死了。他由擒敌改为了救人，挥臂蹬腿，三下两下游到黑杠身边，一把抓住黑杠的一只胳膊，用他练过的水中救生技能，不太费力地把黑杠拖到了岸边。

无边的夜幕垂下，笼罩着大大小小的山峰，远远近近变成了黑糊糊一片，平日亮晶晶的星星也隐去了光芒。屋里，桌上一盏并不太亮的马灯，在夜色中显得分外明亮。张钧山棱角分明的脸，在灯影中线条更加刚硬，犹如刀刻斧劈留下的印记，他在召开保卫科人员参加的紧急会议。

张钧山首先问："那黑杠情况怎么样？"

"已把他送到了卫生队。医生说，他脑部严重受伤，很难一下苏醒过来。"杜云良回答，然后开始汇报案情："经过检验，黑杠放进水桶里的物质和毒杀达勐家水牛的物质，属于同一种含氰的化学毒剂。"

张钧山接过话来："虽然黑杠不能说话，无法取得他的口供，但在石工的水桶中放毒已确凿无疑，毒杀达勐的牛他也有重大嫌疑。要顺藤摸瓜，沿着这条线索深入地往下追。"

与会者对案子进行了认真讨论后，张钧山又告诉大家："有关部门通报，打自我们部队进到这里以后，沧西一带有时会出现电台信号，意味着可能有敌特潜伏，并与境外联系，要抓紧对一个人的情况展开调查。"

当与会者陆续走出会议室时，天边已经露出曙色。

在会议室里，还留有两个人，是张钧山和杜云良，他们对着窗口呼吸了一会儿新鲜空气，又连续作战，细细地商量下一步的工作。

当朝阳照进窗棂时，杜云良走出了会议室，随即带着一个战士，跨上马鞍，踏着野草上的露珠向沧西疾进。

杜云良今天要找的第一个人是施有福。张钧山提到要抓紧进行调查的人是朱青，因为经过反复分析研究后，认定这位双江货栈的老板身上多有疑点。施有福和朱青熟悉，过去应当还会有生意上的往来，或许他能提供有价值的线索。

杜云良和施有福有过不同一般的交往，二人的谈话显得无拘无束，无遮无拦。一阵交谈后，果然大有收获。

朱青到沧西的时间就大有玄机。他自己说到这里经商已经三四年了，实际上，他是沧西解放半年前才来的。为什么要制造这种谎言呢？这分明是在施放烟幕。

朱青接手双江货栈也大有蹊跷。这家货栈本是施有福多年一直经营的，但却在一天深夜受到几个不明身份之人的死亡威胁：限他三日之内离开货栈，转交别人经营，否则等待他的将是家人失踪，甚至是脑袋搬家。第二天便先后有几位陌生人来跟他商讨转让货栈事宜，他最后把货栈盘给了出价相对公道的朱青。他一直不敢说出这段令人伤心而又恐惧的往事，今天才算道出隐情。

杜云良迅即作出判断，这不会是一场正常的商业买卖，而是别有目的的强制交易，朱青也不会是一个真正的商人。

同施有福道别以后，杜云良又立即赶往石门寨。

不远处就是石门寨。突然，附近传来两声并不清脆的枪响。

杜云良迅速拔枪，双眼警惕地向四周巡视。只见一只斑鸠摇晃着身子从空中坠下，着地后并没有死去，依然扑腾着翅膀，再次奋力飞起。但不一会儿又坠落地上，然后双脚和翅膀一起使劲，继续奔逃。

一个人提着火药枪跑了过来，见到杜云良后，打了个招呼，便继续追捉那受伤的斑鸠。这人是岩邦。

受伤的斑鸠又挣扎着腾空飞起，杜云良手中的枪响了，斑鸠应声落地。

岩邦捡起斑鸠，以敬佩的口吻对杜云良说："杜副营长，不，杜科长，你的枪法真好。"

杜云良笑了笑："斑鸠还是你打中的，我只是帮你补了一枪。不过，要是我们两个联起手来，那就不管是啥能飞能跑的猛禽猛兽都能打得着。"

岩邦扶着枪点了点头。

"你今天打猎来了？"杜云良问。

"今天是随同阿爸一起巡看我们家的庄稼地，发现这只斑鸠后我就开枪了，又好多天没有尝过肉的滋味了。"

"你阿爸在庄稼地里？太巧了，我们今天是特来找他的，这样就不用进寨子了。"

岩邦领着杜云良二人向着达勐走了过去，几个人在一个草坡上席地而坐。

杜云良指了指附近的土地问达勐："这一片都是你的地块？好大哟。"

"是的，只是能收下的东西太少。要是能像上海、南京附近的庄稼地那样长粮食就好了。那就只要种不到一半的地就可以不愁吃、不愁穿，还有粮食卖出去换钱花。"达勐的话里有感慨，也有遗憾。

这观礼和参观作用太大了。俗话说，闻君一席话，胜读十年书。这句话可以换成"内地一参观，胜读十年书"。杜云良告诉达勐："只要好好学习那些地方种地的经验，这里的土地可以增收很多粮食。"

达勐若有所悟地点了点头，然后问杜云良："你找我有事？"

"是的。着火、下毒的案子已经有了一些进展，我想向你了解一个人的情况。"

"谁？"

"水湾寨的黑杠。"

岩邦插话："我认识这个人。去年解放军攻打沧西县城时，在被迫阻挡解放军攻城的少数民族人员中，好像只有他一个人真的动家伙了。这人平常是一个不爱干活，只喜欢走寨串户的人。他还经常会去赶街，好像口袋里装满了钱似的。”

达勐接话：“这个人我也认识。我想起来了，那天在集上我就听他说过，是龙竹寨的人毒死了我家的牛。他不仅喜欢赶街，还经常去双江货栈买东西。”

杜云良的心里架起了望远镜，套住了黑杠，进而套住了货栈的老板朱青。

达勐的话打断了杜云良的思绪：“真盼着你们像剥竹笋一样，快快当当地把着火、死牛的事整明白了。要不然真让人吃不下饭，睡不着觉，太恼火了。”

“我们的想法是一样的。”杜云良说完，转而对岩邦和自己带来的战士说，“你们先去附近走一走，我们还要再聊一会儿。”

岩邦有些不愿意地提起火枪和战士一起走开了。

杜云良把身子向达勐挪了挪：“你刚才说到双江货栈，我想问你一些朱青老板的情况。”

“啥情况？”

“他啥时到沧西来经营货栈的？”

“时间不长，他来了顶多半年的时间，这一带就解放了。”

关于朱青来沧西的时间得到印证。杜云良很快明白，朱青故意把来沧西的时间说得很长，为的是避开对他的注意，并证明自己确实属于真正的商人。

“你觉得这个人有啥和别人不一样的地方吗？”

达勐说：“我每次去买东西，他对我都很客气，有时还会多给我东西、少收我的钱。他还喜欢聊天。”

“你好好回忆一下，除了与买卖有关的话以外，他还说到过哪些话？特别是与观礼团和政府办的事情有关的话。”

达勐抿着嘴、收紧眉头，在认真地回忆、思考。过去他很少会有这般模样，在他看来，世界上并没有多少需要费脑壳的事，并且那些费脑壳的事大都是让人很不舒心的事情。少动脑壳想事情，也就少了难受，为什么要自己找难受呢？但今天他还是认认真真地动起了脑壳。

在费了一阵脑壳以后，他说到了两件事。一件是在县政府要给群众低价卖锄头和种子时，朱青说过，用了这锄头，土地就要归共产党，用了政府的种子地里会长不出庄稼；还有一件，是观礼团离开普洱前，朱青说过，这次让头人们去北京是共产党设的套子，去了就回不来了。

达勐说完，又认真地补充："但朱青都说是从别人那里听来的。"

这些话，杜云良每一句话、每一个词都听得认真，心里有一把筛子像筛米一样在上下左右抖动。他隐隐觉得，在盘根错节的蔓萝、枝叶中，隐隐地发现了那根毒藤，离真相已经越来越近。他很快确定了下一步的行动，然后很郑重地对达勐说："你说的这些情况很重要，就像去年你帮助政府给寨民送锄头、种子一样，作用很大。你能再帮我做一件事吗？"

这些话让达勐听了很高兴，想不到这回动脑壳还动出许多有用的话来，看来将来还得多动动脑壳。对杜云良的要求，他很干脆地回答："行。只要对刻碑立碑、对民族团结有好处的事，别说一件，就是十件、一百件都行。"

多么质朴豪爽的民族兄弟啊。杜云良很赞许地点了点头，又习惯性地看了看四周，尽管视野里不见一个人影，但接下来的话他还是轻声细语，并且是凑近达勐的耳边说的，有的话还说了两遍。

货栈老板

第二天，达勐如往常一般，背着他的长方形挎包，走进了双江货栈。

朱青热情相迎："达勐头人，这次想买些啥东西？"

"民族团结誓词碑很快就修好了，我要买些苞谷酒和水果糖，准备在完工时好好庆祝一下。"

"太好了。不过，那石碑能立得起来吗？"

"立得起来的。"

朱青没有到货架上取达勐要买的东西，而是先递给达勐一支香烟，又把划着的火柴凑近了达勐叼着的烟头上。然后把自己嘴边的烟也点燃了，用力地吸了一口，伴着吐出来的烟雾，吐出了一串话："哎，过去这一带一切都好好的，山清水秀，没病没灾。可最近变得不太好了，听说是从山上取了制碑的大石块，得罪了神灵，所以动工后就发生了一件件怪事，又是着火，又是死牛，往后还说不准会发生啥更大的祸殃哩。听有人说，神灵反对修这个誓词碑啊。"

达勐平日抽的都是自种自晒的烟草，从来没有买过香烟，他并不熟练地用手指卸下嘴边的香烟，很肯定地告诉朱青："现在不用担心了，你刚才说的这些话都是坏人编出来的。"

朱青吓了一跳。达勐为啥说出这样的话来？该不会认为自己是坏人吧？他赶忙就着达勐说的话回问："你说现在不用担心了，因为哪样？"

"已经把坏人捉住了。"达勐说着，做了一个五指成拳的动作，就好像坏人已经抓在了他的手掌里。

朱青不动声色地问：“坏人是哪个呀？”

达勐望了望四周，然后带几分神秘地说：“黑杠。你可千万别说出去。”

“黑杠？你咋个知道的？”

“是专区保卫科的杜科长亲口告诉我的。”

“他咋会告诉你这样重要的事情？”

“因为我是佤族的头人，他们许多重要的事情都会对我说，还会同我商量。”达勐带几分得意地说。

“那我问你，黑杠现在在哪里，你知道吗？”

“当然知道。”达勐说到这里，没有再往下说，只是又把香烟塞到嘴里。这香烟的味道不像土烟那样呛人，抽起来让人觉得很舒坦，得尽量多吸几口，不要让这么好的东西白白地烧掉了。他用力地吸了起来，但涨红了脸，也没有烟吸到嘴里，刚才只顾了说话，烟卷熄火了。

“你恐怕是水人吧，这样的事你咋可能知道？”朱青来了一个激将法，并又一次帮达勐点着了香烟。

达勐似乎是没有经住这一激，快速吐出了一口烟雾，烟雾有一部分落在了朱青的眼镜片上，这让朱青的眼睛显得模糊不清，并且很难看。达勐觉得很有趣，然后移开目光，以很肯定的语气说：“他昨天被解放军捉住后，被关在一个叫看守所的地方。”

“哪个地方的看守所？”

达勐摸了摸脑袋：“这事我倒忘了问杜科长。要不，我去问清楚了再告诉你？”

黑杠具体关在哪里，达勐确实不知道。接着他开始担心，如果朱青还要问啥事情，他就答不上来了。因为杜科长给他准备好的话，差不多已经全都说出来了，就好像米缸里已经没有米了。

好在朱老板不再发问，并且还很认真地说：“这件事就不用去问杜科长了。”紧接着，他紧紧地捂住脑袋，一脸痛苦。

达勐心想，是不是自己刚才有啥不合适的话把朱老板吓着了？或是伤着了？便关心地问：“朱老板，你生病啦？”

朱青的话说得不太利索了：“我的……老毛病又犯了，脑壳像有人打了钉子一样疼得要命……要先歇一会。你要买东西，过一会再来吧。”

达勐打量了朱青一眼，只见他的脸已经变成了菜叶子一样的颜色，手指还微微抖动，看来真的是生急病了。

达勐离开了货栈，他要去把情况告诉杜科长。

达勐刚走不远，朱青换了一身当地人穿戴的民族服装，还包了一个很漂亮的头帕，斜挎着一个绣花的方包，鼻梁上也不再架着眼镜，连门也没有关，便急急地走出了货栈的大门。

有人伸手挡住去路，当他猛一抬头时，发现杜云良带着两个人站在了面前。

杜云良看了一眼朱青的装束，心里觉得有几分可笑，冷冷地问：“朱老板，你这是要去哪里？”

“去思茅采办一些货物。”

“采办货物还需要化妆吗？”

“不，不是化妆，入境随俗嘛。”

“怎么连眼镜也不戴？不怕看不清路摔跤吗？”

“唔……我的视力还可以，戴不戴眼镜无关紧要。”

“看来你的眼镜只是做做样子的了。”

朱青尴尬一笑：“这怎么说哩？谁都可能会有做做样子的时候？”

“你一副惊慌失措的样子，是不是碰着什么烦心的事了？”

“现在天下太平了，我们这些人能碰到什么烦心的事？”

“采买货物的事你暂时放一放，先跟我们走一趟吧。”

“有事吗？”朱青依然不慌不忙地问。

“是的。你善于看货记账，精于计算，心里应当很清楚。”

“我不明白你说的是什么，那就跟你走一趟吧。不过我还需要回屋里取一点东西。”

朱青说完迅速转过身，在动脚迈步的同时，如从鸡窝里取蛋一般，从怀里掏出一把手枪。当他转身的那一刹那，杜云良飞起一脚，又重又准地踢在他的手腕上，手枪脱手飞出去很远。杜云良紧接着跨前一步，对着朱青的膝盖又是一记和尚撞钟。

朱青像上次何飞木带人来取慰问品的时候一样，倒在了地上，只不过上次是半真半假，这次是全真无假。他知道发生了什么，也知道将会发生什么，无可奈何地带着失望和痛苦闭了一下眼睛，似乎是很不愿意看到眼前发生的一切。

审讯室显得很大，是由会议室临时改装的。

朱青平静地坐着，并不慌乱。他眼睛半眯着，在闭目养神，是为了有更多的精力应付接下来将会发生的交锋。

杜云良端然而坐，出口的话开门见山："朱青老板，不必耗费时间、精力绕弯子了，说实话吧。"

"你要我说什么？"

"你应当知道我们的政策，坦白从宽，抗拒从严。"

"我只是一个看秤使尺的正经生意人，你要我坦白什么？"

杜云良拿了一下放在桌上的手枪："一个正经的生意人会持有这种国民党军人使用的手枪吗？"

"那你也太不了解情况了，在这边疆民族地区，村村寨寨都会有枪，人人都会佩刀。我有一把手枪，这能说明什么问题呢？"

杜云良示意工作人员出示证据。

工作人员抬出一筐没有用过的新锄头。

"这些锄头是在你货栈的一个角落搜出来的。县政府当时委托你低价卖给群众锄头，但大部分你都加以留置藏匿，这样做的目的不是很清楚吗？"杜云良目光犀利。

朱青却满不在乎："锄头价高价低、卖与不卖，这是卖货人的权力。即使我是故意不卖，又算是什么罪错呢？"

杜云良又对着工作人员说了一声："再出示证据。"

工作人员搬出了一台小型收发报机。

朱青的脸上变了颜色，心跳地骤然加快。

杜云良的话犹如枪弹出膛："我们不仅从你的货栈里搜查出了这些锄头和这台发报机，还破译了你和张忠义往来的电报。我们已经查实，你是受过美国情报机关训练的特务，在这里解放前夕，采用阴险的手段，赶走双江货栈的主人，利用这家货栈潜伏了下来；也还查明，你和黑杠一起散布谣言，阻止少数民族群众接受政府的农具、种子，还支使黑杠纵火、下毒，企图挑起民族间的冲突，离间少数民族群众和人民政府的关系，破坏民族团结誓词碑的打造、设立。你还有什么话可说？"

朱青心里一沉：看来那个可恶的黑杠把什么都招出来了，那就用不着装聋作哑，不如再来点痛快的。他一改先前沉稳的样子，变得兴奋起来，不紧不慢地开口了："有的你知道了，有的你还不知道，我就全说了吧。你们讲信仰，我们又何尝不是如此？否则我就不会苦苦地待在这穷乡僻壤、人和鬼差不多的地方。你刚才说的都是事实，我还要补充的是，我用你手边的手枪对着张钧山开过两枪，只是他运气好，躲过了；我还叫黑杠对小桑下手，只是黑杠太笨了，没有成功。我这次失手，和你们的暂时胜利一样，都只是偶然的。我可以坦率地告诉你，你们想把这里的民族关系弄好，管治好边疆地区，恐怕只能是做梦。我要劝你好好看一看，直到今天，这里的人还在吃什么、穿什么、住什么，你们就会清楚明白了。"

杜云良忍不住拍了一下桌子："一心一意建设新中国，创造新生活，这是中国各民族的共同理想和共同行动，这是历史潮流，谁也不可阻挡。我倒要劝你好好读一读民族团结誓词碑上的文字，你就会得出不可动摇的结论了。"

朱青心有不甘，词有未穷："你们不要过于高兴，误判形势。在缅甸，有我们的军队，蒋委员长正在准备反攻大陆。朝鲜战争结束后，美国人就会立即腾出手，利用他们的空中和海上优势，全力帮助我们。一场新的战争即将开始，并且前哨战斗很可能就会在这一带打响。"

杜云良轻蔑地笑了："你这才是真正的白日做梦，误判形势。中国各族人民既能打败国内反动派，也完全可以战胜世界上任何敌人。你应当知道，在朝鲜战场上，自认为世界第一的美国军队已经被中国人民志愿军打得焦头烂额，退回了三八线。"

朱青骨碌了几下眼睛，一脸不服输的神情，他还想再说什么。

杜云良却不想让他再说下去："今天的审讯先到这里。把朱青押下去。"

紧接着，审讯室后面垂着的一块宽大的帷幕徐徐拉开，露出了达勐、李方札等人的身影。他们一直坐在帷幕后面旁听，知晓了刚才审讯中发生的一切。

达勐拍了一下后脑勺，带着愧疚说："云开了、雾散了，我现在完全明白是怎么回事了。哎，我差点上大当，吃大亏了。"

其他几个人也跟着一起连连点头。

达勐的话在继续："我这次差点闯大祸，都是因为我的耳朵听进了坏人的话。杂草野藤挡了人道就要砍掉，人有过错就要惩罚，我要割下一只耳朵喂狗。"达勐说完，果真抽出挂在腰间的长刀，用一只手揪住耳朵，另一只手把刀刃靠了过去。

杜云良赶忙抓住了达勐抽刀的手，并夺下长刀。但刀刃已经划进了耳轮，弄得杜云良也满手是血。

杜云良真情地劝说："让我们都好好记住这次教训。让耳朵好使，眼睛光亮，心里明白，永远不要上了朱青、黑杠这类人的当。"

达勐提醒其他旁听的人们："那个该挨刀的黑杠是鬼不是人。我相信，不管政府怎么处理他，水湾寨的头人都会把他像野狗一样赶出寨子，我们的部落也永远不会容留这样一个坏人。"

李方札这时问："那黑杠现在怎么样？"

杜云良回答："还没有完全苏醒过来。"

达勐愤然地说："这种人要让他永远昏死着。"

"对，这样可能会使许许多多的人清醒。"李方札补充了一句。

黑杠没有永远昏死着，尽管医生对他进行了积极的救治，还是在十几天以后死去，被家人按照“凶死”者的礼俗埋葬，没有装入棺木，也没有进入家族的墓地。

誓词碑落成

这是 1951 年的第一天，岁月开始了新的年轮，对普洱这个有着多种民族、面积占云南省六分之一的边疆地区来说，今天是一个有着特别意义的日子。瑰丽的五色云彩铺陈在天空，呈现出如同织锦般漂亮的图案。一轮火红的太阳犹如佤族人谜语里说的，像一个高高的火塘摆放在天空，温暖了、照亮了高低起伏的群山，也温暖、照亮了人们的身心。山间，红艳艳的山茶花如同点亮的小灯笼，远看又好似连片的云霞，把大地装点得喜气洋洋，美气十足。

人们带着心愿，带着欢乐，从四面八方来到广场上，脸上的欢笑映着天空的彩云，节日的盛装洒满朝日的光芒。天上地下，成为了一幅美妙绝伦的画卷。

已经刻好的誓词碑矗立在宁洱广场上，用一块大红布罩着，显得庄重而神秘。

张钧山站在誓词碑前，高声宣布："普洱地区各民族团结誓词碑落成典礼现在开始！"

大大小小的鞭炮像孙悟空一样，在天空中调皮地、无所顾忌地翻起了筋斗，还发出欢悦响亮的叫声。乐队中的鼓钹锣笙琴笛丝弦一起奏响，汇成气势磅礴的交响乐。猎猎飘动的五星红旗分外艳丽醒目，辉映着明山丽水，辉映着欢颜笑脸。

乐音稍止，人声暂停。

张钧山领着达勐、李方札等众多民族的代表走近誓词碑，一双双粗壮有力的手贴近了罩在碑上的红布，继而相互照应着，缓缓用力，拉动了那块染上了朝霞之色的红布，一方崭新的石碑徐徐露出了雄健的身姿。太阳将灿烂的光芒铺洒在石碑上，镀上了一层金辉。

如同中华大地上的许多石碑一样，这块碑也是高长宽窄的长方体。上部刻着“民族团结誓词碑”七个大字，响亮地道明了碑的名字；中部刻着七十七个字的碑文，这是碑的主体部分，是整座碑的灵魂；下部刻着用傣文、拉祜文、汉文书写的四十八位代表的姓名，构成碑的鲜明特色；落款是“普洱专区第一届兄弟民族代表会议”，并注明时间为“公元一九五一年元旦”，使整座碑的文字结构显得严谨而规范。碑上的文字个个清晰，笔笔有力。

热烈的欢呼声、喝彩声、击掌声，如林涛激荡。

张钧山作过简单的讲话以后大声宣布：“齐声朗读一遍誓词。”

广场上的人们恭敬地站立，神色欢悦而又庄重。

在张钧山的领读下，雄浑的朗读声响起：“……从此我们一心一德，团结到底，在中国共产党的领导下，誓为建设平等自由幸福的大家庭而奋斗！”

铿锵有力的声音如金鼓喧天，如大浪拍岸，借着骀荡的春风，飘向天空，穿过山林，飞越江河，传入村寨。

又一次进行了剽牛仪式，并且剽了很多头牛。多个寨子的头人毫不吝啬地从自己牛棚里牵出了最大最肥的水牛，有的一家两头，多的竟然献出了六头。剽杀以后分给到场的人食用，以慷慨和喜悦庆贺誓词碑的落成。

夜色像帷帐一样徐徐盖住了广场。但一堆堆熊熊燃烧的篝火，用光的巨手掀开了夜的帷幕，广场上变得如同白昼。

民族团结誓词碑厚重大气，方正庄严，在火光的映照和烘托下，显出与白天不一样的风采。

很多人是从百里外的村寨专门赶来的，广场上到处人头攒动，平日显得很气派、很宽广的场地，今天变得窄小了，拥挤了。人们穿戴着不同款式的服饰，携带着各具特色的乐器，准备好了最具魅力的歌舞，要以传统而又有新意的方式纪念誓词碑的落成。人们在庆祝一个盛典，在见证一件大事，也是在欢庆一个各民族共同的节日，欢庆一个新时代的开端。

芦笙声中，许多人跳起了欢快的三跺脚，这是一个动作简单、节奏明快、老少咸宜的舞蹈，众多民族的舞者已经内内外外聚成了好几圈。龙起也在队伍之中，他今天披了一件黑色的查尔瓦，用长长的青布帕包头，打了一个细长的锥形冲天结，这叫英雄结，显得豪气十足。他在人群中跳得很欢，个子的高大丝毫没有影响舞步的灵活。

几十个小伙子充满激情地一边敲着象脚鼓，一边舞蹈，动作刚劲有力，似是象群在森林里进行。刀正哈也挎着一个颀长的皮鼓，且敲且舞。还有身材苗条的姑娘们脸上搽着自制的化妆品，在倾情地表演孔雀舞。

有表演者穿着饰有老虎皮纹路的背心，在表演灵活而又刚健的狩猎舞。表演者中有聂拉，他是一个技艺出众的舞者。与过去有所不同的是，他头顶上的一绺魂毛已经变短了，拉祜族姑娘们的头顶上已不再是魂毛，而是都蓄起了长长的辫子，那辫子在肩背的上下左右跳动，引来了许多好奇而羡慕的目光。

节奏明快的三弦舞吸引了许多男男女女。方水允与另外几个乐手一起，在激情地用巴乌伴奏，他似乎比几个月前去北京时长高了一些，至少在表情上成熟了许多。

佤族女性酷爱长发，人人长发飘逸，在竹槽下用水洗过后，要甩水、晾干、整型，生活中的场景变成了极富特色的甩发舞。鲁娜是领舞者，舞蹈中姑娘们的主要动作虽然只是甩动头发，却让人看得眼花缭乱，赏心悦目。下甩如瀑布飞泻，上甩如黑丝迎日，左甩如乌云飘动，右甩如杨柳舞风，甩出了气势，甩出了风采，甩出了佤族女性的豪放、爽劲和健美。

阿尼也带着笑，并以手击掌，为姑娘们的表演伴奏、助兴。虽然缺了两个指头，但似乎没有影响他的兴致。

有人在表演打陀螺。那陀螺大小悬殊，小的只有大拇指大小，大的直径如盘子口粗细，高度在一尺左右。内地称抽陀螺，这一带叫打陀螺，因为“打”是其中的精华，是在对方陀螺还在旋转的时候，另一方让自己手中的陀螺在空中旋转起来，然后落下来去击打对方的陀螺。一个运动中的物体去击中另一个运动中的物体，其难度可想而知，但表演者却很少失手。杜云良戏称这是“用手榴弹打手榴弹”。这和“抽”相比，大大增加了技巧性和趣味性。

有一块场地上，聚集的人最多，因为这里正在表演让人惊心动魄的上刀山、下火海。

一个高高的梯子凌空竖起，被称作金柱和银柱的两根长长的竹竿中间，横放着七十二把锋刃向上的长刀。但又不是所有的长刀都如梯子的横木一般等距离平行摆放，梯子中间还有三个剪子口，即将两把刀交叉斜放，成为剪刀打开的形状，这便大大增加了表演者上攀下行的难度。表演者空手赤脚，在没有任何防护的状态下，脚踩在刀刃上，刀陷进皮肉里，手扶在刀刃上，借助手指手掌和脚掌的力量，带动全身，一步一步地向上攀登。攀登者既要勇敢无畏，又要神定气闲，任何的慌乱紧张，细微的大意失误，稍稍的身体失重，都会皮开血流，导致失败。攀到称作天门的最高处后，再跨越刀梯的顶端，从另一侧下行。下行和上攀一样，同样是节节惊心，同样是步步带险，同样是容不得丝毫闪失。让观看的人心惊肉跳，热血贲张，许多人边看边带着惊叹与疑问：为什么赤脚裸掌能在锋利的刀刃上攀行？形成这种极高难度表演节目的原因又是什么？

还有难度丝毫不亚于上刀山的精彩表演，这就是过火海。地上，用依然泛着红光、冒着蓝烟的火炭铺就了一条火道，宽约三四尺，长约三四丈，这叫火海。火炭是用木质坚硬的柴火烧成的，这种木炭火温高，热力持久。火海上热气升腾，火力逼人，让人望而生畏，稍稍靠近，皮肤便会有灼痛的感觉。包括力宝在内的几个表演者，深深地吸了一口气，赤裸着双脚跳进火海，快速奔走，以血肉之躯与高温火炭作一场较量。脚下火星四溅，火炭发出咔嚓咔嚓的响声，表演者的力量和意志，使整个火海在微微颤动。更让人惊叹的是，表演者还会在火海里前后左右翻滚，甚至双手捧起热烫发红的火炭在脸上揉擦，这称之为火浴。技巧和坚忍、意念结合的这种表演，令人匪夷所思。莫非这些人是钢筋铁骨，或是金皮银肤？

与刀和火相联系的两种表演连起来便是征服刀山火海，中华民族敢上刀山、敢下火海的伟大精神在这里得到了生动展示和验证。

这两项让人惊叹和思索的活动，与古老的祭祀活动有关，也与民族文化和民族性格有关。关于它的源起，有一个传说是：在明代，边疆地区的傈僳族随同朝廷一个叫王骥的将军，置生死于度外，洒热血于边关，经过一次次激烈的战斗，打败了进犯的外敌，捍卫了国土的完整和民众的安宁。为欢庆胜利，宣示力量和表达决心，举行了“上刀山、下火海”这样非同一般的仪式，后来这种仪式成为了一种代代相传的文化活动。这种文化活动便成为了一段煌煌历史、一种巍巍精神的特殊载体。

张钧山和杜云良健步来到了广场，兴致勃勃地绕广场走了一大圈，体验这蔚为壮观的场面。张钧山从每一个放歌者的声腔旋律之中，从每一个热舞者的身体语言之中，从每一个观看者的欢声笑语之中，真切地感受到了生命的俏丽和热烈。这种俏丽，胜过鲜花着锦；这种热烈，超越烈火烹油。

李方札叫人挑来了一担用粗大竹筒装着的泡酒，倒在大碗里痛饮，还把酒分送给其他正在狂欢的人们。

李方札拉着张钧山的手热情相邀：“张书记，和我们一起喝碗泡酒吧。”

张钧山略一沉思后回答：“可以，但得答应我一个条件。”

李方札有点不明白，喝酒还要有条件？但他很爽快地回答：“哪样条件都行，你说吧。”

“我得再找一个人来一起喝。”

“好，人多喝酒才更有味道。一人喝酒味道寡，二人喝酒味道真，三人喝酒味更香，众人喝酒味最浓。”李方札说着，把一大串陶碗摆在地上，从竹筒里逐一往碗里倒酒，酒在碗里打几个旋，便成了满满的一碗，既而溢出碗沿，流到地上，浓郁的酒香借着晚风在广场上飘散。在今天这个非同寻常的日子，要喝他个腾云驾雾，喝他个山动水转，喝他个四脚朝天。

张钧山对着杜云良使了一个眼色。

杜云良心领神会，不一会便领着达勐走了过来。

张钧山席地而坐，让达勐和李方札分别坐在自己两边，两人相互对视了一眼。

张钧山举起酒碗："来，为了这誓词碑的建成，为了各民族的大团结，干！"

碗与碗碰在一起，咔嚓作响，这是听起来简单却包含着丰富内容的语言。接着碗在人的嘴边变作了底部朝上，变作了心与心的真诚交流。

酒碗又一次碰响，碗底又一次朝上。

酒碗碰响三次之后，张钧山停了下来，抹了抹嘴说："喝了今天的美酒，我非常期待下一场喜酒。"

达勐问："张书记，你想喝哪样酒？"

张钧山意味深长地看了一眼达勐，又看了一眼李方札："等待你们两个人邀请我痛快地喝一场美酒。"

达勐不加思索地回答："我一定邀请！"

李方札应和着："我也一定邀请！"

"太好了。你们既然答应了，可不许反悔啊。"

达勐和李方札几乎同声表示："一起喝过酒以后说出来的话，不能反悔！"

二人的话音刚落，张钧山的话迅即出口："我等待喝的是鲁娜和李甲柱的喜酒。可以吧？"

"我愿意。"李方札的话像成熟的豆子从豆荚里蹦出来一样自然、干脆。

达勐则显得有些意外、有点愣神。

张钧山问达勐："你呢？"

达勐不曾想到，张书记竟会在这个场合提起这样重要的事情，他没有一点心理准备，他还没有完全走出脚下的泥沼，更没有走出心中的阴影，他不肯像李方札那样快速地表示同意。

达勐在想着如何回答张书记的问话，他的双眼不由自主地向广场巡视。当他看见广场上人们忘情地沉浸在无比欢乐之中的场面，又看着张书记和身边许多人一副副充满期待的眼神，他一下想起了这差不多一年来的无数风风雨雨，想起了许多让他心潮涌动、充满感动的画面，回味起他已明白的许多道理，他觉得找不出拒绝张书记提议的任何理由，就算是有啥理由，此时此刻他也没有勇气出口。

达勐再次用目光向人群中搜寻。他看见，鲁娜和李甲柱正和许多人在一起挽手碰胯，载歌载舞，在尽情地享受着年轻人的快乐，享受着新生活的甘甜。仇恨的绳结会勒断人的脖子，背着的石头会让人喘不过气来，是解开心中太久太紧的绳结的时候了，是放下背上太大太重的石头的时候了。这时他好像听见一个响亮的声音在心头呼喊，不能再等待、再犹豫了，拿出男子汉的勇气和大度来吧。他重重地舒了一口气，然后声音不大却是很真诚地说了声："同意！"

一阵风卷波浪般的笑声，一阵酒碗相互撞击的声音，成了广场上特别的旋律。

张钧山倒了三碗酒，对着达勐和李方札说："端起来，我敬你们一碗，并为年轻人祝福。"

达勐、李方札激动地站起身来，三人一起把酒喝了下去。

张钧山这时笑着对着李方札说："你可是说过，聘礼多送一头牛。"

李方札伸出两个指头："多送两头。"

达勐："正好。我家的牛全被那黑杠毒死了，祭谷的季节又快到了，正需要一个牛头哩。"

张钧山一下明白了达勐话里的意思，带着惊喜问："达勐，你们已经确定改用牛头祭谷了？"

"是的，寨子里的人头桩都已经砍倒了、劈碎了。我已经在部落头人大会上说清楚了，谁要是出寨去砍别人的头，我就先砍下他的头。"达勐的表情和话语比刚才答应鲁娜的婚事还要庄重几分。

"最好是谁的头都不要砍。"张钧山笑了笑，又想起了一件事，"你那个记事的竹牌牌呢？"

达勐话语干脆响亮："回去后我就会扔进火塘里，让它变成炭、化成灰。"

张钧山又一次端起酒碗："说得好，我再敬你一碗。"

达勐这时很郑重地说：“不过，我们和龙竹寨的事还不能这样就算完了。”

“还要咋样？”张钧山带着惊诧问。

“两个寨子和好还得有一个正式的仪式。”李方札迅速作出了解释。

张钧山这才明白了达勐的意思，但他还要求证一下：“达勐，是这样吗？”

“对，是这样。”达勐回答，又把手中的酒一饮而尽。

月亮已经升起，又是一轮满月，但在欢腾跳跃的篝火中显得并不明亮。她已不像平常那般，以夜的主角身份，带几分炫耀地把浑身银色的光芒投向大地，引得人类赞颂和遐想。今天，面对人间的欢欣和激情，她有些胆怯了、落寞了，只是偷偷地窥视着广场上发生的一切，也许是禁不住今夜这难以忍受、无法改变的冷落，月亮最后躲到山的那边去了。

空气中的湿度增加，微有寒意，夜很深了。但，沉浸在欢乐中的人们，依然丝毫没有要散开离去的意思，篝火上的柴添了又添，火势弱了又旺，鼓声、芦笙声稍稍停歇后又变得响亮。人们要在歌里舞里，带着欢悦和希望，送走月亮和星星，去迎接一轮崭新的朝阳。

石门寨和龙竹寨的和解仪式选在了两个寨子交界的一个山头上进行。

当阳光毫不吝惜地把山上的石头、森林、草坡都统统镀了一层金箔时，达勐和李方札各自带着寨子里的一部分男子来到了约定的地点。所有男子都提刀执枪，一副征战的样子。但今天不是来争斗，而是以一种威武的形象，来参与和见证一个重要的仪式，一个重要的时刻。

张钧山也带着杜云良、小石及几个战士骑马赶到，他今天要充任中间人的角色，实则是这个古老仪式主持人的角色。通常，担当这个角色的是别的寨子德高望重的头人。

仪式依照传统进行。张钧山说了几句开场白后，引导双方端起竹杯互敬泡酒。

喝过泡酒以后，是一个对双方都很艰难的程序。各自陈说双方结仇、械斗的缘由和历史，还要念出自己一方因械斗而死去的人的名字。张钧山曾提议，这个程序可以简略些，只笼统而简单地描述一下过去，表示忘却仇恨就可以了。但双方都不同意，坚持要严格按传统仪规办，这样才真才诚。张钧山对此很感动，但也不乏担心，担心节外生枝，担心旧恨宿怨会突然复发，从而影响今天仪式的顺利进行。所以当仪式进行到这里时，张钧山还下意识看了看双方带来的枪手。

不过，仪式上并没有出现让张钧山担心的情况。双方陈述过去，追忆历史，表现得真挚和坦然，就像是岩石面对暴雨，江河面对狂风。各自无私无畏，毫不掩饰地追忆不堪回首的过去，述说自己的责任，真诚地表示深切的悔意，表达从此和好的愿望。那些来自心灵深处的表情和用语，可以用动天地、泣鬼神来形容，这让张钧山对少数民族同胞的了解又多了几分。

接下来，杜云良把带来的军用脸盆放在地上，小石倒上了半盆照见天上太阳、地上林木的山泉水。张钧山把脸盆端到了达勐和李方札的面前，庄重地说了一声："请洗手！"

达勐和李方札蹲了下来，一同把手伸进盆里，放进清冽的水里一遍又一遍地洗了起来。水声哗哗，似是在不停地表达双方的心声，在表达对双方行为的赞颂。这个环节大有象征意义，表示双方要像洗去手上的污垢一样，洗去久积的仇恨，洗去交恶的心态，洗去报复的念头。

洗手以后，达勐和李方札弯下腰，伸手合力，把一块几十斤重的石头搬进一个早已挖好的坑里，又盖土埋上，用脚踩实。表示共守诺言，永不反悔，诺言犹如石头不烂。

埋完石头是双方互赠礼物。礼物是一根牛的肋骨，并不贵重，但包含的意义丰富而重大，象征着两个寨子告别刀枪相见，告别不相往来，从此通好交往，以礼相待。落叶归于尘土，新芽绽出树枝，双方由仇人变成了朋友。

双方带来的威武男子发出欢呼，并向天鸣枪，将两个寨子化仇结义的事实告诉天地日月，四方神灵，也请他们作证、监督、护佑。此刻，天空明净得如同擦洗过一般，连巴掌大的云彩也没有，呈现出蓝孔雀羽毛的颜色。太阳显得热情四射，并好像向这个山头播洒了更多的光亮。

仪式完满结束，各自带着轻松和欢悦离去。

一次又一次的胜利，如同一个又一个的胜仗，使张钧山的心情轻松而愉悦。这一天下班后，他又和小桑对坐在了棋盘前。他发现，真是一切在变，连小桑的棋风棋路也大变了，不由得称赞："哎哟哟，乖乖，你的象棋已经大有长进了。"

小桑很得意地说："因为在石门寨那段时间，没日没夜地和岩邦一起下棋，教会了他，我自己也提高了。"

"是呀，老师和学生可以一起进步，这叫教学相长。"张钧山又告诉小桑，"过几天，让人带你回曲靖，你该回去上学了。"

小桑提出了一个要求："我很舍不得离开这地方，舍不得岩邦哥哥。我回曲靖以前，还想再见见他，一起待几天。我回去以后，见到他就不太容易了。"

"你们真的成了好兄弟了。好，我什么时候让他来宁洱一趟。"张钧山答应着，然后说，"很晚了，我们睡觉吧。"这一夜，他睡得少有的香甜。

正是人无远虑，必有近忧。几天后，如狂飙突发，传来让人震惊的消息。

突发事变

在边境线另一侧的缅甸境内，有人对普洱地区发生的一切，无时无刻不在密切关注，这种关注变成了焦虑不安，继而由焦虑不安变成了兵动枪响的军事行动。

在凤尾竹掩映的一幢小楼里，已成为副师长的张忠义穿着军装，斜躺在一张藤椅上，不停地抽着卷烟。口鼻间烟雾缭绕，心里面也是云飞雾起。从云南败退到这里以后，他便按照台湾方面的要求，收拾残兵败将，选了一个地方安营扎寨。他知道，自己是台湾战略大棋盘上的一颗重要棋子，脚下这块紧邻中国的他国土地，可以变成反攻大陆、进而夺回天下的一个重要桥头堡，变成可以待机而动、随时进入中国境内骚扰的大本营。他一直在等待着，就像在冬眠中的猛兽等待苏醒，等待伸出獠牙利爪。

他一直对普洱修建民族团结誓词碑的事情十分上心。本来，他对相关的消息了如指掌，但近几天消息突然断了，一下变成了瞎子聋人。

他把何飞木叫了过来："朱青那边有情况吗？"

"好多天没有接到他的电文了。几次去电催问过，也像是一枚钉子掉进水里，没有任何反应。"

张忠义掐灭了手中的烟头，带几分忧虑说："他落水的可能性极大。我很想知道，共产党在宁洱修民族团结誓词碑的事情现在到底如何？这件事极不简单，对共产党来说，这是一块竖在地上的石碑；对我们来说，就是放在心上的石头。碑一旦立起来了，就像篱笆上加了坚硬的桩，对他们在边疆少数民族地区收揽人心、站稳脚跟大有好处，对我们重新夺回江山则会增加重重困难。"

"朱青上一次在电文中说到，那座誓词碑正在刻字。看来他八成是出事了，那碑也八成是立了起来。"

"我们不能靠估算、猜测过日子。要尽快派人过去弄清情况，还要尽可能抓一两个参与剽牛立碑的骨干分子给办了，杀杀他们的锐气。如有可能，还要采取大的行动。"

"好。"何飞木答应着，然后退了出去。

张忠义觉得现在采取一次行动不仅大有必要，而且具备许多有利条件：在朝鲜半岛，中共的志愿军和以美国为首的联合国部队激战正酣；中共占据云南全境时间不长，社会远未安定；中缅的临时边界线难以管控，进出方便；中共还正在处理十分棘手的西藏问题。这一切，都会对中共在云南的工作形成制约。

在经过周密侦察和精心准备后，张忠义征得上峰同意，调动部队，会同由他遥控的在云南境内的武装力量，以突然袭击的方式，越过中缅未定边界线，进入到沧西境内，占领了县城，并派突击小队开始了预谋好的行动。

几朵乱云飘在天空，暮霭和炊烟溶成了灰暗的色调。何飞木骑着马，领着几个化妆成解放军的国民党士兵，在靠近石门寨的一条小路上来回游动。

达勐从乡里开完会，脚步匆匆地走回自己的寨子。几个国民党士兵猛地冲了上去，将达勐扑倒在地，在他嘴里塞上白毛巾，捆住手脚，装进一个麻袋里，然后放到一匹马上，在苍茫的暮色中，快速向边境线而去，随后退入缅甸境内。

国民党军的这次突袭行动，因解放军一支部队的到来而仓促结束，在丢下一些人和枪以后，张忠义重新龟缩到缅甸境内，但却是大有所获。

两个国民党士兵把达勐带到了张忠义面前，这里是一个小山坡，离张忠义的小楼还有一段距离。

张忠义目光如锥子利刃，长时间逼视着达勐，他想在心理上对达勐形成压制。

达勐并不在乎，他在森林里一次又一次见过各种各样的眼睛，猛兽的眼睛在夜晚发出来的光比这要可怕得多。但当他顺着张忠义的手指看去时，心里猛地一惊，因为还有一个人被捆绑在一旁，那是他亲如兄弟的力宝。原来他和达勐一样，遭到国民党士兵的伏击，被绑架到这里。

张忠义开腔了："我知道，你们两个人去过北京，后来又卖力地参与修建什么民族团结誓词碑，还在誓词上签了名，是立碑的首要分子。"

达勐看了看问话的人，觉得有些面熟。啊，他想起来了，这人曾是沧西县的县长。哼，你算啥东西？不过是解放军手下的败将，逃到国外的一条没有家、没有窝的狗。

达勐慨然回答："是的，你想咋样？"

"今天我要弄清楚，提议剽牛立碑，你们两个究竟是谁先开口的？"

达勐快速接话："是我！"

力宝几乎同时开口："我！"

张忠义指了指旁边新挖的两个土坑："谁先说的，我今天就先把谁埋了。你们究竟是谁先说的？"

"我。"这回是力宝抢在前头，但仍然是一个字。

"明明是我，你跟我争这个做啥？"达勐说着白了力宝一眼。

"确实是我嘛。"力宝像是平日里同达勐争辩一件寻常事的真假是非。

"反正你们先后都得死，那就先办你。"张忠义对着力宝说，"当然，如果你悔悟，我也可以饶你不死。"

"咋个悔悟？"

张忠义一听，心里生出几丝高兴，生死关头无硬汉，莫非这力宝真的想悔悟，那就太好了。他换成了和缓的口气："很简单，就是表示自己提议和参与发誓修碑是上当受骗，是大错特错。"

张忠义说完，紧紧地盯着力宝，等待他开口，等待他说出自己需要的话。只见力宝却什么也没有说，又如同回到了少言寡语的过去，紧接着几步走到一个土坑前，弯腰提膝，跳了进去。

这倒让张忠义吃了一惊："你真的不怕死？"

见力宝并不理睬，张忠义又重复了一遍。

力宝还是没有正面回答，而是问："你们这里有刀山吗？"

张忠义没有明白力宝话的意思，眼睛直直地看着力宝。

"有火海吗？"力宝又问，他的思维似乎开始变得活跃了，话语也变得多了。

张忠义还是没有明白力宝的问话是什么意思。

力宝的话在继续："我们这个民族是能够上刀山、下火海的民族，你想用一个小小的土坑吓住我，那你就太不了解我们，也太愚蠢了。你怕砍头、活埋、火烧、水淹，我们可是一点也不怕。提议建誓词碑，我想了很长时间，是想清楚想透了以后才说出口的，这是我这一辈子最大的心愿，也是许多人的心愿，我咋会后悔呢？我十多岁的时候，亲眼见到母亲和弟弟惨死在日本人手中，这使我明白了敌人是啥样的；也使我明白，就是会死也不能向敌人求饶。来吧，痛快点！"

力宝说得从容不迫，如山泉潺潺，也说得清脆响亮，如珠玉溅地。他很少说这么长的话，这也许是他一生中最重要的话，还是他生命中最后的话。

张忠义的心乱了：这只有短短一年多的时间，变化太大、太快，天变了，地变了，人也变了，变得他难以理解。但，这些人的倔强和对死亡的无惧却不曾有任何改变，这到底是为什么？他无法解释。那就用不着太费心思、多费口舌了，先处死一个再说。他对着何飞木努了努嘴。

何飞木一挥手，几个早已等在坑边的士兵，挥起铁锹，往力宝身上泼泥盖土。

但张忠义很快示意士兵暂停，对着坑里吼道："力宝，你如果求饶，我马上让你从坑里爬出来。"

从土坑里传出来的是一句最厉害的骂人话。

张忠义恶狠狠地把手在空气中劈了一下："让他见阎王去吧。"

看到力宝被泥土盖住后，达勐无比的愤怒悲伤，但他无能为力。他近乎疯狂地挣扎着被捆住了的身体，大声呼唤着力宝的名字，破口大骂着张忠义，但都是凉水淋石头，无济于事。当土坑被填平时，他的泪水像泉水一样涌了出来，但他很快收住了眼泪，用喷火的眼神盯着张忠义。他知道，下一个便是自己，但他没有一丝半毫的恐惧，怒斥着面前的敌人：“你们除了杀人还有别的本事吗？”

“别嘴硬，现在轮到你了。但我仍然想给你最后的机会。”

“我不需要这样的机会，我不是你这样的怕死鬼、软骨头。要是一年多前守沧西城的是我，我宁愿战死在城下，也不会像你一样贪生怕死，还居然逃到别人的国家来继续作恶。你这样活着和死了有啥差别？”

这番话让张忠义又羞又恼，但他强行忍住，继续劝诱：“大道理你不懂。我只是告诉你，在美国的支持下，我们已组成上万人的‘云南人民反共救国军’。山不转水转，水不转人转，云南很快又会成为我们的天下。凡是跟着共产党走的，都没有好下场。但我们对少数民族还是要宽宏大量，只要你承认自己错了，说一声不再跟共产党走，我马上就放你回去。”

“你们还想让云南回到从前？还想让我们回到从前？还想让我翻悔？我问你，从屋檐上流下来的水还能再流回到屋顶上去吗？”

张忠义烦躁地一挥手，达勐被推进另一个土坑里。

张忠义并不死心，他始终认为达勐是手里一张可以好好打一打的牌，他改为了感情诱导：“我们都是中国人，在这属于别人的国家见面，实在是太难得了。所以，我很愿意放你一马。”

“你算不上是一个真正的中国人。石头当不得枕头，你的话我决不会相信。”

“那今天可以验证一番。”

“咋样验证？”

“我可以让一步，你不必说很多的话，只要你承认自己带头立碑错了，就行了。说这样一句话，你就可以活命，这比用一头牛换一条命可是值多了。”

“喝过的酒不能吐出来，说过的话不能咽回去。我现在是越来越觉得自己做对了，所以即使你把我剁碎了，煮烂了，我也不会后悔，不会说誓词碑立错了。”

张忠义不明白的是，这些在他看来未受教化、心智未开的人，为什么会对共产党的话像对神的旨令一样信服，并且能置生死于不顾？他不由得问："共产党给你们吃了啥药？让你们丢了脑袋也要跟着他们走？就算是共产党把天下坐稳了，你们又能得到啥好处？"

达勐瞟了一眼张忠义，并不作声，双唇抿紧并微微上翘，以此表示对张忠义的鄙视，也认为这些全都是不值得回答的问题，他心中早已有了答案，这些答案自己知道就行。

何飞木喊道："回答。我们副师长同你说话哩。"

达勐依然没有开口，只是鼻子里"哼"了一声。

何飞木有些急了，吼着："你哑了还是聋了？"

"那我就告诉你们吧，过去我们活得不像是个人，共产党来了以后，我们变得是一个真真正正的人了。张忠义，你不是问我得到啥好处吗？这就是最大的好处，我们肯定还能得到更多的好处。这下你晓得了吧？"

"达勐，不许用这样的称呼和口气同我们副师长说话。"

达勐却以一副更不在乎的口吻接过了话："副师长，副师长有啥了不起？"既而他双眼闪亮，很自豪地说，"我穿过毛主席送的衣服，吃过周总理办的宴会，喝过朱总司令敬的好酒，还坐过邓小平派的飞机。你这个逃到外国来的副师长算哪个洞里的蚂蚁哪个窝里的鸟？

张忠义吼道："真是冥顽不化。"

何飞木说："师座，一枪崩了吧！"

张忠义说："不，让他慢慢地、痛苦地死去……也给他最后悔改求饶的机会。"

张忠义坐在了藤椅上，铁锹铲土的声音不断追来，他不时抬头向土坑边张望。他盼着这位头人最后会求生讨饶，但让他极为沮丧的是，他听到的是愤怒的骂声，虽然声音越来越弱，却是连续不停。他颓然地低下了头。

他忽然像是想起了什么，喊道："且慢，不能让他就这样痛痛快快地死去，这也太便宜他了。"

营救之计

在得知达勐、力宝被绑架出境的消息后，张钧山如同心被箭穿，肠被刀绞。立即召开紧急会议，商量营救方案。

大兵团出境作战，不可以；派人与张忠义谈判，不可能。

反复讨论，仔细商量，最后确定的方案是：先探明关押达勐二人的具体位置，再组织一个精悍的行动小组，昼伏夜行，潜入缅甸境内，以突袭的方式发动攻击，救出达勐和力宝。在行动开始前，以一部分军事力量在中缅边境进行演习，造成要跨境打击张忠义部队的态势，以吸引国民党军队的注意力，也随时相机接应行动小组。

由谁担任行动小组组长也有了安排：杜云良是不二人选。

散会后，张钧山便和杜云良等细化越境救人的行动方案。在对每一个细节都进行了反复推敲之后，迅速向上级请示。

张钧山觉得，这虽然是一个闯刀丛剑林、入龙潭虎穴的方案，却也是一个目前唯一可能采取的方案，希望并相信上级会批准这个方案。

看到坐在身边的杜云良和自己又一次制订奇袭计划，张钧山不由得想起他们一次出奇制胜的往事。

时间回到十年前。当时的陕北，时时有炮声隆隆，但在延安的沟沟壑壑中，也有书声琅琅，办有许许多多的学校。其中有一所叫延安民族学院，这是中国共产党人解决民族问题的一项伟大创举。一次群众集会上，毛泽东主席在谈到延安的活力和特质时，以自豪的口吻说："我们延安还有民族学院。"

一批批各民族的学员进到民族学院学习、锤打，其中有张钧山。因学业优秀，也因为工作需要，他提前从学院毕业，被选派到陕甘宁边区西北的一个县当民族科科长。

这个县是一个农牧业并存的多民族居住地区，其中有两个相邻而居的民族：一个住在八里堡，祖祖辈辈从事农业；一个属于叫小龙湾的部落，世世代代以牧业为生。由于历史原因，这两个民族长期有地界纠纷，因而不断发生冲突。一天上午，八里堡的二百多人执棒挥刀，进入草原，将小龙湾部落正在草坪上吃草的二百多只羊杀死后掠走。

剽悍的小龙湾部落自是不肯屈认，集合起三百多人的马队，准备进行报复。

张钧山带了十几个战士迅速赶到现场进行调解。但双方情绪对立严重，持枪械斗一触即发。虽然经过艰巨细致的工作，双方暂时战马回厩，长刀入鞘，但问题并没有真正解决，冲突随时可能再起。

张钧山进一步了解到：一股活跃在这一带的土匪被边区武装力量一举歼灭后，绰号“狐狼”的匪首侥幸逃脱，带着几个残匪隐藏在八里堡。他们自己不敢明目张胆地活动，却时常煽动民众外出抢掠，还不断制造、挑动民族之间的矛盾与冲突，以从中渔利。

祸根找到了，除根去祸的办法也找到了：尽快彻底肃清匪患，向民众说明真相。

但如何歼灭这股残匪？大部队进剿，很难奏效，还可能引起民众的误解和情绪的对立，事情便会变得更加复杂。因而决定采取挑筋剔刺的办法，将匪首击毙或生擒，再辅之以对群众的说服教育工作。张钧山主动请缨，要去完成这项复杂而艰险的任务。

在摸清了匪首狐狼的活动规律后，张钧山带着一个入伍只有三个月的新战士出发了，这个战士便是杜云良。

他们装扮成商人来到了八里堡的一家客栈，见客栈门前的系马石上已经拴有三匹膘肥体壮的马。张钧山略一思索，把马系在了最靠近系马石的一棵树上。

客栈内，狐狼一如往日，带着两个土匪旁若无人地在吃肉喝酒。

张钧山在狐狼相邻的八仙桌边坐下，快速吃完饭，在付账的时候，故意将装在褡裢里的很多钱露了出来。

当张钧山要起身离座时，狐狼一把拉住了张钧山的胳膊："朋友，干什么营生的？来自何方？"

"做点小生意，刚从西安来。"张钧山说着，用力挣脱了狐狼的手。

"我有时也做点生意。做生意嘛，一为赚钱，二为找乐。咱们耍点钱，找点乐怎么样？这样钱和乐就都有了。"狐狼说着又以挑衅的口气问，"但，不知道你这个人有没有这个牛胆？"

张钧山看了对方一眼，然后从容不迫地坐了下来，慢悠悠地回答："牌桌上风云无常，胜负难定。我不缺胆子，只是我没有上过赌场，牌九、麻将全不会。"

"干什么事都用不着那么讲究。我们可以来个简单的，就用小石子捏在手里，猜单猜双。只要能论出输赢，能找个乐子便行了。"

"那就试试看。"张钧山答应下来，把装钱的褡裢放在了桌面上。

狐狼也掏出了一把银元，带着响搁在了桌子上。

一场罕见的赌局开始。这可能是世界上最原始、最简单的博弈形式，手掌开合，掌心里的石子是单是双便定下输赢，决定金钱的归属。高贵的金钱这时听任低贱的石子摆布，成了石子的奴仆。

其他客人好奇地在一旁看着，无人言语，更无人参与，因为人们从直觉判断：这看似简单的赌钱，一定很不简单，甚至隐隐地闻到了其中飘忽出来的血腥味。

随着手掌的忽开忽合，狐狼的汗开始出来了。他发现自己不是这个生意人的对手，这家伙的眼力似乎能穿透自己的手掌，看清石子的单双。自己猜他手里石子的单双时，这家伙则好像使用了魔法，无法琢磨。转眼间，放在自己面前的钱像长了腿一般跑到对方的面前了。如此下去，不仅弄不来对方的一个铜板，自己的钱还可能像筛子盛水，一滴不剩。这当然是他不能接受的。

又玩了几把，狐狼猛地拍了一下桌子：“这种玩法，老子玩不过你了。换个玩法吧。”

“你想换什么玩法？”

狐狼从腰间拔出枪，“啪”地放到桌子上：“玩这个！”他估摸着，对方见到枪以后，一定会吓得屁滚尿流，避难似地把桌上的钱扔下，然后脚板像抹了油一般快速逃开。

但，狐狼希望的场面情景没有出现，对方却是不慌不忙地问：“枪这玩意儿怎么玩？”

狐狼推弹上膛，向一个土匪挤眼努嘴示意。

那土匪跑到门外，从地上拾起一块砖头，架在十几丈外一棵大树的树杈上。土匪刚把砖头放妥，还没有转身挪步，狐狼手中的枪便响了，那块砖头瞬间变成了大大小小的碎块加碎末，掉落到地下。

狐狼把枪搁到桌子上，斜着眼睛对张钧山说：“就这么个玩法。”他相信，凭自己这把枪再加上百步穿杨的功夫，这下对方准会乖乖认输走人。

狐狼不曾想到，自己却是又一次估计错了。

张钧山看了一眼杜云良。

杜云良立即跑到门外，从狐狼刚才击碎的砖块中，捡起一块只有鸽子蛋大小的碎片，放在了土匪刚才放砖头的树杈上。

张钧山一把操起狐狼的枪，扣动扳机，砖的碎片成粉末飞散。

狐狼这下吃了一惊，暗叫不好，碰上硬茬了。他要使出最狠的一招，伸手去抓张钧山已放回到桌上的手枪。

但张钧山哪会容得他再要伎俩，再施疯狂？五指成拳，既而变成了铁榔头，如同夯土开石，狠狠地砸在了狐狼的手掌上。狐狼握枪的手掌三根指骨断裂，枪也掉在了地上。

狐狼困兽犹斗，转向用左手伸向腰间拔刀。张钧山对着狐狼左边的太阳穴一记勾拳，又跨步向前，将狐狼掀倒在地，然后用脚踩在狐狼的肩胛上，双手带着旋转用力，把狐狼的左手拧到了后背，狐狼如受伤的野兽般嗷嗷大叫。

在张钧山与狐狼交手的时候，随同狐狼而来的两个土匪先是惊恐发呆，既而慌乱地抬起了手中的枪。但杜云良手里的枪却是抢先响了，两个土匪应声倒下。

张钧山和杜云良把狐狼装在事先准备好的一个大麻袋里，放在了拴在系马石上的一匹马的背上。

在客栈里许多人心悸神慌、目瞪口呆的时候，三匹马风驰电掣般地飞出八里堡。

另外几个土匪闻讯后，骑着马发疯般地追了上来，并一路呼喊，一路放枪。张钧山压低姿势，脑袋贴着马的脖子，身子伏在马背上，策马快跑。在一个拐弯处，他突然挺身回头，连开数枪，土匪纷纷落马，只有一个受伤后捡了条性命，逃得不知去向，后来也因枪伤太重，不治身亡。

开过公审大会以后，狐狼被枪决。

张钧山邀集双方进行调解。土匪的覆灭为消除纷争创造了良好条件，八里堡同意照价赔偿小龙湾的羊只，双方罢争息斗。张钧山又趁热打铁，召集双方代表，晓以大义，反复协商，在有争议的地界划定了界线，双方的宿怨由此消解。

张钧山很希望在祖国的南疆，重演一次成功的奇袭，救回达勐。

在焦急地等待了一天一夜之后，上级的答复是：“营救达勐非常必要，并需加紧进行。但经过慎重研究，目前这个方案并不可行。军队出境作战，不仅会影响建交才半年多的中缅关系，还会引起国际社会的反应，对新生的共和国形象不利。请尽快另想办法。”同时命令张钧山全权负责，组织调动必要的力量，采取一切可行的措施，全力对达勐和力宝施救。

张钧山稍稍有些遗憾，便开始思谋新的方案，他又一次把搪瓷缸拿在了手上。

杜云良来了，他汇报了进入缅甸的准备情况：人员已经选定，战士们求战的情绪高涨；马匹、弹药已经备好；岩邦主动请缨，愿意作为翻译和向导随突击队行动。这次行动一定能够成功。

张钧山先是轻轻点头，对杜云良做的各项准备工作加以肯定，继而重重摇头，告诉杜云良："上级没有批准我们的行动方案。"

杜云良很是失望，他接着语带悲悒地告诉张钧山："根据得到的情报，力宝已经遇害，达勐生死不明，营救行动必须从速进行。"

一听力宝遇害的消息，张钧山就像当年中了日本兵的枪弹一般难受，好半天没有说话，在心里不断默念着：英雄不死。

杜云良又说出了他了解到的更多情况：许多群众对达勐被绑架这件事十分关注。如果不能尽快地把达勐营救回来，将会削弱建立民族团结誓词碑的意义，还会影响各民族对党和政府的信任。

张钧山当然很清楚地知道这一点，他甚至还想到了敌人恶毒而又卑鄙的宣传用语。他忽地站起身来，用拳头在桌子上敲击了一下：盟誓建碑的成果必须坚决捍卫，营救达勐的行动必须坚决进行。

张钧山的一系列表情和动作，让杜云良很有些纳闷：首长过去碰到过许多困难、许多麻烦，打过的恶仗、大仗无数，也没见他这般焦虑激动的模样，足见营救达勐这件事的重要性和复杂性。只是自己没有妙计妙方，神力神功，能破当前困局。如果能以自己的力量，冲过边境线去把达勐救回来，即使自己因严重违反纪律被处分甚至被处决，他也心甘情愿。但现在的情势是，自己纵然是赵子龙，却没有冲进长坂坡的机会，只能是徒有豪情而无可奈何。

张钧山这时发问："需要另想办法。你有什么想法？"

杜云良脸上现出几分愧疚和无奈。他没有言语，只是条件反射般地抓了抓头发。

张钧山端着的搪瓷缸，一直没有放下，而是握得更紧，似是在阵地上面对敌人握着的手榴弹。

屋里一下变得沉寂。

杜云良走近挂在墙上的地图，察看缅甸与中国接壤地区的地形地貌，其实他对这一带的山川河流和社会情况作过很多了解，相当熟悉。看着看着，他带着感叹说："这么近，要是我们有架直升机就好了。"

“张忠义有，可惜我们现在还没有，我们现在最快的是马。”

“不过马也很有作用，这一带两国的边民彼此交往，有时是步行，有时是骑马，有时还会有马帮。”

张钧山突然一激灵：“你刚才说什么？边民交往，马帮？”

“对。过去两国边境地区的人员往来，会利用马和马帮。”

张钧山猛地以拳击掌：找到办法了。

“什么办法？”杜云良一听这话，高兴得差点跳了起来，张钧山的兴奋像电流一般传到了杜云良身上。

张钧山则坐了下来，也让杜云良坐到近前，一如过去破城拔寨、攻坚陷阵时的战前准备，简处不繁、繁处不简地说出了他的想法，实则是一个营救方案。

杜云良连连点头赞同，并作了一些补充。

这是一个看似平常实则极不平常的方案，是一个既有胜算而又充满不测的方案。

杜云良觉得有些遗憾的是，这将是一个没有他和他的战友直接参与的方案。

事不宜迟，接下来，便如同组织一场大的战斗，进行准备，开始实施。

境外施救

中缅边境线附近出现了一个不大的马帮，马背上有男有女。骑马走在最前面的是岩邦，后面是李甲柱和鲁娜。另有一匹没有骑人的马，这是省上送给达勐的那匹大白马，马背上驮有麻袋和竹筐，里面装的是货品。在中缅边境一带，几乎每天都能见到类似的画面。

这似乎是一个魔咒，但凡殖民主义者黯然离去以后，总会留下一大堆乱七八糟的问题，就像刀伤必然留下疤痕。缅甸也未能幸免，在 1948 年挣脱英国殖民者的枷锁获得独立后，国内政治势力纷争对峙。缅甸中央政府对缅北没有能实行有效的控制，而是由几个实力较强的少数民族集团实际控制，这些民族政权各自为政、互不统属，这也是国民党军的残部能在缅甸境内立足的重要原因。缅甸北部有一块地方叫佤邦，也被称作特别行政区，是有多个民族居住的地区，人数最多、实力最强的是佤族。

中缅两国的佤族山水相接，同源同流，语言相通，文化风习相同。长期以来，两地的佤族友好相处，维系着胞波情谊。分处两个国家的佤族，彼此交往频繁而方便。一个国家的树阴落在另一个国家的土地上，一个国家的马牛跑到另一个国家的草坡上，就像一年中的雨季多雨、旱季干旱一样常见。

岩邦看了看边境线两侧，一边走，一边在想：只要能让阿爸脱离张忠义的营地，便可以很方便地回到中国。

在距离中缅未定边界四五十里地的地方，有一个叫石板寨的佤族寨子，因寨墙上砌有许多石板而得名，是这一带最大的寨子。有人说，这个石板寨和中国石门寨的祖先，本是一对孪生兄弟。

岩邦一行没有费多少麻烦便进入了佤邦境内，进入了石板寨，见到了一位势力很大的佤族头人。

佤族头人名叫波洪，由于他是部落头人，还兼管部落的祭祀事务，他被人们称作窝朗牛。他五十来岁，长得身材粗壮，双眼犹如铜铃，圆而外突。他胸前文着一个大牛头，这个文身像玉器的巧雕，把他胸部本有的一条粗大刀痕，巧妙地文成了牛的嘴巴，这使他胸口的牛头显得凶猛、狰狞，也使他整个人增添了几分威武之气。他经历过太多的事情，显得比许多人有见识，他的中国西南官话讲得几乎和自己的母语一样顺畅。他的寨子里足有三千人，其中三百多个男子有枪，附近还有好几个属于他的部落的寨子，整个部落的人口超过两万。这个窝朗牛实际管控着一大片地方，张忠义的部队就驻扎在属于他统辖的地区。

根据传说，佤族人的祖先是从一个叫“司岗里”的地方出来的。司岗里是一个神奇的宝库、一个让人景仰的圣地，孕育了人和万物。中国佤族地区还有一个相关的传说，佤族、傣族、拉祜族和汉族，都是先后从这个洞里出来的，他们是四兄弟，这或许是留在佤族的历史记忆中关于祖先最早接触到的其他民族的印记。有些人则把“司岗里”解释为一个葫芦，佤族人都是从这个葫芦里出来的，中国有佤族地区把“葫芦”作为地名。解释虽有不同，但不同地区、不同部落的佤族都深深地认同，自己是从司岗里出来的，彼此一见面便有天然的亲近感、归属感。

岩邦按照民族习俗献上了礼物，有糖有茶，还有泡酒。

窝朗牛见到这些礼物后，嘴咧开了，眼睛变小了。他对酒最有兴趣，酒是他每天离不了的东西。淡淡的酒香已经飘进了他的鼻腔，搅动了他的味觉。他不时地翕动鼻子，在品味酒的香气，在想象酒的味道，恨不得立即打开盛酒的竹筒，满杯满碗地喝他个痛快。但在客人面前，不能失礼，他只能不停地用咽口水来遏制自己渴求酒精刺激的欲望。

岩邦开口了：“地要经常翻动，亲戚要经常走动。我们今天特来拜访尊敬的窝朗牛。”

“说得好。我们两个大寨子离得不算太远，就像窝挨着窝的喜鹊，应当常常往来。”

“是呀，不仅寨子隔得不远，血缘也很近。”岩邦说着，开始数自己的家谱。

家谱在家族的男性中代代记诵，佤族人虽无文字，但许多人能背诵家族中上二三十代人的名字。佤族命名的特点有助于对家谱的记忆，在佤族人家，男性成婚另立门户后，要改一次名，自己名字的第一个音，用父亲名字的最后一个音，这可称作父子连名制，由此构成一代又一代人姓名的链条，可以方便准确地追溯一个家族的渊源。

当岩邦背到第六代先祖“珂龙”时，窝朗牛突然插话：“停，我的上五代先人也叫这个名字。”

岩邦接话说：“是呀，要是我祖父在，肯定和你们寨子里许多人认识呢。”

“你祖父是谁？”

岩邦说出了自己祖父的名字。

“好汉！”窝朗牛然后带着敬佩的口气说，“你祖父是当年班洪抗击英国人的一位英雄。”

1934 年发生在班洪的那场反对英国人的斗争，在许多佤族人心中留下了刻骨铭心的记忆。

“谢谢您还记得他。”岩邦觉得是道明来意的时候了，“尊敬的窝朗牛，石头太大了，需要有人帮着抬，我们这次来，有一件事情请求你帮忙。”

“都是一家人，好说！是哪样事？”窝朗牛豪爽地回应。有人来求自己办事，那说明人家看得起你，是一件很荣耀的事情，而且凭自己的实力，能给许多人帮忙。

岩邦一听，心里一阵高兴，也许事情会办得比较顺利，纵然不会像雨水流下山坡那么顺当，但至少可以像筐子里往外倒土豆那般并不麻烦。

岩邦又看了窝朗牛一眼，先是感谢这位头人重情重义，热心地答应帮忙，然后诚恳地告诉窝朗牛：“阿爸因为在普洱民族团结誓词碑上签了名，被张忠义派人绑架到了缅甸，张忠义的驻地正好在你统辖的地区。这次我专程来，是为了请你出面，用你有力的手和真诚的心，救阿爸脱险。”

虽然一滴酒还没有入口，窝朗牛这时却突然像喝多了酒似的，脸上变了颜色，告诉岩邦：“要是别的事都好说，但这件事没得办法。因为这个张忠义仗着自己的上千人马，任意行事，并不把当地人放在眼里。我一直想赶走张忠义，只是人少枪少，不是他的对手，他就像几头牛一起用力也推不动的一头大象。就是缅甸中央政府对他们也像看见老鹰叼走了自家的鸡，只能吼几句，却没有啥办法。”

看来窝朗牛说的是真话，这可咋办？

甲柱插话：“虽然张忠义有枪有炮有队伍，但他毕竟在你的地盘上。一只老虎在别的老虎的地盘上撒尿都不会随随便便抬腿，而是要前后左右看看。如果你很认真地请他办一件事，他大概不会不讲情面地给你挡回来。”

窝朗牛好一阵没作声，看来是在心里考虑合计，但再开口时却换了话题：“我闻到酒的味道了，你们带来的酒一定很香，我们喝了酒再谈吧。”

岩邦不便逆了窝朗牛的意，只好点了点头，心想：喝酒时好说话，也许喝着喝着，喝得高兴了，他乘着酒兴便一下答应了。不过，这窝朗牛千万别喝过了。一醉，便啥也谈不成了。

好几个碗摆在了桌子上，竹筒斜竖，酒像山里的泉水一样带着响声流到碗里，酒的香气在整个房子里弥漫开来。窝朗牛马上判断出：“好酒，并且是泡出来的头遭酒。”

仆人恰到好处地端上了一盘牛肉干巴，一盘炒豆子。

窝朗牛又抬起鼻子，用力地抽吸了几下空气，说了一句“好酒！”便端起一碗酒，先是往地上酹了几滴，然后仰起他那粗壮的脖子，咕噜一声喝下去半碗。

他见客人一动不动，便放下碗招呼着：“一个人走夜路孤单，一个人喝酒没味道。来，一起喝。”说着把碗里剩下的酒也喝了下去。

窝朗牛见岩邦等依然没有端起酒碗，有些奇怪地问：“你们为哪样不端酒？”他很不明白的是，面前有这么好的酒，咋能收得住手，忍得住口水？喝酒是多么要紧、多么美气的事情。再大的事，也可以等喝完酒以后再慢慢说嘛！

岩邦有意舔了一下舌头：“阿爸正受苦受难，接下来是生是死也不清楚，我们哪有心思喝酒？”

佤族是很敬重老人的民族。窝朗牛听了，生出几分感动：“你们真是阿爸的好孩子。”

“如果把阿爸救出来了，我们愿意陪你喝三天三夜。”鲁娜忍不住冒出一句话来。

窝朗牛对鲁娜的话大有兴趣，盯着鲁娜看了好几眼，又喝下半碗，然后把酒碗放在桌子上：“这样吧，我们打个赌。”

“打哪样赌？”岩邦看着窝朗牛的眼睛问。

“你们选出一个人来和我比赛喝酒。你们赢了，我就去找张忠义求情；你们输了，那就对不起了。”

就像黑洞洞的房子里，房顶上突然掉了一片瓦，看见一点点亮光了。但岩邦等人并不知道，这窝朗牛是远近闻名的大酒缸，同别人赌酒从来没有输过，甚至他喝酒别人喝水，最后的结果都是他赢。所以他把斗酒作为人生的一大乐趣，喝酒时只要他在场，必然会在豪饮中相伴着一场斗酒。

不过，一看窝朗牛喝酒的架势，岩邦还是能判断出，这窝朗牛的酒量一定出奇的大，自己肯定喝不过他。现在就只能看李甲柱行不行了，他满带希望地看了一眼李甲柱。

李甲柱立即作出了反应，他连连摆手，轻声说：“我还喝不过鲁娜呢。”

岩邦的心一下凉了，认定自己这三个人加在一起，恐怕也喝不过窝朗牛一个人。

窝朗牛见面前的三个人一个个胆怯的样子，很有几分得意，又顺手端起一碗，咕噜咕噜地喝了个一干二净。放下酒碗，似是玩笑，又似是轻蔑地说：“你们连酒都不敢喝，还能办啥大事？”

岩邦听了这话，觉得比喝醉了还难受，他无法忍下这口气。尽管他已经可以肯定，自己与窝朗牛比酒不过是兔子与豺狼角力，但今天就是拼着命也要较量一番，便咬了咬牙，吐出一句话来：“为了阿爸，今天就是喝倒了，喝死了，我也要陪你喝一场。”

鲁娜拽了一下岩邦的胳膊，然后对着窝朗牛说：“我阿哥肯定喝不过你的，他和你比酒，真有可能会喝死了。所以，为了阿爸，也为了我阿哥，我想老鼠扛石头，拼着命和你比试比试。”

年轻漂亮的姑娘最惹眼。其实鲁娜一进门，窝朗牛就注意到了，这是一个让男人很难移动目光、很难不动心思的姑娘，她比自己的第二个老婆刚娶进门时还要漂亮许多。佤族有话说，“旱地宽，荒的多；姑娘白，懒的多”，这姑娘不仅长得俊，还显得黑，看来是一个又漂亮又勤快的女人。当他喝下两碗酒以后，这个第一眼便产生的印象又增加了几分。这个姑娘还居然敢和自己斗酒，可见胆量还不小。对这个姑娘的感觉，便像是春天的鲜花沾了一层细雨浓露，俏丽又添了几分。相形之下，自己的老婆现在是显得又老又丑了，要是，要是……他有点心猿意马了。

“咋样？”鲁娜的话是催问，也是挑战。

窝朗牛努力让自己的神态回归正常，然后回答：“我一个男人，咋能和一个女人斗酒？”

“你这是瞧不起女人，还是因为胆怯？”鲁娜的黑眼睛闪射出明亮而犀利的光。

窝朗牛一听这话，更觉得这姑娘很不一般。哼，我怎么会胆怯，是你太漂亮了，不忍心让你喝多了、醉倒了。他半真半假地说：“你如果喝醉了，就得留在这里了。”

“谁先醉还很难说。我想问窝朗牛，你输了会反悔吗？”

窝朗牛顿时心里有鲜花开苞吐蕊，来了个跨步上石，既而踏石上马，大声说：“那就这样吧，我醉了，提着脑袋帮你们办事；你醉了，就留在我家里。神灵作证，谁也不许反悔。”窝朗牛十二分相信，是莫其伟神帮助自己送来了一个像绿孔雀一样的美人。

岩邦吃了一惊，李甲柱更是心惊肉跳，他们对鲁娜究竟能喝多少酒并不了解。万一……那可怎么办？可又有啥办法呢？

“那就喝吧!”窝朗牛说着，用他那又肥又大的手指端起了一碗酒。斗酒本是他的一大爱好，何况今天的斗酒与往常大不一样，他要快点开始，快点分出胜负。

鲁娜倒满了一碗酒，递给窝朗牛：“你是长辈，照我们佤族人的规矩，我应当先敬你一碗。”

这碗酒不能拒绝，况且多喝一两碗泡酒对他来说，完全不是啥事。窝朗牛很高兴地双手接过酒碗，一张口，把酒美美地全喝了下去。

鲁娜又倒了满满一碗：“一只脚不能走路。按礼俗，让我再敬你一碗。”

这姑娘看来很懂佤族礼，说得对，喝酒不能违背礼俗。窝朗牛张嘴抬头，把这一碗酒也喝了下去。

斗酒正式开始。

开始是半碗半碗地喝，酒碗起落三次后，窝朗牛喝得性起，改为了一碗一碗地喝，他想三下两下便赢得胜利。

鲁娜并不示弱，不慌不忙地喝了一碗又一碗。

两人喝的似乎既不是酒，也不是水，喝的是空气。因为即使是水，一个人的肚子也不可能像旱地里的裂缝一样，可以一碗接一碗地往里面灌。

李甲柱心疼了。这个喝法，鲁娜即使赢了，多半也会把身体喝坏了。他想叫双方停下来，就算打平，但那就意味着前面的酒全白喝了。他也很想自己勇敢地端起酒碗，接替鲁娜，但这是绝对不可以的，那就等于认输。他只能捂住胸口，忍着心疼，看着鲁娜一碗又一碗地把酒端起，张开那大小恰到好处的小口，让酒进到嘴里，咽到肚里。她那本来光洁带黑的面容，逐渐变得亮闪闪的，像搽抹了一层菜籽油，这让她增加了美感，只是眼睛已经没有了平日的灵动和明亮。

窝朗牛每喝下一碗酒，便有一种强烈的渴望伴着酒的力量在胸中涌动，他不时色迷迷地看着鲁娜。

窝朗牛美丽的傣族妻子青曼在一旁看着，她对丈夫的那点心思早已明白七八分。她走到桌边，轻声细语地说："来，我替你喝一碗。"她希望像劝架一样，劝住双方，使这场斗酒以无输无赢的结果结束。

窝朗牛瞪着已经开始发红的眼睛，带几分生气地说："比酒，谁也不能帮忙。"说着又喝下一碗。

不知道已经喝下多少了。窝朗牛这时觉得，酒已经改变了原本的味道，不再是香醇和微辣，而是一种怪怪的、变幻不定的味道：有时像是野草熬煮的药汤，苦涩得难以下咽；有时却像是放了蜂蜜的茶水，又香又甜；有时像是河里的水，没有任何味道；有时则像是从来没有喝过的咒水，能给人以美妙的刺激，却又让人头脑发紧、眼皮沉重、全身酸麻。窝朗牛那纹成牛嘴的刀伤已变成了紫绀色，并已经隆起来了，很像一条蚯蚓。

窝朗牛斜着眼睛，看了看鲁娜，盼着她会在这个时候醉倒，或是主动认输。但对方出奇的沉稳，满脸的平静，既没有喝醉的模样，更没有休战的意思。他乱哄哄的脑子里闪出了两句他本不在意的话：智者的度量，女人的酒量。既而心想，听说有的女人能喝下好几桶泡酒，可以喝过任何男人，莫非今天就真的碰上这么一位？咋办？认输是不可以的，那会比在脸上揭下一块皮、胸前割下一块肉还要难堪难受。他想起了在森林里打猎有时会使用的办法——敲打竹子，或大声呼叫，吓得小兔小鹿从草丛里、树洞里窜出来，然后开枪，发箭，追击。

窝朗牛瞪着变得像斗牛一样的眼睛，嘴里发出带颤的声音："改为、改为两碗两碗地喝吧。"然后紧紧地盯着鲁娜的脸，他希望看到鲁娜会脸上变色，然后像被吓着了的兔子、小鹿一样逃跑。

但是，鲁娜没有一点受吓受惊的样子，只是脸上增加了红晕，这使她显得更加妩媚动人。她用那细嫩润滑却很有力的手指，稳稳地端起碗，把两碗酒喝下去了。

窝朗牛也只好把两碗酒喝下去了，此刻他的肠胃里已翻江倒海，他想象中吓得惊恐逃窜的兔子，这时“噔噔噔”地跑进了自己的心里，在狂蹦乱跳。他又一次费力地睁开眼睛，要看看鲁娜的模样，他不信她真有盆和缸那么大的酒量，就是盆和缸也有装满的时候嘛。

鲁娜的反应却是让他恐惧。

只见鲁娜取过了三只碗，把酒倒得漫过了碗沿：“窝朗牛，你真是好酒量，现在改为一次喝三碗吧。”

窝朗牛听了这句话，顿时觉得头被石头砸中了，差点晕了过去。但他挺住了，像在械斗时一样下了狠心，是死是活都不能认输，不能后退，他如同挥刀举枪进行生死搏斗一样大喊着：“这三碗酒是毒药，我也要喝下去。”声音变成了中箭的老虎，喑哑而哀伤。他用已经在发抖的手又端起了酒碗，哆哆嗦嗦地送到嘴边。但酒只有一半进到了口里，另一半在嘴角边像是灌得太满的茶壶里的水一样溢出来了。他极力想控制住酒碗，把碗里的酒全喝下去，但手和碗都不再受他控制，酒碗从手里掉了下来，先碰着他微微外凸的肚子，然后摔在了地上，“啪”的一声成为了碎片。他显得肥胖的身躯摇晃了几下，然后像一头被标枪标中了血仓的大水牛，倒在了地上……

求 情

泡酒度数不高，后劲却是十足。窝朗牛像害了大病一样，在床上整整躺了两天两夜，才慢慢苏醒过来。虽然全身乏力，脑子里依然迷迷糊糊，但赌酒的事他仍然记得清楚，身体还没有完全复原，便开始履行诺言。

窝朗牛骑着马，带着五六个随从，还有茶砖和麂子干巴，来到了张忠义的营地，这是一些临时搭建的两层简易建筑。

他们早已相识。张忠义败退到缅甸境内，进入窝朗牛的领地后不久，他们有过一场很不寻常的会面。

地点是在一个很大的军用帐篷内。几句话以后，窝朗牛便直言不讳地要求张忠义离开自己的地盘。

张忠义手中有众多人马，他完全不把窝朗牛放在眼里，就像是一头狮子面对一只羔羊。但这里毕竟是人家的地盘，为了看不清楚的未来，为了心中的大计，他不得不强忍着收起了锋利的牙齿和爪子，选择了软硬兼施，相机行事。

张忠义告诉窝朗牛，自己在这里只是短时间驻扎，很快将打回中国。他还特别提到，中国军队在抗日时曾经进入缅甸作战，还说到了那位大名鼎鼎的戴安澜将军。

窝朗牛回答："抗日时中国军队进入缅甸是双方商量过的，这次你却是自己跑过来的。进佤族的寨子必须得到主人的同意，你这次却连一声咳嗽也没有，就呼啦啦带着许多人进到了我们的土地上。"

张忠义不想多耗神费力，并且说得嘴破舌烂，也恐怕是对牛弹琴，他告诉窝朗牛："我先让你看看热闹，然后我们再慢慢谈吧。"

"我今天没有兴趣看热闹。"

"这个热闹你可能从来没有看过。我相信，只要溜几眼，你就会很有兴趣。"张忠义说完，连拉带哄，和窝朗牛一起走进了自己部队的训练场。

一队队士兵端着带有明晃晃刺刀的步枪，在演练队列、刺杀、冲锋，既而是十几挺机枪实弹打靶，一阵枪响后，几十个木靶全都变成了筛子。还有更厉害的，从大烟筒粗细的迫击炮里飞出的炮弹，带着呼啸，像乌鸦一样腾空飞起，准确地落在了目力能及的石灰圈里。泥土、草木一起飞了起来，地上有了一个个箩筐大小的土坑。

窝朗牛从来没有见过这等阵势，这一切让他看得目瞪口呆，心惊肉跳。他很快明白，自己面前是一个厉害的对手，把对方惹火了，自己的兵丁、自己的寨子都会像大火中的枯叶枯草一样成为灰烬，甚至自己今天就可能回不了石板寨。但他不能示弱，更不能灰溜溜地回寨，认怂也得有个台阶。他依然嘴硬："热闹已经看过了，副师长有啥要说的？"

"我要说的是，我们没有别的去处，也不想去别的地方，只能在你空着的土地上先待一阵。当然，也不会亏待你。"

窝朗牛觉得找到了台阶："好。既然张副师长说到这个份上，那就允许你驻扎一段时间。"

张忠义心里冷笑，变得真快，立马改口了？知道厉害就好。他给了窝朗牛很大的面子，还加上了很大的甜头，送给窝朗牛二十支步枪，临别时，热情地告诉窝朗牛："如果你有什么困难，我会尽力帮助你。"

窝朗牛对张忠义部队的存在，就好像在屁股上长了一个鸡蛋大的脓疮，坐立不安，但也无可奈何。双方由此形成了一种互有顾忌的微妙关系。因为张忠义答应过有事可以帮忙，这是他窝朗牛敢以用赌酒的方式答应岩邦要求的原因。

又一次见面后，两人像久违的朋友一样，很热情地打着招呼。

张忠义不仅叫勤务兵上了好茶，还叫人端上了当地人从来没有见过的点心，其中有从瑞士进口的巧克力，并指了指摆在酒柜里形状不同的酒瓶："尊敬的窝朗牛，难得见面，我们痛痛快快地喝一场怎么样？"

要是在平日，窝朗牛一定会来一个顺水推舟，坐到桌边，大杯小碗地喝他个痛快。但今天一听到"酒"字，便像咽下了生鱼肠子，从肚里到嘴里都恶心难受。他连连又摇头又摆手："今天不敢喝了，不敢喝了。"

张忠义觉得有些奇怪，这嗜酒如命的佤族头人今天是怎么回事呢？便关心地问："你怎么啦？是不是生病了？"

"两天前喝得太多了。酒，过些天再喝，今天是有事来求张副师长。"窝朗牛说的全是真话。

"好说，好说。有什么事，你但管开口。"张忠义想的是，这窝朗牛张口、伸手，无非是要点枪支弹药或是烟酒糖果，这好对付，像打发叫花子一样给他一些就是了。况且老旧的枪支和快要过期的弹药，放久了就成废铜烂铁了。

但窝朗牛提出的是他万万没有想到的要求：要带走达勐。

张忠义的脸一下变了，变得像刷了油漆以后一般紧绷、一样难看，冷冷地问："为啥呢？"

窝朗牛告诉张忠义："边境线两边的佤族都是从司岗里出来的，自己和达勐不仅属一个民族，还同宗同祖，五代以前是同一个祖先。听说他关押在这里，特来求请副师长把他放了。"

张忠义心想，这窝朗牛怎么会知道自己羁押了达勐？这会不会和中国境内的共产党有关系？他要一问究竟："说达勐在我这里，这是谁告诉你的？"

"两边的佤族同是一家人，每天双方都有人员往来。这么大的事，就像站在梯子上敲铓锣，楼上楼下的人一下就全都听见了。"

张忠义觉得这话或许是可信的，他骨碌了一下眼珠，很快有了应对之词："窝朗牛，如果是一般的人，别说一个，就是十个八个，只要你开口说放人，我马上就放了。但这个人却不能放。"

"难道这个人是长了角的兔子？"

"他和中国的共产党有关系，前不久在普洱立了一个什么誓词碑，就是他带的头。”

“这些我都不懂。我只知道他是我们民族的人，我们是同一个祖先的亲人。有难必须救援，这是我们的规矩。”

“你有你的规矩，但我们同样也有规矩。”

“张副师长说过，我们有难处可以帮助，我是相信了这句话才来的。”

这一句话让张忠义不由得顿了一下，这家伙记性还不算太赖。对待面前的这个佤族头人，说过的话不能双手一摊、舌头一缩便不认账，不认账还得有个适当的理由。这不会太难，他很快找到了理由：“窝朗牛，我非常愿意帮助你。只是这件事我做不了主，所以实在是无法伸手。”

“难道给朋友帮忙还要看是哪样事情？我们佤族的习惯是，只要是朋友、是亲人，那就不管是哪样事都得帮，即使自己会流干了的血也要帮。”

以自己对佤族的了解，张忠义知道窝朗牛的话里没有多少虚妄和夸张，更没有逢场作戏的成分。他也想到，如果在这件事帮了他，会在很大程度上取得他的信任，赢得当地人的好感，这对自己在这里立足生根无疑会大有帮助。只是这件事实在太大了，放走达勐无异于放虎归山，会助长中共在少数民族中的威望。但如何回绝这位不可小觑的头人呢？他很快又有了办法：“请你体谅我的难处，达勐的事暂时放一放，让我再想想办法。这样吧，既然你来了，我也就不好意思让你空手回去。”

窝朗牛没有立即回话，带着期待等着下文。

“我再送你二十支步枪，外加三箱子弹，这比一个达勐可是值钱多了，作用也大多了。我也算够朋友了吧？”

枪支弹药对窝朗牛有极大的吸引力，这是他朝思暮想的东西，他觉得这张忠义还是很够朋友，他恨不得立即把这些枪带回自己的寨子。但如果取回去的只是枪而不是人，就得对岩邦等人有一个解释，向他们说啥呢？说自己为了枪而违背了诺言？不行，不行，说过的话不能像吐唾沫一样不在乎，如果自己成了一个说话不算数的人，那会受到同胞的责骂、离弃，自己就很难在寨子里待下去了，再多的枪和子弹又有啥用处？他直白地告诉张忠义：“我今天是来要人的，不是来要枪的。”

张忠义一愣：“一个快要闭眼的人比这些枪更重要吗？”

“我救了他，所有的佤族就会认定我把族人的生命看得比任何东西都重要，和大家肉连着肉、心连着心，众人就会更加真心实意地服从我，我就会获得比枪和子弹更重要的东西。”窝朗牛毫不隐讳地把自己想的抖搂了出来。

张忠义觉得这窝朗牛比他想象的有主见，道理讲得也很明白。这不奇怪，在这个犹如丛林般的地方，没有几下子，怎么能成为一个很有势力的头人？怎么又能维持住头人的地位？他隐约觉得，这或许是一个将来对自己会很有用处的头人。但今天要满足他放人的要求，却得深思熟虑，细加盘算，就像是在商场做一笔大生意：弄好了，大赢；弄不好，大败。

他要从气势上压住这个头人，也要进一步试探他的态度：“如果我不让达勐跟你走，你咋样办？那结果可能是你连枪也带不走，那你就太亏了。”

窝朗牛有些生气了：“如果今天我什么也得不到，那就证明你不是我真正的朋友。”

“不是你真正的朋友，你又能如何？”张忠义一副居高临下的姿态。

“我们有自己的办法。”窝朗牛的牛劲上来了，一点也不示弱。

“我倒想听听，你有啥办法？”

“我们在这里生活了一代又一代，我们会按照祖祖辈辈传下来的办法去对待朋友和敌人。你一定知道，十几年前，英国人的军队在中国的佤族地区吃过很大的苦头。”

张忠义自然能听明白这话中的意思，尽管从内心他并不把窝朗牛放在眼里，他那些个拿着砍刀土枪的寨民，纵然有三千五千之数，自己派出一两个排的兵力，便可打他个落花流水，可以轻而易举地把石板寨荡为平地。但这里毕竟是佤族人的土地，是他们世世代代生息繁衍的地方，得罪了他们绝不是好事，就好像把老虎激怒了，会有麻烦，会有风险。自己要在这里生根立足，非常需要得到这些头人的信任和帮助。这迫使他不得不作更深入、更周全的考虑，或许换一种处理方式，会更加合适，更加有利。

张忠义的脸色又变了，就像把刷上去的油漆揩尽洗净了，他带着微笑："如果我同意把达勐交给你呢，你会怎样对待我这个朋友？"

"那我们就是真正的朋友，我可以不顾生死，帮助你做任何事情。"窝朗牛大声回答。

这个回答让张忠义心里一动，如果由此赢得这个头人的信任，那便是大赚特赚的买卖。他故意沉默了一会，然后说："窝朗牛，为了朋友，我可以冒被上司处罚的风险，把达勐交给你。"

"太好了。"窝朗牛几乎是一声惊叫。

"但你必须答应我一个条件。"

"哪样条件？"

"让达勐住在你的寨子里，而不是让他回到中国。"

窝朗牛犯难了，如果是这样，自己咋样向来自中国的同族人交代？他摇了摇头："这样一来，中国的佤族同胞必然会责怪我，把火气撒到我身上，我就成了围着草裙救火了。双方可能争吵、对骂，甚至动刀动枪了。"

这正是张忠义所希望的，如果因此使分处在国境线两边的佤族成为冤家对头，对中共会是麻烦，对自己则会是利好，窝朗牛将会不得不更多地求助于自己，就可能成为一头驯服的公牛。

张忠义这时以不容置疑的口吻说："朋友之间，必须互相关照，彼此信任。我已经作了让步，冒着很大的风险答应你的要求了，你也就必须答应我的要求，否则你就太不够朋友了。"

窝朗牛找不出合适的话来回答。他很快想到了自己寨子里那三个来自中国的佤族人，他们是专为达勐而来的。如果把达勐带回寨子却不让他回中国，那么双方必然发生冲突，这种冲突不论是什么结果，对自己都是不利的。想了一会，他摇了摇头："让达勐住在我的寨子里却不让他回国，我做不到。我怎么能把本是中国人的达勐留在缅甸？留在我们的寨子里？"

张忠义的脑子转得飞快，觉得窝朗牛说的确是大有情理的实话，立即又有了新的方案："既然你觉得把达勐长期留在寨子里做不到，我就再让一步，让他在你寨子里住一年。不，只住半年。然后是走是留，再由你决定。朋友，我已经不能再让步了。”说最后一句话时，张忠义故意把语速放慢，声音变大，是刻意强调，也是有意提醒。

窝朗牛觉得，让达勐只在石板寨待半年，这对达勐来说并不是难事，这比砍头、活埋不知强多少了，因而达勐和他的家人应当都会同意。张忠义已经作了很大让步，自己再要求对方让步，那就有些过分了。

窝朗牛喊了一声：“倒酒！”

一个士兵在透明的玻璃杯中倒上了琥珀色的液体。窝朗牛没有见过这种来自欧洲的美酒，他把玻璃杯拿在手里，先是用鼻子闻了闻：“本来，今天我一滴酒都不想喝。但现在把事情谈好了，你我是真正的朋友了，所以这杯酒就是牛尿，就是毒药，我也要把它喝下去。”

张忠义晃了晃酒杯：“好，痛快，够朋友。”

两人把酒杯碰得咔嚓作响，然后杯到唇边，杯身倾斜，玻璃酒杯便又恢复了原来的颜色。窝朗牛觉得，这从来没有喝过的酒，是一种说不出的怪味道；张忠义却觉得，这酒别有味道。

接下来一切顺利，张忠义叫何飞木把达勐交给了窝朗牛。

何飞木本想说话，但看了看师长的脸色，没吭气。他只是在把达勐放出囚禁室的时候，对着达勐的肩头似打似推了一把，算是出了一口气。

窝朗牛和达勐刚走不远，何飞木便急急地问张忠义：“抓来这个达勐我们费了九牛二虎之力，为什么就这样轻易地让他走了？”

张忠义自信地一笑：“走了？不会那么简单。这是一桩很合算的大买卖。对窝朗牛来说，今天喝的绝不是一杯美酒。从此以后，窝朗牛也许慢慢地就会像牛一样听话。”

“那达勐可能很快就回到中国了，这不便宜了他和共产党？”

“不不不，窝朗牛一定会信守承诺。所以半年之内，达勐回不了中国。如果他坚持要回石头寨，窝朗牛却不让，那就会有好戏看，边境线两边的佤族还不得……”张忠义说着，把双手捏成两个拳头，用力地对撞了几下。

何飞木依然觉得疑团未解：“即使窝朗牛信守承诺，让达勐真的待半年再走，但最后的结果还不是安然回去了？”

张忠义点起一支烟，猛地吸了几口，看了看远处，似在追踪达勐的背影，然后吐出一团烟雾，不慌不忙地告诉何飞木：“窝朗牛为什么突然来找我要达勐？这背后显然另有奥妙，或是受人请托，或是受人指使，我甚至可以百分之一百地断定，背后是中共在操控。”

“如此一来，我们这不上了中共的当吗？”何飞木不由得问。

“我能那么傻吗？那边的少数民族都盼着达勐尽快回去，只要这达勐半年回不去，共产党就等于失信于那些少数民族，就可能生变。即使过了半年，我也绝不会让达勐顺顺当当地回到中国，我们有许多牌可以打。”张忠义这时掐灭了烟头，以命令的口气说，“从今天开始，加强通往中缅边境所有路口的巡查警戒，如果发现达勐的身影，必须阻止，必要时加以击毙。”

何飞木所有的疑虑顿时都消解了，挺着身子喊了一声：“明白，师座高明！”

回国问计

达勐随同窝朗牛回到石板寨以后，岩邦等人顿时像心中的石头掉下了山谷，山谷里的花朵开到了脸上，连连感谢窝朗牛，并立即张罗着返回石门寨。

不料，窝朗牛一脸认真地告知达勐："你还不能离开。因为我已经和张忠义商量好了，半年后才能让你回国，不能失信。"

顿时，大家心中那块掉下山谷的石头又蹦回了心头，脸上的花朵则掉下了山谷。

达勐听了，先是一惊，后是恼怒，问窝朗牛："你为啥答应他这个条件？"

"我如果不答应他的要求，他就不会放你，还会砍下你的头。"

达勐相信这是实情，但自己绝不能留在这里。这一年多来，经过了许许多多的事情之后，他已不再像过去那般易怒了，他使劲让自己平静下来，然后同窝朗牛讲道理："上山不能半道折回来，帮人必须帮到底。我是中国人，你应当让我回中国，我也必须回中国。"

"我已经答应张忠义了，要遵守约定。"

一提到张忠义，达勐的火气上来了："张忠义是啥东西？一只豺狼虎豹。和他还值得讲啥信义吗？"

"我也并不喜欢这个人，是为了你我才把牛皮包在头上去找他的，双方的约定也是费了牛劲才谈成的，我如果违背了约定，不但我自己心里会过意不去，那张忠义有的是人和枪，也不会放过我的。"

看来，道理是一时讲不通了，况且窝朗牛的话也很在理。但自己绝不能留在这里，达勐想来点硬的，看能不能改变窝朗牛的主意。

他往日的脾气像柴草上有了烟雾，火开始上来了："这个约定是你答应的，你可以照着办。但我没有答应这个约定，所以我用不着遵守这个约定。"

窝朗牛本认为，冒了很大风险，费了许多周折，才争得现在的结果，达勐应当像得到了泡酒和牛腿一样感到高兴，并且好好感谢自己，想不到他反倒责怪起自己来了，他本窝藏在心中的火星也蹦到了柴草上："你走了，张忠义的军队就会杀到我的寨子，就会满地是血，到处是人头。你能走吗？我又能让你走吗？"

这些话让达勐无话可说了。是啊，这样的事确实可能发生，那自己罪过可就大了。只顾自己逃命，不管别人的死活，这种事情不能做。他像是猛兽掉进了陷阱里。

岩邦插话："我看，这是张忠义的诡计。把阿爸留在石板寨，为的就是让两个寨子的佤族兄弟斗气失和，阿爸也就回不了石头寨了。"

"所以，我们不能中了张忠义的圈圈。"李甲柱帮腔。

窝朗牛觉得这两个年轻人说得有道理，火气小了一些，但还是无可奈何地说："即使是这样，也没有办法。大象进了庄稼地，只能眼看着庄稼被糟蹋了。"

甲柱这时想到，半年的时间很长，一茬庄稼从种到收都用不了半年时间。谁知道半年后张忠义又会有啥新花招呢？他要进一步试明窝朗牛的态度：双腿长在我们身上，如果我们坚持要走，你咋样办？

"石板寨有寨门，有陷阱，有几百名有刀有枪的寨民，你走得出去吗？"

"我就不信，你真会对着我动刀开枪？"达勐插话。

"用不着动刀，也用不着开枪，你就是一条三岁的公豹子也跑不出寨门的。"窝朗牛脸上带着冷笑和自信。

"那我就试试看。豹子的肠子流出了，会死得痛快，这比受伤的大象倒在地上慢慢咽气要好得多。"达勐说着，"嚯"地站了起来。

"老弟，如果你蛮不讲理，就别怪我不讲情面了。"窝朗牛也站了起来，屋子里一下显得窄小低矮了，火塘里的火像煽了风一般，一下子旺了起来。

"早死晚死一个样，我啥也不怕。我倒想看看，你到底会咋样办。"达勐说着便要往外走。

“你能走到寨门口就算你本事大。”窝朗牛喊着，他胸口文着的牛头也好像发怒了，牛角竖了起来。

这场面让鲁娜感到害怕，甲柱在想着如何劝住两个看来真的动了火气的头人，他走到了二人中间，小心地劝解着：“你们都别着急，都别动气，兄弟间有事好商量。”

正在这时，一个叫毕里松的寨民提着一杆火枪跑了进来，告诉窝朗牛：“何飞木连长奉张忠义副师长的命令，要来拜见窝朗牛。”

窝朗牛不由得一愣，我刚从他那里回来，连和达勐的一场争吵都没有吵出个结果来，他便影子鬼似地来了，这是要整哪样？窝朗牛来不及多想，示意岩邦等三人进到客房里，又让达勐坐好，自己走到楼梯口迎接何飞木。

何飞木大踏步走了进来，随同而来的士兵手里提着一包糖果，一包盐巴。

何飞木瞥见达勐，还微微点了点头，脸上一副诡异的神情，然后对窝朗牛说：“这是张副师长为你备好的礼物，因为你走得匆忙，没有来得及放到你手上，所以特地让我再专门送过来。”

这让窝朗牛很是感动，看来这张副师长为人大方，办事心细，真的算得上是一个好朋友。

何飞木接着说：“张副师长一次次对我说，窝朗牛是一个说话算数、很值得信任的头人，我们之间的约定准会得到很好的遵守，并且我们的部队经常会巡逻在各处通往边境的道路上，有啥事我们随时可以互相照应。”

窝朗牛找不出合适的话作答，只是“嗯，嗯”地应付着。

何飞木很快告辞出门，但在上马离开时，轻声而又严厉地对着窝朗牛一阵耳语。

当岩邦在客房里听到何飞木的声音时，他涌起冲出来把何飞木的脑袋砍下来的冲动，但这样一来，阿爸和鲁娜、甲柱就可能永远回不到中国了，他最终死死地扼住了自己像火焰一样摆动的念头。

窝朗牛送走何飞木回屋后，岩邦迅速走了出来，问窝朗牛：“这何飞木真的是专程来送礼物吗？”

窝朗牛也觉得这事有点奇怪，但他想不明白，何飞木踩着自己的脚印进了石板寨还另有什么目的。他无法回答岩邦。

李甲柱这时又问：“他上马的时候还跟你说了些啥话？”

窝朗牛心里多了一个奇怪，这个叫甲柱的，眼睛或耳朵太厉害了，何飞木的悄声说话他咋样晓得？他照实说了出来：“何飞木要我在你们住的公房边派人看守，还要带着枪。”

李甲柱说：“何飞木来送礼，不过是个借口，他另有目的。”

窝朗牛说：“另有啥目的？”

李甲柱一通解释：“何飞木首先是担心阿爸在路上跑了，所以特来察看。另外还有三个目的，一个是让你派人拿着枪看守我们；一个是再次要求你遵守承诺；还有一个是提醒阿爸不要想着很快回中国，一路上有他们的人带着枪守着。”

原来何飞木这次来里面有这么多道道，这不就好像捕猎时准备有刀枪、弓箭、陷阱、诱饵？屋子里的人还都觉得，李甲柱能像剥笋一样，一层一层地把那些看得见、看不见的事情说得清清楚楚，太有眼力、太能想事情了。

达勐则还在心里暗暗地想，这读过书和没有读过书的人就是不一样。但也由此进一步认识到，要离开石板寨，回到石门寨，就好像笼子里的豹子要回到山林，太难太难了。但即使是铁打的笼子，也要拼着命撬开它，跑出去，可以在奔跑和搏斗中受伤、死去，不可以在囚禁中偷生、求活。

达勐等人被安置在了寨中专为招待客人用的公房。公房一边邻着寨子的围墙，另一边离窝朗牛住的大房子不远。很快，公房边有了持枪人的身影，何飞木的话发生了作用。转眼间，公房由招待客人用的普通房子变成了加固了栅栏的牢笼。

岩邦这时有了一个想法：“我回国一趟，把这里的情况告诉张书记，他一定会想办法，也一定能想出办法来。那张忠义根本就不是解放军的对手。”

大家认为这是一个好主意，并对岩邦回国抱着极大的希望。

第二天，达勐告诉窝朗牛："我们需要派人回石头寨取东西，包括米和盐，加上钱。"

窝朗牛同意了。他不仅觉得达勐的话很有道理，而且最后的话给了他很大的想象空间，他们要回去弄钱弄物，绝不会亏待自己。

窝朗牛的第二个妻子青曼，虽然身上已有多件首饰，但这时还是冒出一句话来："你们能帮我带些中国的衣服和首饰来吗？"

窝朗牛瞪了她一眼，没说话。其实，他从内心很希望年轻漂亮的妻子能得到来自中国的东西，这一带的缅甸人差不多都心存这样的愿望。

岩邦出了石板寨，拍马快速前行。一路上如走平川，几乎是无阻无碍、毫无耽搁地走近了边境线。

很快就可以回到中国了，岩邦心里一阵高兴，把马鞭高高地举了起来。但他的马鞭还没有落下来，只见三个穿着国民党军服的士兵，突然从路旁的榕树林里冲了出来，端着枪挡住了去路。张忠义果然加派了巡逻兵。

"你是干什么的？前面就是中国。"其中一个兵士问。

岩邦装作听不懂对方的话，拨转马头，快速钻进了三个士兵刚才隐身的榕树林。那几个士兵并没有跟过来，因为他们已经判断出，这个年轻人不会是达勐。

岩邦在榕树林转了几圈，估计那几个士兵走远了，便驱马走出树林，左右看了看，然后夹紧马肚，挥动马鞭，一阵快跑，通过边境线，进入中国。接着马不停蹄，越山丘，穿树林，过小河，直奔宁洱城，径直走进了张钧山的办公室。

岩邦接过张钧山递过来的搪瓷缸，一口气把满满的一缸子水喝了个一滴不剩，抹了一下嘴角，便急急地把达勐困在石板寨的情况细作报告，甚至讲到了鲁娜和窝朗牛斗酒的场面，讲到了窝朗牛有一个傣族妻子等情况。

张钧山听得十分认真，不肯错过任何一个细节，还不时插话，询问情况，包括石板寨的人口、地形、窝朗牛家在寨中的位置，还有寨子里有枪人的数量等等。

张钧山再次召开紧急会议。

大家的分析是，达勐暂时不会有生命危险，但也一时无法回国。现在必须考虑的是，夜长梦多，情况随时可能生变，应当采取行动，速速营救。

杜云良的思路还是“突袭”。现在更加有利的条件是，达勐的具体位置明确，这极大地增加了突袭成功的可能性。可以派一支精悍的队伍，利用夜色掩护，由岩邦带领，越境直奔石板寨，同窝朗牛正面交涉，要求放人。如果同意，则迅速带着达勐撤回；如果窝朗牛不同意，则强行施救。以我军的战斗力，二三十个战士对付几百个武装的寨民，完全不在话下。即使路上遇见国民党的巡逻兵甚至小股部队，也可以来个就地消灭。况且我方还可以集结部队在边境线一侧等待，根据情况，相机而动。

多人赞同这个方案，并且认为事不宜迟。这是一次战斗，战机十分重要，不可错过，当尽快行动。

张钧山想了好一阵，发表了意见：“既要看到这个方案实现救人目标的可能性，但也不能不考虑到由此产生的消极后果。”

这让杜云良很不理解，只要能救出达勐，便是成功，便是上策，用不着过多考虑还会有什么消极后果。办任何事都可能会有副作用，连吃鱼都可能被刺卡着喉咙。

张钧山郑重提醒：“采用这个方案，影响两国关系和引起国际反应这两个问题依然存在，并且还可能引发新的严重问题。”

还会引发新的严重问题？这会是什么问题？这倒没想到，与会者一起以不解的眼光看着张钧山。

张钧山细致而深入地作了剖析：“张忠义愿意让窝朗牛带走达勐，同时要求窝朗牛半年后才可以让达勐离开，有着精心的考虑，可谓一箭三雕。用意之一是让中国的佤族对窝朗牛不满，从而离间相邻而居的两国佤族之间的关系，他便可以从中渔利；用意之二是让达勐迟迟不归，以引起我境内佤族同胞的不满，从而离间佤族与党和政府的关系；用意之三是迫使我们犯错误，如果越境行动，则开罪于邻国，产生不好的影响于国际社会，按兵不动或是营救失败则获罪于国内佤族同胞。”

张钧山说到这里，喝了一口水，继续作着分析：“还需要考虑的是，张忠义一旦知道我们要采取行动，完全可能提前下手，置达勐于死地，我们的行动就变得毫无意义，反而是由于我们的行动使达勐提前陷入险境。即使张忠义没有提前对达勐下手，是在我们进入石板寨以后才知道消息，也必然会派兵阻击，我们就会面临一场以少对多的境外作战，就可能是一次既付出很大代价却又不能实现目标的失败行动。”

大家听了张钧山的话，有如同山风吹开浓雾，有了豁然开朗的感觉。但接下来怎么办？杜云良这时是又气又恨，把拳头攥成了铁锤，恨不得在张忠义脑袋上重重一击，叫他像拳台上失败的拳手一样倒下。只是这家伙现今盘踞在境外，鞭长莫及，要是进攻沧西城时一枪结果了他的性命，便不会有今天的麻烦了。

“纵有千难万险，对达勐一定要想办法施救。”张钧山语气坚定，又问，“大家动动脑筋，看看能想出什么好的办法？”

又有人提出一个方案：让岩邦多带些石门寨的人去石板寨，交涉要人，同时派解放军战士化妆成佤族人尾随入境，相机行事。

张钧山觉得：“这个方案与派兵突袭的方案，略有差异，成功的把握也很大，但仍然是动作过大，突袭方案的消极作用也仍然没有解决，弄不好还会引发两个国家、两个寨子的一场战争。”

又经过长时间的继续思索、讨论，最后议定的一个原则性的对策是：内应外合，伺机而动。

张钧山把大家讨论的意见细加琢磨后，把岩邦叫到了面前。他首先反复解释了不能派兵出境的种种理由，然后对下一步的工作要求详细地加以交代：从沉着冷静到寻找机会，从了解情况到利用条件，从把握时机到采取行动，一一列举了各种可能的情况，详细说明了相应的方案。

在讲到争取窝朗牛及其家人的帮助时，张钧山特别提及，要让鲁娜多和青曼接触，想方设法争取到青曼的帮助。

送岩邦出门时，张钧山又语重心长地叮咛：“我们会想尽一切办法营救，但你一定要把我们不能派兵进入缅甸的道理同阿爸好好说清道明。我还要重点提醒的是，你们要多动脑筋，努力依靠自己的力量自助自救，这一条最为重要。就好比过河，没有桥要自己想办法找船，没有船要自己想办法制作竹排木筏，没有竹子木头还可以自己泅水，等等。”

岩邦连连点头，他觉得自己一下明白了许多道理。

岩邦返回缅甸时，杜云良在他的马背上搭上了两个小麻袋。一个装的是大米、糖果、盐巴，另一个装有云南半开和多种礼物。此外还有两把手枪和一些子弹，并有一把信号枪，以备在紧急情况时使用。

想出了办法

岩邦走后，达勐等人便开始焦急地等待。

达勐发现，这个石板寨除了人和房子多些外，和自己的寨子并无大的区别，只是显得更加破旧，但要离开这个寨子确实需要有解开套熊的死结、打破囚虎的铁笼的功夫。围墙高过人头，也很结实，无法攀爬；通往寨门的道路设有两处关卡，有带枪的人守卫；时常有挎刀带枪的人在寨子里走动，这既是一个佤族人居住的普通寨子，又是一个随时准备打仗的阵地。加上自己住的公房还有专人看守，真是身上长了翅膀也很难走到寨外。他这时明白了窝朗牛在和自己争吵时说过的话，即使是三岁的豹子也无法走出这石板寨。他的忧虑随着时间的过去而不断增加，常常抬头长时间呆呆地看着天空，好像天上会突然垂下来一个又长又结实的梯子，便可以借助这个梯子离寨远遁。看见有鸟在自由地飞翔，便不由得想，不知道自己啥时候能像鸟一样飞出寨子？他企盼着岩邦带回来好消息。

岩邦终于回来了。

听了岩邦带回来的消息，达勐心情复杂。他有些失望，还有些气恼，因为张书记没有像他盼望的那样，迅速派解放军来救他。他本来认为，张书记要救自己是一件很容易的事，就像在山林里放倒几棵树、砍断几根竹子差不多，攻打沧西城不就是这样？这件事应当不会比攻下沧西城更难。但没有料到，张书记这次却不愿动用军队。理由是，这会涉及国家关系、国际关系。他不明白，这事情还会这么复杂。更不明白，张书记说的国家关系、国际关系是啥意思。那张忠义带着那么多人马，扛着枪、拉着炮，呼隆一下便从中国跑到缅甸来了，还占山圈地，抓人杀人，为啥就不牵扯到这个关系那个关系？不过他对张书记是信任的，他的话肯定有道理，只是其中的道理自己并不明白而已。况且张书记还作出了许多安排，其中包括让自己动心思、想办法离开寨子。确实，自己长着一个脑袋两条腿，不能像婴儿一样老是让人抱着。

达勐决定拿着岩邦这次从国内带过来的礼物，去看看窝朗牛，或许他的态度会像天上的云，不断变化。

窝朗牛见到岩邦递过来的礼物，堆满肌肉的脸在微微颤动，礼物中的四五十块半开，把窝朗牛的眼睛映得亮了起来，这是让边境线两边的居民都会双眼放光的东西。因为这些白白的、圆圆的、小小的银元，能够在中国和缅甸的边境一带买到任何想要的东西，并且一把银元可以买到成堆的东西。窝朗牛这时觉得，自己壮着胆子、冒着危险为达勐求情，倒是很值得。让他羡慕而又不明白的是：中国共产党为啥对达勐头人会这么好？

窝朗牛像家人似地告诉达勐："你们安心地住下吧，过些天见到张忠义后，我再说些好话，争取让你们早一些回去。"他又拿起几块银元看了看，"你们过一段时间就可以派一个人回一趟中国，去取需要的东西。"这话中的潜台词像剥去了箬叶以后的粽子一般清楚。

达勐问："窝朗牛，你能让我们早些离开吗？"

窝朗牛想了一下："即使我让你早些离开，张忠义也不会让你顺顺当当地靠近边境线。"

达勐一下无语了，确是这样。

窝朗牛带着同情说："你先安心地待着，也许过些时间事情就会有变化。"

达勐这时想的是：不管事情有没有变化，都必须想办法尽快离开。

住了几天后，达勐变得越来越心神不定和烦躁气恼。他时时刻刻想着的是回国，这里没有自己的土地、山林、寨民，甚至没有可以随意走动的自由。他已经越来越有国家观念了，真切地感觉到，一个人如果离开了国家，那是一件多么苦痛的事情？你会啥都不是，啥都没有。他又想到了眼下的处境，现在最难的是走出寨子，只要出了寨门，就相当于一只脚已跨进了中国的土地。达勐还有一桩挥之不去的心事是，如果自己提前离开了，那窝朗牛就会被张忠义怪罪，就可能会有或伤或死的后果。如果窝朗牛因此丢了命，丢了路膊断了腿，自己就成了失信的人，成了有罪的人。这个想法有时搅得他坐立不安。

喜欢动脑筋想办法的甲柱一直在琢磨逃出寨子的思路：如果沿着寨子里的道路从寨门口出去，这几乎没有可能。唯一的出路是翻越围墙，但围墙很高，光凭人的手和脚，不可能翻越。他有时幻想着，自己有鬼神的功力，一脚将围墙踹出一个窟窿来；或是有一群大象走了过来，稀哩哗啦，三下两下把围墙推倒。但这都不可能。他又看了看天空，盼着有大雨山洪，把寨墙冲出一个口子。天上却连一片发黑带灰的云彩也没有，即使有也不一定会下大雨、发山洪；即使下大雨、发山洪，也不一定能冲倒这早已承受过无数风雨的寨墙。虽然一个个想法都不可能实现，但他依然没有放弃苦思苦想。

这一天傍晚，他在喂马的时候，用手拍了拍大白马宽厚的脊背，念叨着：你从昆明来到了沧西，又从沧西到了这里，真是一匹好马。要是你能帮助我们出寨，让我们快点回到中国就好了。大白马似乎听懂了他的话，抬起头睁大眼看了他好一会，然后使劲地用背蹭着马厩的木栏杆。甲柱眼前突然一亮，心里顿时有了一连串的想法：越墙可以借助工具，使用梯子，这个梯子就是马匹。让马靠近围墙相对低一些的地方，人站在马背上，就能够不太困难地爬上围墙……

甲柱立即兴奋地把自己的想法告诉大家，都连连叫好。但岩邦随后提出了疑问：窝朗牛在公房旁边派有专门的人看守，牵马、越墙，不可能不被他发现。他发现后，必然阻止，还会呼叫其他人来一起阻止。

这番话，又让大家陷入了失望和苦恼之中。似是落水的人看见一截木头正朝自己飘了过来，木头却转瞬间被浪头打得不见了踪影。

天下本有男女，男女各有其长。许多让男人愁眉不展的难题，女人却可能有破解之道。第二天一大早，鲁娜带着满脸的阳光，说出了一句让所有人都惊喜的话：“对付看守我们的人，我来想办法。”

“这个时候你还有心说笑话？你看阿爸心里多急。”心烦的岩邦半真半假地训斥妹妹。

鲁娜噘了噘嘴：“谁跟你说笑话？你们谁要是不愿意听，就闪到一边去，我只对阿爸说。”

岩邦知道自己的妹妹是个很聪明的女孩，或许真有啥管用的办法，但还是故意说：“行，我就不听了。”然后挪了挪步，还真的把手捂住了耳朵。

鲁娜瞧了哥哥一眼，然后说出了她的办法：“在青曼身上打主意。”

几天前，她拿着岩邦从国内带回来的礼物，走进了青曼的房间。一边走还一边想：张书记在讲到想办法离开这里时，说要争取青曼的帮助。今天一定要试试看，或是直接请她帮忙，让窝朗牛放行；或是请她出个主意，说一个走出寨子的好法子；或是……

当她把礼物展开时，青曼笑得眼睛眯成了一道缝。从这道缝里，青曼清晰地看到：鲁娜手里拿着一个很大的项圈，银光闪闪，上面还刻印着各种花纹，她从来没有拥有过这么漂亮的首饰；还有一件是印着花的长裙，佤族姑娘都穿筒裙，她则自小喜欢长裙。

在鲁娜的帮助下，青曼立即把项圈戴在了脖子上，又把裙子套在了身上，拿起镜子看了好一会，然后抓住鲁娜的胳膊晃了晃，亲热地叫着：“你真是我的好妹妹。”

“好姐姐，你更漂亮了。”

“中国的东西就是好。”青曼说着，把眼睛紧紧地盯着鲁娜那宽大的手镯和手臂上的银箍。

鲁娜明白她的意思，立即伸手取下了自己的手镯和臂箍。

佤族女性喜欢手镯臂箍，不仅因为戴着漂亮，还与一个惊险有趣的传说有关：一个美丽勇敢的姑娘到山林里采摘野果，突然冲过来一只像人又像熊的凶猛野兽。这种野兽喜欢吃人，尤其是年轻漂亮的姑娘。躲避已经来不及了，逃跑也跑不过人熊，咋办？姑娘急中生智，从背篓里取出饮水用的竹筒，套在手上后，把手伸了出去。人熊用又尖又长又硬的爪子把竹筒牢牢抓住，认定猎物已经到手，并且无法逃脱。在通过一座小桥时，走在人熊后面的姑娘猛地抽出自己的手，转身就跑。人熊这时发现，留在自己掌中的是一截竹筒。它狂怒着转身，要去追赶那个姑娘，但它没有能控制好自己笨重的身体，从桥上掉进很深的峡谷。姑娘智胜人熊的故事很传遍村村寨寨。从此后，许多寨子会有人砍下凤尾竹，做成一节节竹筒，让姑娘们出门时套在手上，以防不测。随着时光的流逝，套在手臂上的竹筒在逐渐演变，变成了姑娘们手腕上的银镯和手臂上的银箍。

鲁娜把自己心爱的手镯和臂箍套在了青曼手上。

青曼一如刚才，又是拿着镜子高兴地照来照去，还又把鲁娜搂在怀里，更加亲昵地说："你真好，我要怎样感谢你才好哩？"

鲁娜想了一下说："我不需要你感谢，只需要你能帮帮我的忙。"

"帮啥忙？小妹你说。"青曼这时很想帮鲁娜做点事情，作为对鲁娜赠送礼物的回报。

"我待在这里，很不安心，很痛苦，我想快点回中国。"鲁娜的话里带着伤心。

"好妹妹，你确实应当快点回中国，你在这里最有危险。"

这话让鲁娜吃了一惊，应当是四个人都有危险，并且阿爸最有危险，为啥是自己最有危险？她小心地问："姐姐，我会有啥危险？"

青曼告诉鲁娜："窝朗牛想对你使坏。"

原来，在一次喝多了酒以后，窝朗牛趁着酒兴说过，如果鲁娜留下来，他可以去森林打一天猎，然后让达勐悄悄地逃走。这样他不仅又可以得到一个美丽的妻子，还不用承担太大的责任，谁不会有个疏忽呢？连老虎也会有打盹的时候。青曼听了这些话，心里一阵紧张，她不仅担心鲁娜的安危，更担忧自己的下场。如果真的是这样，自己不仅会失宠，还可能会像窝朗牛的前一任妻子一样，如同剥下来的香蕉皮一样被遗弃。在得到了鲁娜送的首饰后，一高兴便提示鲁娜应当尽快脱离危险。

"那我该咋办呢？"鲁娜的眼泪快流出来了。

“你得赶快逃走。”

“求求姐姐告诉我逃走的办法吧。我永远不会忘记你。”

青曼真的蹙着她秀气的眉头、抿着她线条优美的嘴唇，开始想办法。

鲁娜高兴而又紧张地等待着，或许这个生活在石板寨又和一般人很不同的青曼，能够想出办法来。

过了一会儿，青曼告诉鲁娜：“我一下也想不出啥办法来。如果你想出了啥办法，需要我帮助，我一定会像用竹筒背水一样尽力帮助你。”

听了鲁娜的这一番讲述，达勐立即觉得，真像是在河边发现了桥和船，让鲁娜赶快去找青曼。

鲁娜很快回来了，告诉大家：“已经和青曼谈好了。等窝朗牛不在家的时候，她来告诉我们，同时把看守我们的人叫过去喝茶，我们便可以行动。并且很巧的是，窝朗牛已经打算明天去属于他部落的另一个寨子。”

大家一阵喜悦，兴冲冲而又带着几分不安地开始作着越墙逃离的准备。

越墙出寨

任何等待都让人心急，让人焦虑，可是时间却过得特别特别地慢。今天的太阳露脸后，不像是在天上走，而是在往山上爬，还像一个疲倦而又衰迈的老头，爬得很吃力，爬爬停停，不断地歇气，足足过了平日三天三夜那么长的时间才爬到半空。大家不时紧紧地盯着太阳，还暗暗为太阳加劲，盼着它快些爬，快些走。也一边不时地向窝朗牛的竹楼张望，希望青曼的影子出现。

青曼迟迟没有来，那个毕里松却拿着由火枪换成的钢枪，急急地跑进了公房，告诉达勐："窝朗牛有请。"

大家一阵紧张，莫不是窝朗牛发现了啥事情，或是青曼反悔了，主动向窝朗牛告诉了她和鲁娜商量的计划？或是窝朗牛发现了青曼的异常，从而逼问出了真情？这一切都有可能。如果真是这样，逃出寨子就成了猴子逮老虎，完全没有可能了。

达勐步履迟缓、带着心事来到了窝朗牛面前。

窝朗牛很关心地问："这几天吃饭、睡觉咋样？"

达勐只是摇了摇头，没说话。

窝朗牛告诉达勐："张忠义刚刚派了人来，要我去他那里商量重要事情。"

达勐立即把提起来的心放回了原处，心里还涌起难以抑制的喜悦，这可是神灵的巧妙安排。不仅自己可以遂心如愿，很方便地逃走，还可以使窝朗牛在很大程度上免去责任。他压制住内心的兴奋，不动声色地说："那你就赶紧去吧，说不准又有啥好事呢。"

但达勐没有想到的是，窝朗牛接下来说出的话，给了他兜头一盆凉水：张忠义还要我带上你一起去。

达勐一下不知道该说什么，脸色像芭蕉叶掉在了开水锅里，变得难看，心里在咚咚作响：张忠义要让达勐带上自己，目的很清楚，是要看看自己还在不在石板寨，并且还可能又有啥鬼主意。这样一来，自己的计划便像笼子里的鸟飞进了森林里，而自己却还在笼子里。

达勐不能服服帖帖，问窝朗牛："他为啥要见我？我不想去见他。"

"我也晓不得他为啥要见你。但既然张副师长说了，就不好拒绝了。"

"你们的约定是，我住在你这里半年，并没有说过一段时间就让我去一趟张忠义那里，所以我可以不去。这样做，你没有违背约定，我也没有违背约定。"

约定如山。当达勐说出这一番话以后，窝朗牛没话可说了，达勐的话很有道理。他愣住了："这事还真难整，让我再想想。"

达勐回到公房以后，把窝朗牛要带他见张忠义的新情况告诉大家。大家在紧张和抱怨之后，开始想办法如何应对这像雷雨一样突如其来的情况，又是一件看来绕不开、推不开的事情，这样的事情可能还会不断发生，随时发生，必须不断动脑壳、想办法对付。

岩邦首先开口："好在窝朗牛还没有拿定主意。如果阿爸可以不去，我们就按原来想好的办，窝朗牛一走，我们就去牵马。"

李甲柱接话："石头滚下坡，会停在哪里还很难说。如果还是要阿爸去呢？"

岩邦说出了他已经想好的办法："那就告诉窝朗牛，阿爸身体不好，去不了。总不能绑着阿爸去见那张忠义吧？"

"窝朗牛一定要让阿爸去呢？"这回是鲁娜发问。

"我替阿爸去。"岩邦连第二步也想好了。

"你见到张忠义以后，窝朗牛必然要说出你的身份，你就等于进了老虎洞、狮子窝了。"甲柱很担心地说。

“对我们家、对我们寨子、对更多的人来说，阿爸最重要。所以只要阿爸能活着、能回国，我就是死在那里也值得。”

大家一阵沉默。

天上打雷下雨，谁也没有办法。鲁娜双眼微闭，双手合十，口中念念有词，暗暗祈愿窝朗牛不会让阿爸去见张忠义。这已经不是石门寨传统的祈祷方式了，是她从别的寨子学来的。此时此刻，她满心盼求的是顺利出寨，用什么方式表达愿望并不在意。

但事情接下来的进展却不是她祈愿的。

窝朗牛在门口大喊：“达勐，走吧。”他还作着说明，“本来你不去也就算了，但毕里松说，张忠义的人对他反复交代过，让你高低要去。所以不好顶着了，扳竹子用过了劲容易断，我们就一起去一趟吧，晾他也不会把你咋样，难道敢把你吃了？”

窝朗牛并不知道，毕里松在得到了何飞木的金钱和许愿之后，已经暗中归附张忠义了。

岩邦走了出去，来到窝朗牛面前，求告着：“阿爸这几天都在咳嗽，还发烧，走不了远路。”

窝朗牛有些犯难了，刚才看上去，达勐的脸色确实有点难看，人也好像瘦了。自己醉过以后，连酒都不想喝。人要是生病了，肯定走不了远路。可对张忠义咋样交代？

岩邦说出了他想好的办法：“为了不让你为难，就让我替阿爸去吧。”

窝朗牛想了想，达勐实在去不了，换个人也成。岩邦是达勐的儿子，是最能代表父亲的，村寨之间要人质时，不也往往是用头人的儿子吗？况且张忠义也没有说过，让达勐过一段时间就要去见见他。啥事都照张忠义说的办，那自己就成了土豆泥，太软了。他壮起胆，点了点头：“只能这样了，走吧。”

岩邦回到屋里，交代李甲柱：“窝朗牛出寨后，你们赶快行动。你们的担心我也想过了，我会在路上想办法甩开他们，然后迅速跑过边界，请解放军来接应你们。”其实，他还另有主意，万一路上走不脱，便在见到张忠义和何飞木以后，伺机开枪，一命换一命，甚至还可能一命换两命。这样，力宝的命债就偿还了，自己被何飞木打了一枪的仇也报了，值得。他还记得，解放军进攻沧西时，扔出去的手榴弹自己炸开了，也把好些个国民党士兵炸得倒下了，他愿意成为手榴弹。

岩邦斜挎上绣花方包，跨上自己的黑马，跟着窝朗牛出发了。

马蹄作响，岩邦的脑袋里也在不停地作响，咋样逃开呢？窝朗牛带着十来个随从，都有马有枪，自己只是一个人，强行跑开，凶多吉少。当他抖动缰绳时，无意中触到了方包里硬硬的东西，还发出了轻轻的响声。包里有手枪，还有临行时鲁娜塞给他的好几块半开，他有了主意。

走了一阵子以后，岩邦拍马来到窝朗牛面前，低声说："窝朗牛，我想起一件很重要的事，不知道要不要告诉你？"

"说吧。"窝朗牛随口回答。

"我上次回石门寨，又让部落里想办法继续筹集半开，约定今天下午在边境线的一个榕树林里交接，这件事我差点忘了。"

窝朗牛条件反射般地问："半开？有多少？"

"我们要在石板寨住半年，还要感谢你，所以要花费的钱不少。另外，国民党的军官都很喜欢钱，我们还想请你送给张忠义一些半开，求他同意早些让阿爸回国，所以这次筹到的半开应该不少。"

窝朗牛的心思立即转到了半开上。他完全不怀疑岩邦话的真实性，尽管对一个部落来说，一次次地弄到许多半开比登天还难，但是他知道，达勐背后有中国政府，肯定会得到有力的帮助。他脑子里还有念头像一只鸟飞过，岩邦会不会只是找个由头逃跑？他觉得这种可能性不存在。因为押在寨子里的只是达勐，岩邦是可以随时走出寨外、跑回中国的。并且今天岩邦是不敢跑的，因为他今天跑了，就是失信了，那一切就得由他摆布。顿时，一堆白花花的半开，还有鲁娜那美丽的面容，在窝朗牛眼前交替晃动。他内心漾起一阵满足，脖子上的肌肉还不由自主地抽动了几下，咽下好几口口水。同时还想好了，派几个身强力壮的寨民带着枪同岩邦一起去，这样就像把一只捕获的小鹿绑上了绳子，不怕它乱跑乱蹦。至于张忠义那里，就说达勐突然全身发烧，病得很重就可以了。张忠义如果不信，可以派人到石板寨去看个究竟。

窝朗牛用马鞭指了指毕里松：“你带两个人，陪着岩邦去边境线附近办点事。快些去，快些回来。”

岩邦抽动缰绳，挥动马鞭，领着那三个人一路风驰电掣，直奔边境线而去。岩邦恨不得顷刻之间便赶到边境线，回到中国。对于这三个与自己同行的石板寨寨民，尽管他们手里都有枪，并且拿的都是美国造的钢枪，他并不在乎。在他眼里，那些乌黑发亮的长枪，和拨火棍没有太大区别。

毕里松三人一路紧紧地跟随着岩邦的马疾驰快跑。越靠近边境，心里越不踏实，心中的不踏实既而变成了担心，变成了害怕。

毕里松纵马挡在了岩邦的马前，喊着：“停下来，停下来。在哪里取半开？都要到中国了。”

岩邦指了指不远处的榕树林：“就在那里，快到了。”

毕里松跟着岩邦来到了榕树林边，带几分着急地又开口了：“送半开的人哩？不能再往前走了，我已经看见中国士兵的影子了。”

岩邦这时用马鞭指了指榕树林边一棵很大的菠萝蜜树。

毕里松顺着岩邦的马鞭看去，只见那棵菠萝蜜树立在离自己用箭可以射到的地方，树上结着大大小小的菠萝蜜，大的像人头，小的像鸡蛋。毕里松不明白岩邦的意思，难道他要去摘菠萝蜜？可那个最大的看上去都没有熟哩。就在毕里松愣神的时候，岩邦从挎包里快速掏出了手枪，毕里松等三人还没有明白是怎么回事，“砰砰”两声枪响，两个小小的菠萝蜜已经掉落到地上，摔得稀烂。

岩邦这时用枪指着毕里松喝道：“我回中国，你回寨子，两棵树上的鸟互不打扰。”

毕里松等下意识地摆动了手中的枪。

岩邦喊道：“别乱动，你们要是谁敢动枪，马上就会像那两个掉在地上的菠萝蜜一个样。”说罢一抬手，一颗子弹擦着毕里松的头皮飞了过去。

岩邦接着以逼人的气势喝道：“转身，回去！”

那三个人被岩邦的气势镇住了，又见不远处的中国士兵端着枪似乎在向这边瞄准，只好扯动缰绳，拨转马头，慌乱地离去。

岩邦又是“叭叭”两枪，那三匹马便像受了惊的麂子，撒开蹄子向边境线相反的方向跑去。

岩邦纵马越过边境线，发现等候着他的几个解放军战士中有小石，兴奋地大喊着：“我回来了，从国外回来了。”他去过缅甸境内不知多少次，与石门寨相比较，地里长着一样的庄稼，山坡上立着相同的寨子，寨子里住着差不多模样的人，因而从来没有啥特别的感觉，只是像在石头寨附近的几个寨子里逛了逛一样。今天却大不相同，一切是那样熟悉，那样亲切，那样美好，他第一次有了回家回国的感觉。

岩邦很快见到了杜云良，告诉了阿爸等人的情况，还带着忧虑特别说明：“他们没有马，走到边境线要耗费差不多一天的时间。”

杜云良立即通过军用电话报告了张钧山。张钧山迅速命令正在边境线一带待命的部队，按照预定的方案，随时准备接应。

张忠义的算盘

张忠义这次突然把窝朗牛叫到自己的营地，大有原因。

他已经得到情报，解放军近期频繁向边境附近调动，还多次举行小股部队的突击演练。他的判断是，这是意在达勐，有可能对缅甸境内进行一次突然袭击。他决定来个针锋相对，这次叫窝朗牛来营地，一是为了拉拢窝朗牛，二是为了加强对达勐的看管。所以他派人传话，强硬地要求窝朗牛带着达勐一同来营地，就好像关在笼子里的猎物，他要时不时地看一看，心里才会踏实。这次他还想好了，达勐来了以后，找个理由把他留置下来，以防意外。

窝朗牛一如过去，大大咧咧地到了张忠义面前。

张忠义发现，达勐并没有出现，于是他的第一句话便是带着诧异和不满的发问："那达勐呢？"

窝朗牛揩了一把沁在额头上的汗珠："病了，走不了路，也骑不了马。"

"病了？真病还是假病？不会是跑了吧？"

"他在我的寨子里，就像老虎关在铁笼子里，跑不了的。"窝朗牛的回答十分自信。

"那就好。"张忠义缓缓地坐了下来，又招呼窝朗牛坐下，接着说，"我相信你，这么大的事，你不会弄出什么差错来，否则麻烦就大了。"

"张副师长这次叫我来干哪样？"窝朗牛很想知道张忠义的意图，也想岔开与达勐有关的话题，并且他现在心里最惦记的是，毕里松和岩邦去取半开的事办得啥样？他盼着张忠义有话快说，有屁快放，这样自己就可以快点离开，早点见到那些白花花的半开。

张忠义告诉窝朗牛："最近台湾又空投了一批武器，都是先进的美式武器。为了加强双方的合作，想送给你一部分。"

窝朗牛的眼睛一下睁大了，比见到了一箱箱美酒还要兴奋："太好了。副师长今天是不是让我来取回这批武器？"

"也是也不是。"

窝朗牛不明白这句话的意思，睁得很大的眼睛变小了，直瞪瞪地看着张忠义。

"这次不是简单地给你们送武器，更重要的是教会你们让武器更好地发挥作用。"

窝朗牛想，还是和武器有关嘛。说话为啥翻来绕去，让人听不明白？哼，自己有了这批武器，便会像老虎长了翅膀，周围百十里地，就无人敢和自己比拳头、比嗓门了。

张忠义看了一眼窝朗牛："有了这些美式武器以后，你或许就可以成为真真正正的佤王了。"

这些话和自己心里想的完全一样，让窝朗牛觉得很受用，他带几分得意地笑了，就好像自己真的已经成了独霸一方的佤王。

张忠义的话步步深入："但是，有了枪以后，能不能称王，还得看这些枪会不会听你的使唤。"

这些话又让窝朗牛坠入了云雾之中。自己手里枪多了、枪好了以后，腰杆子一下便会变得像攀枝花木一般硬了。枪咋还会有不听使唤的？他不晓得张忠义为啥要这样说。

张忠义取过一支美式狙击步枪，推弹上膛，对着三百米开外的一个鸟窝，稍稍瞄了瞄，便扣动了扳机。鸟窝应声像破了的瓦罐瓦钵一样碎片四散，有两团黑糊糊的小东西掉落在树下，那一定是窝里的鸟。

张忠义把枪递给窝朗牛，示意窝朗牛也打一枪。窝朗牛连连摆手，以肢体语言告诉张忠义："这种枪太复杂了，晓不得咋样使，我只会使火药枪和一般的步枪。"

张忠义少有地笑了笑说："有枪不会使不行，有兵不会用不行。所以我决定派几个教官去教你们的士兵使用美式武器，还要进行军事训练，这样你的队伍的战斗力就立即会像雨季的河水，迅速上涨。这样，一个人抵得上三个人、五个人，甚至七个八个人。"

窝朗牛听到这里，像喝下了好几碗酒一样变得兴奋起来：那自己的三百多个有枪的寨民就相当于一千人，甚至是两千人的队伍了，那这一带二三百里地，便都是自己可以任意拉屎撒尿的地方了。

张忠义接着说出了很具体的安排："我再送给你一批武器，同时派何飞木连长带几个士兵去给你的寨民当教官。你和其他的部落发生战斗时，你自己指挥；如果和对面的共产党军队发生战斗，则由何飞木连长指挥，因为他比你们了解共产党的军队。"

这番话里，藏着张忠义深思熟虑的计划。既是为了应对当下可能出现的局面，更是为了长远的目标，逐步改造和控制窝朗牛的武装。事情的发展正是如此，后来窝朗牛和其他几支少数民族武装，逐步被张忠义收羁，这是余话。

窝朗牛当然无法窥知张忠义藏在心底的意图。他只是觉得，自己的队伍听别人使唤，心里很不痛快，就好像自己的马被别人骑在胯下，看着、想着都别扭。不过，自己的队伍同中国军队打仗的事情不会发生，何飞木指挥自己队伍的事情也就不会发生。除此以外，都对自己有好处。最让他动心的是，自己转眼间就能成为森林中任何动物都不能轻视的大象了。用猎枪打野鸡野兔也会耗费弹药，即使那张忠义说的最后一项要求有一天真的会发生，就当是开枪时飞出去的子弹吧。

窝朗牛用力地点了点头，表示同意。

"好，预祝我们合作成功。"张忠义伸出了大拇指，接着说到了他关心的另一件事，"那个达勐你一定要按约定看好管好，绝不要让他跑了。如果他想跑，就给他一颗子弹。"

窝朗牛拍了拍胸膛："这个你完全可以放心。这半年之内，只要在我的寨子里，他就是有四条腿也跑不了的，跑不了的。"窝朗牛打着保票，还有意提到由他看管的时间长度，因为他心里早有很明确的打算：过了半年以后，我就可得让他走了。

双方对这次的见面和谈成的事情都很满意。

当窝朗牛起身返回寨子时，有三匹马上已经放上了用油布包裹、捆得结结实实的枪支，还有一些子弹箱。

何飞木带着三个士兵护送。从明天起，他就要开始组织对佤寨的青年进行军事训练。何飞木这次随窝朗牛去石板寨，还有一个重要任务，是要看看达勐现在情况究竟怎么样，因为今天他没有出现。此外，还要加派国民党军的士兵在达勐住的公房附近监控。窝朗牛说自己的寨子对达勐来说，是老虎也跑不出去的铁笼子，那就在铁笼子上再加上一把锁。

窝朗牛喜滋滋地策马走在前面，刚走了大约一个小时，三匹快马奔到面前。

骑在马上的人像受惊的猴子一样跳了下来，站在最前面的是毕里松，他急急地、带着惊恐告诉窝朗牛："那岩邦跑了。"

窝朗牛生气地问："咋跑的？"

三个人原原本本地说出了事情的经过，几乎每一个细节都没有遗漏、没有误差。在头人面前，他们不敢说半句假话。

窝朗牛脸一下变得像刷过石灰水的石头墙一样，又白又硬，大骂了一声："蠢！"不过他庆幸的是，跑了的是岩邦而不是达勐。只是这样一来，那笔半开也就跟着跑了。达勐等三个人，包括那漂亮的鲁娜还在寨子里，自己实际上并没有啥损失。

何飞木虽然听不懂佤语，但从窝朗牛的表情上，可能发生了什么要紧的事情，问："出啥事了？"

"留在我们寨子里的一个人质跑了。"

这样的事太常见了。不过何飞木还是追问了一句："跑了的不是达勐吧？"

"他跑不了的，你马上就会见到他。"窝朗牛说完，在马的肚子上用力抽了一鞭。

窝朗牛进到自己的竹楼还没有坐下，紧随他而入的何飞木便催促着："那达勐咋样了？赶快让他出来见见。"

"先歇口气再说。说不定正在睡大觉哩，他从来没有走出过我的寨子。"窝朗牛不急不慢地说着，然后坐了下来。

"还是让他出来一下吧。"何飞木着急地再一次催促，不见达勐的影子，他的心里像有一只吊起来而且用力撞过的钟，怎么也不安稳。

窝朗牛想，何必这么急？那就把他叫过来，免得这个何连长像傍晚停在窝边的乌鸦，叫个不停。他指了指不远的公房，告诉毕里松："去把达勐叫过来。"又特地补充了一句，"只让他一个人来。"他担心另外的一男一女过来以后，何飞木又要问三问四。

毕里松不一会儿便跑着回来了，喘着气告诉头人："达勐不见了。"

"啊？别的人呢？"

"都不见了。"

窝朗牛心想：这几个人怎么会像钻进洞里的蚂蚁一样，不见踪影了呢？这不可能，他们既没有鸟的翅膀，也没有蚂蚁打洞的本领，或许是他们在屋里呆腻了，正在寨子里游荡，或是躲藏在了寨子的某个角落，等着找机会出寨。

窝朗牛这时想到，达勐是有人看守的，便吼着叫毕里松把看守的人找来问话。

毕里松说："我刚才已经找过了，也不见了人影。"

窝朗牛这才感到不妙，是不是这个家伙有意把达勐放走了？他大喊着："找到他，立即砍了。"

这个人却很难找到了。原来，他在就着中国的糖果喝了青曼的茶以后，再回到公房边时，发现已没有达勐等人的影子。他隐隐觉得，自己是中了青曼的圈圈。但他知道，窝朗牛在查究这件事时，只会听青曼说红道白，绝不会相信自己的辩解，自己的下场只会是一个，那就是脑袋从脖子上掉到地上，便马上慌乱地逃出了石板寨。但他把手里的美国枪放在了公房边，因为命是自己的，那枪是头人的。

窝朗牛告诉毕里松："看紧寨门，仔细搜查寨子，一定要找到达勐他们。找到以后，先剁下达勐的一只脚。"

一看窝朗牛的神情和指手划脚的样子，又迟迟没有见到达勐，何飞木心里的钟晃动得更加厉害了，莫不是出什么意外？带几分紧张地问："窝朗牛，达勐呢？"

"不在屋里，看来是躲在什么地方了。我会很快把他找出来，还要给他一刀。"直到这个时候，窝朗牛依然觉得，达勐是无法逃出石板寨的。

众多持枪的寨民，加上何飞木带来的士兵，对寨子的家家户户，每个角落，树边竹旁，牛棚猪圈，就好像放了水逮鱼，捅了窝找鸟，进行细细的搜索，但哪里能找见达勐的影子？只是见到从中国来的四匹马在悠然地吃草料。

窝朗牛这下急了，脸涨成了猪肝色，是自己的笼子有了破洞，还是那笼子里的老虎长了翅膀？

这时，青曼扭着腰，哼着歌回来了。

窝朗牛大吼道："达勐哪里去了？"

"你们男人的事，我咋知道？"

"今天只有你一个人在家。没有发现达勐啥时候跑了吗？"

"我今天赶街去了。再说，你也没有叫我看住达勐，也没有叫我看住鲁娜。"青曼的话中已经带刺。

这话把达勐噎住了。

青曼说完，扭着腰走进了自己的房间。她是一个很有势力的傣族部落头人的女儿，所以她不像寨子里的佤族人一样惧怕窝朗牛，她有时撒娇，有时耍横。

窝朗牛这时觉得有一条木棒打在了自己头上，脑袋发懵，过了好一阵才懊恼地告诉何飞木："达勐不见了。"

何飞木即刻翻了脸："窝朗牛，你失信了。达勐跑了，这可得全由你负责。"

窝朗牛心里正窝着火，听何飞木这一说，火气更大了："放屁。我在家的这几天都没有出事，他就像拴在牛棚里的牛一样，待得好好的。你们把我叫过去谈事情他就不见了，这明明是你们的责任。”

何飞木知道现在不是争论是非的时候，他立即派了一个人速去报告张忠义，然后自己带着另外几个士兵翻身上马，飞奔出寨。他觉得，那达勐的马还在，看来只是步行，骑马追击，完全有可能把逃出笼子的老虎再逮回来。

张忠义接到报告后，心里如有火星落在干草上，火起烟浓。但他没有让心中的火冒出来，而是火速通知离边境线最近的部队，组织多个追击组，分头向边境线方向搜寻，如果见到一个独行的佤族汉子，立即抓捕，也可以就地击毙。他至今还不知道，达勐一行实际是三个人。

霎时，风紧云动，在中缅边境地带上演了一场奔逃与追击、截击与接应的大戏。

边境线上的枪战

达勐三人手脚并用，从达勐骑的那匹高大肥美的白马背上费力地攀上围墙，出到寨外，顿时像是飞出囚笼的鸟一样自由而开心。但很快觉得情势不妙，因为虽然人越墙到了寨外，马无法翻墙却留在了寨内。从这石板寨到边境线，骑马从太阳出山到太阳还没有接近头顶就可以到达，而步行则需要从太阳上山走到太阳快要下山。窝朗牛发现人去楼空以后，一定会派人骑马追赶，那么结果可想而知。

三个人急急地快走疾行，太阳已在头顶，每个人都是浑身大汗，由于心里发急，汗出得更厉害，加之早饭吃得不多，饥饿和疲劳一起袭来，让人阵阵难受。达勐更是觉得体力不济，气喘得又粗又重，腿上像绑了石块一样显得沉重。他这时心里特别想念张钧山、杜云良，要是他们知道自己此时此刻的处境，一定会派人来接应，可他们咋能知道呢？他看了看天空，有一片片白云在飘动。他发现，有一团云很像自己大白马的模样。他在心里轻轻地喊着：白云，你变作马落下来，我要回中国。或者，你跑到中国，告诉张书记，赶快派人来接我们。

达勐的眼神一直追踪着那团白云，当云团飘散远去，在视野里消失的时候，他忽然发现，远处出现了几个晃动的黑点，越来越近，越来越大，莫非张书记真的派人来了？最后看清楚了，是三匹马，一黑一白一红，但只有红马上有骑手。

李甲柱对达勐说："我来向他借马。"

达勐点了点头，觉得这个未来女婿有时很有主意。但觉得事情可能不好办，陌生人恐怕不会轻易把马借给别人。

李甲柱把迎面而来的骑马人拦住了，告诉对方：我们三个人中有一个年纪大些的，还有一个是女的，很想借你的马用一用。

“我听不懂你的意思。”对方回答。

达勐大致能听得出，对方说的是傣语。

李甲柱改用流利的傣语重复了刚才的话。

或许是甲柱说出来的傣语拉近了双方的距离，对方没有拒绝，很友好地回答：“这马是我今天从街上买回来的。可以让你们骑一段路，但天黑以前我得要赶回寨子。你们要去哪里？”

“我们要去中国。”达勐脱口说出了目的地。

弄明白这句话的意思以后，骑马人不愿意了：“到中国要好半天时间，并且路上很不安全。我寨子里有一个人前几天在靠近边境线的地方打猎时，被几个穿军装的人用枪打开了脑壳。”

甲柱的脑子急速转了几圈，转出来一个主意，便靠在达勐耳边轻轻说了几句。

达勐又一次点头。

李甲柱对骑马人说：“既然你的马是买的，就转卖给我们吧。你买的这两匹马，我们给你三匹马的半开。”

骑马人动心了。如果今天买的两匹马转手就可以卖到三匹马的价钱，那就太合算了，连阿爸也准定会很高兴。他带着欣喜问：你们有那么多半开吗？

甲柱拍了拍肩上背着的挎包，挎包里的响声告诉对方：有足够多的半开买你的马。

对方很诚实地说出了马的价格：“每匹马十个半开。”

甲柱很麻利地掏出三十个半开，接过了两匹马的缰绳，同时心里在想：太好了。岩邦带过来的半开，这下像退烧的药片一样起了作用。

达勐跨上那匹白马以后，很快又发觉不对劲，李甲柱和鲁娜合骑一匹，必然跑不快，到后面会越跑越累，还可能累得趴在地上。

李甲柱同时想到了这一点，他又有了新的想法，对卖马人说："你骑的这匹马也卖给我们吧。"

卖马人明确拒绝："这匹马我骑了好几年，是我的好伙伴，舍不得卖。还有，这样一来，我自己就要走着回寨子，那要到天很黑以后才能走得到。一个人走夜路，身上还带着很多半开，有些害怕。"

李甲柱却又有办法："这匹马我给你两匹马的钱。"

卖马人看着甲柱，又看了看马，犹豫了好一阵，最终还是挡不住半开的诱惑，在马的脸上、脖子上抚摸了好一阵，又拍了几下马的背部以后，把缰绳交给了岩邦。

达勐的心情一下变得轻松，不由得说："甲柱，你的脑子很活嘛。"

李甲柱微微一笑："都是向别人学来的。"

"学得好！"达勐说着，摆动缰绳，挥起马鞭，驱马向中国方向快跑。

一路风尘。出石板寨时，太阳高高地悬挂在东方。这时，太阳已经偏西，在慢慢地向哀牢山的主峰靠近，那炽热的白光开始变成不太强烈的光芒。他们压低身子，目视前方，带着几分紧张、几分豪情，纵马飞奔，追赶太阳。

离进入中国境内已经不远了，一切开始变得熟悉起来，也许再过吃一顿饭的功夫就回国了，就回家了。

三声清脆的马鞭声几乎同时响起。

李方札这时掏出了岩邦给他的信号枪，对着天空扣了三下扳机。

此时，在边境线的中国一侧，有多个五六人组成的接应小组在行动，见到信号弹以后，选定合适的地点，喜悦而紧张地等待。

杜云良带着岩邦、小石和另外几个战士也都骑在马上，不停地向边境线的另一侧张望，恨不得自己的双眼能比望远镜看得更遥远、更真切。

杜云良的望远镜里出现了三匹马，再一细看，认出来骑在马上的正是达勐他们。他大声布置："达勐头人他们很快就过来了，机枪和狙击手准备。"

当杜云良再次拿起望远镜时，心一下提到了嗓子眼，暗叫不好。因为他发现，达勐他们的马虽然越来越近，但后面却出现了四五匹马，显然是国民党士兵的追兵，并且和达勐的距离在一步步缩短。

小石摆出了冲锋的姿势，大声问："要不然冲过去，把他们接回来?"

杜云良没有答应，因为张书记反复交代，一定不要轻易越过边界。他立即下令："机枪对天射击，迫击炮开炮，但炮弹不要落在境外，只起阻吓敌人的作用。"

一时枪炮声大作。国民党士兵马上意识到，解放军早有准备，已经严阵以待，再前进一步，危险便增加十分。不由得勒住了马，考虑如何应对当前的情况。

达勐等人的马却是拼尽全力，一阵快驰猛跑。离中方控制的边境线只有几丈远了，只需要喝一两口水的时间，便回国了。

但就在这时，"砰砰砰"枪声响起，国民党的士兵和马匹不敢向前，选择了用子弹追赶。

两匹马中弹，左右摇晃着，挣扎着跑了几步，先后倒下。只有鲁娜骑的马像闪电一般，跨过边界线，进到中国境内。

小石和岩邦没有等杜云良发出任何指令，便像离弦的箭一般，纵身一跃冲了出去，继而卧倒，几个卷地翻滚，到了达勐身边。

对方的枪还在响，子弹"嗖嗖"地飞过头顶。

小石心里骂着："王八蛋，你们的子弹已经越界了。"然后端起手中的冲锋枪，对着不远处的国民党士兵一阵扫射。

岩邦乘机跃上前去，扶着达勐回到了国境线之内，并在杜云良的示意下，趴在一个土坎下。

小石的枪响后，对方的枪便立即哑火了。小石这才站起身，提起枪往回走。但就在这时，对方的枪又响了，小石摇晃了一下，倒在了边境线上，他身上多处被子弹击中，一条小腿像被利刀砍了，快要从膝盖部位掉下来，鲜血流淌，瞬间染红了军衣。

岩邦冲到小石身边，用冒火的双眼向境外扫去，只见对方有两个人爬了起来，跨上马背，转头猛跑。

岩邦一把抓起小石的枪，扣动了扳机，一个骑在马上的人像装满了土豆的布袋，从马背上摔了下来。岩邦又把枪瞄向另一个，再开了一枪，但这个人利用他高超的骑术逃远了。

岩邦扔下枪，把小石抱在身上，大喊着："小石，小石！"但没有应声，只有鲜血像小股泉水一样往外流。

董军医提着药箱跑到了小石身边。

达勐抱住杜云良，激动地喊着："我回国了，回国了，回国真好。"他的双眼涌出了泪水。

此刻，晚霞绚烂，明丽的金黄中夹着殷红的血色，莽莽苍苍的群山更显得雄浑高耸。

达勐这时很想见到张钧山，但杜云良告诉他："张书记本来要在边境线上迎接你，只是因为最近有紧急公务需要处理，抽不出身来。"

达勐没有再说话，骑上鲁娜从缅甸骑回来的那匹马，向前狂奔。

杜云良把自己的马给了岩邦。

到了通往沧西县的路口，达勐却没有拨马拐向，依然照直而行。

岩邦催马靠近阿爸："不回沧西吗？去哪里？"

"去宁洱。"

一路马蹄生风，追云赶月，达勐和岩邦进了宁洱城，进了中共普洱地委的办公楼，进了张钧山的办公室。

这时已是夜深。张钧山刚刚开完一次重要会议，见达勐父子进来，热情相迎。

达勐虽然一身疲劳，却不肯坐下，语速很快地说："听说你有重要的事情要办，我就不打搅你了。我今天来只想对你说一句话，请你办一件事。"

"是啥话、啥事？你慢慢说。"

"我要说的话是，现在我真正体会到了，树不能没有泥土，鸟不能没有窝巢，人不能没有祖国。"

夜间策马几百里，只为心里的一句话。这让张钧山很是感动："你说得太好了，祖国是各民族共同的家，共同的母亲。你要办的事呢?”

“鲁娜和甲柱结婚的时候，你一定要到场。”

“好。他们结婚定在啥时间?”

“今年国庆节。”达勐说完，父子俩便要离去。

张钧山自然是不能让达勐连夜回寨，他叫工作人员为达勐父子准备住的地方，然后又交代达勐：“你回去要抓紧办两件事，一是动员寨民把猪粪牛粪鸡粪送到地里做肥料；二是组织大家修塘坝、水渠，把水蓄起来浇地，还可以种水稻。这样，地里就可以多打好多粮食。”

达勐满口答应：“好好好。我回去后，立即办。”

张钧山想起一年多前初见达勐的情景，会心地一笑。

张钧山转而告诉岩邦：“你晚点走，我还有事哩。”

岩邦没接腔，只是睁大了眼睛。静静地等待张钧山的话。

张钧山说：“小桑很快要回曲靖上学了，他一直想见到你。我最近有重要的事情要办，需要离开宁洱几天。所以，你在宁洱再和小桑一起待几天。另外，国家为了培养少数民族干部，办了好几所民族学院，准备送你和甲柱去设在四川成都的西南民族学院学习。”

岩邦对见到小桑的兴趣远远超过去民族学院学习的兴趣，他很高兴地留了下来，但不曾想到，他将面临一场生死考验。

洒血护碑

当得知达勐已经成功逃回中国后，张忠义的心里好像有炸药引爆。他拔出手枪，对着桌子上的几个酒瓶连连扣动扳机。酒瓶在噼里啪啦的声音中一个个碎裂，各种颜色的液体流淌到地上，混合在一起，变成了腐臭后的血液一样的颜色。

他首先想到的是找窝朗牛算账，但这个家伙有时并不好对付，倔劲上来了，便像一条野牛，他还可能会把自己离开了寨子作为达勐伺机逃走的理由。但不得不考虑的是，现在和将来都很需要这个佤族头人，如果和这个地头蛇彻底弄掰了，自己是最不合算的。况且事已至此，对他的任何责难和处罚都于事无补。最好的办法是借力打牛，让这个家伙知错认错，进而能乖乖地听从驱使。他更想到，当务之急是采取一个有分量的行动，减弱乃至抵销共产党在普洱立碑造成的影响。上次越境占了沧西城，抓了几个人，掀起了一场波澜，算是出了一口气，这次要另出奇招，针对那个誓词碑来一次行动。但空城计不能用第二次，重复上一次的办法，派兵入境已不可取，况且宁洱城离边境线较远，解放军已明显加强了对边境一带的控制，想要再大张旗鼓派人进去弄点动静很难很难。

当勤务兵把地面收拾干净以后，一个新的行动计划已经在张忠义的脑海里初步形成。

第二天子夜时分，丛林之中的一个草坪上，停着一架直升机。离飞机不远的地方，五个全副武装的国民党士兵列队站立，几天前在边境线侥幸逃命、已晋升为营长的何飞木站在队列的最前面。

张忠义走了过来。众士兵“嚓”地一声响，齐齐立正，举手行礼。

张忠义的脸总是阴鸷的，在夜的暗影中，看不清他的脸上此刻是什么表情，话则是钢刀出鞘的声音：“最近得到情报，共产党已经在宁洱的广场上立起了一个什么民族团结誓词碑，听着就让人堵心，决不能听之任之。这次你们的任务是，去把那个石碑炸掉，同时尽可能找几个在碑上有名字的人陪葬。要让共产党知道，也要让那些少数民族知道，我们还在，并且是有力量地存在。勇士们，满怀信心地去吧，当地还会有我们的武装力量接应和配合你们。速去速回，争取天亮以前就回来。你们回来以后，每人奖美金一千元，晋升一级军衔。我等待你们凯旋，等着为勇士们授勋颁奖！”

这些个士兵爬上了那架直升机，在黑暗中，就像是走进了墓穴。随着一阵轰鸣，这个流动的墓穴很快消失在黑暗之中。

天空阴沉，原本有的少数几个星星也隐没在暗夜之中。飞机盘旋了好长时间，最后降落在宁洱城边的一个河滩上。何飞木交代驾驶员，不要熄火，时刻处于待飞状态，然后领着飞机上的人迅速隐身在一片小树林中。

负责联络的二排长用手电筒画了三个圈，这是联络信号。但远近只是无边的黑暗，没有任何反应。

“怎么回事？”何飞木问。

“我也不知道。早就联系好了的。”

过了一会儿，二排长又开始晃动手电筒，依然不见有任何动静。心急气促地等待了好一阵之后，又开始不停地重复着同一个动作。终于，不远处也有光亮晃动，像是鬼火，两处光亮呼应着越晃越近，最终靠在了一起。对方晃动电筒的人姓钟，自称是云南反共救国军纵队的副参谋长。

“你们来了多少人？”黑暗中，何飞木带着威严向钟副参谋长发问。

“二十来人。”

何飞木话里带着怒气：“你们不是号称有两千人，今晚要来五百人吗？怎么到了真刀真枪干的时候就剩下这么几个鸟人？”

“凑成这么多人，并且能来到这里，已经是很不容易了。张钧山指挥着一支解放军正在对我们进行清剿。”

“娘的。”何飞木骂了一句，还唾了一口。

二排长说：“何营长，今夜雾很大，为找到合适的降落地点和与地方上的武装联络，费去了太多时间。照计划，行动应该早已结束，现在是回返的时间了。天很快放亮，计划还执行吗？”

何飞木看了看手腕上的夜光表：“不干，回去怎么交差？”

二排长说：“要不然，这事就让钟副参谋长领着这些反共救国纵队干去。我们撤回去算了。”

何飞木心想，这些所谓的纵队只不过是烂草朽木，根本靠不住，完全不顶用。这次要不是答应给他们枪，给他们半开，肯定一个人都不会来。他不便把这些话说出来，出口的话是：“照张副师长的命令行事。一起行动，速战速决速退。张钧山确实正在边境一带组织军事行动，这对我们不是什么坏事，中共在宁洱城里只有少量驻军，并且驻扎在城边。”

何飞木说完，领着带来的士兵快步向广场进发，并让钟副参谋长领着他带来的人，跟在后面。

钟副参谋长在路上瞧了个机会问何飞木：“答应给我们的东西啥时交付？”

何飞木一听，怒气便在心里翻腾，但这时不便发作，虽然烂柴烂草不好用，但多少也能生点热、保些温，关键时刻兴许还能起点作用，便回答说：“东西在直升机上，办完事以后，论功行赏。”

这个季节雾多雾重，天放亮以后，天上地下，混茫茫一片。宁洱城里，大雾如丝如雨如尘，像一张无边无际的大网，把远远近近的一切网在了迷迷蒙蒙之中。建筑物时隐时现，像夜色中停泊在海里的船，又像与海浪玩着时隐时现游戏的礁石。这让何飞木减少了几分恐惧，因为大雾不但可以为他们进城提供掩护，还可以为他们撤退提供帮助。

在张钧山的宿舍里，岩邦早早地起来了，由于小桑的一再挽留，他已经在这里住了四五天了，他决定今天一早悄悄离开，返回沧西。

他见小桑依然在酣睡，深情地注视了好一会儿，然后把一个煮熟的玉米放在饭桌上，轻轻地开门掩门，走了出去。来一趟宁洱不容易，他想今天再去看一眼民族团结誓词碑。可是刚走了不一会儿，背后响起了踢踢踏踏的脚步声，紧接着传来了小桑的声音：“岩邦哥，你怎么一个人悄悄跑出来了？”

岩邦停下脚步，转过身来，说出了自己的打算。

小桑依然挽留：“再待一天吧，就一天。你要去看誓词碑，我陪你一起去吧。”

“那太好了。”岩邦和小桑说笑着、小跑着，向誓词碑走去。

正在这时，路边有行人带着惊慌的口吻说：“出事了，出事了。有许多穿国民党军装的士兵向广场方向过去了。”

岩邦和小桑加快了脚步，很快走进了广场，向誓词碑靠近。

大雾中的广场上混沌一片，七八步的距离就看不清人的眉毛眼睛，有稀稀疏疏的人在行走。

何飞木把带来的人马分作两路进入广场，并持枪吆喝着，把一些正在广场上行走的人逼到了誓词碑前。

何飞木背对誓词碑，开始大喊大叫：“乡亲们，我这次带了一些弟兄特地从缅甸回来看看大家，还要让大家见证一件事情。”

被围逼在誓词碑前的群众愤怒中带着惊恐，不知如何是好。

有两个士兵把一个捆成长方形的炸药包放在了誓词碑的基座边。

因为时间紧迫，何飞木接下来的话快如机枪作响：“共产党煽动、要挟民众，搞了这么一个碑，为的是让民众死心塌地地跟着他们走，从而能永远占领这块土地。但世界上从来就没有一厢情愿的事，今天我要告诉大家，也告诉全中国，告诉全世界，共产党费尽心机修建的这个石碑，我们国民党可以轻而易举地把它推倒、毁掉。”

“这个碑不能倒！”这是岩邦的话，响亮而有力，如炮弹落地。

“你是谁？”何飞木气势汹汹地发问，他很奇怪，这个时候竟然有人说出如此气势如虹的话来。

“我叫岩邦。”岩邦说着，不慌不忙地走到了何飞木面前。

“岩邦？”何飞木在嘴里念着这个名字，觉得有几分熟悉。

“不用费脑壳去想，你记不起我，但你就是变成了灰，变成了泥，我也能认得你。解放军攻打沧西城时，我们就打过交道。”

“啊，想起来了，你是那个带头临阵脱逃的家伙，想不到你还活着。”何飞木说着，用手中的枪指着岩邦问，“这个碑为什么不能倒？”

“因为这碑上有许多人的名字，也有我的名字。建这个碑的时候，大家已经赌过咒，发过誓。所以树可以倒，山可以倒，这个碑不能倒。”

有几个持枪的士兵已把枪口对准了岩邦，手指搭在了扳机上。

“嗨嗨，好大的口气。正想找几个在碑上签过名的人为这石碑陪葬哩，居然有飞蛾往火上扑。”何飞木又对着围在石碑前的民众喊，“你们这些人中还有没有在碑上刻了名字的？有种的像他一样站出来。”

小桑冲出人群，靠近岩邦，大声说：“我也算一个。”

何飞木一愣，问：“你是谁？”

“岩邦是我的哥哥，他签了名等于我也签了名。”小桑回答。

何飞木恶狠狠地说：“好，那就一起办。”

“打死我可以，把这小孩放掉。”岩邦话语从容、有力，似乎是命令。

“也行，就连你也可以放掉。只要你把碑上自己的名字抠掉，就可以了。这不难吧？”

“我的名字和誓言一起刻在了石头上，也刻在了心上，长在了肉里，是抠不掉的。”

“我还没有见过世界上有推不倒、抠不掉的东西哩。”何飞木说着指了指碑座上的炸药包，“只要这个炸药包一点着，这个誓词碑就会立即变成一堆大大小小的碎石。”

岩邦虽然手无寸铁，但仍然无所畏惧地用话语进行战斗：“你可以把我杀了、埋了，但我在碑上的名字永远不能抠掉，誓词碑也决不能变成碎块。”

“引爆炸药！”何飞木已是心如火急，想的是如何尽快完成任务。

一个士兵应声向炸药包靠近。

岩邦知道将要发生什么，他奋不顾身地冲向誓词碑，要移除那个会把誓词碑炸成碎石块的炸药包。

“你简直已变成了一个疯子了，那就让你和这石碑同归于尽。”何飞木说着，对着岩邦开了一枪。

岩邦摇晃了几下身子，像崩塌的一块巨石，倒在了地上，血汩汩地流在了碑座边。他依然挣扎着往前爬，并把手伸了出去，要去够那炸药包，嘴里断断续续地喊着：“碑，碑……不……不能倒……”

何飞木又是一枪，岩邦全身抖动了一下，他再也无力往前挪动身子了，像一座山峰一样一动不动，但他的双眼没有闭上，先是愤怒地盯着何飞木，然后转而深情地注视着那誓词碑。

小桑一下扑倒在岩邦身上，放声痛哭。一边哭一边大骂着何飞木：“你们这些该死的家伙，为什么要打死我的大哥？打死一个好人？你们不会有好下场。”

“这个家伙长大了，恐怕也是一个共产党的死硬分子。”何飞木说着，又一次推弹上膛。

就在这时，“砰砰”两枪响起，负责警戒的一个国民党士兵应声倒下。

开枪的是杜云良，他闻讯后，带领保卫科的战士像踩着风火轮一般赶了过来。

杜云良不知道进到广场的国民党士兵有多少人，他大喊着：“你们已经被包围了。举手投降，缴枪不杀！”

何飞木听到枪声和喊声，大惊失色，立即命令：“国军马上撤离，地方救国纵队掩护。”但那些所谓的救国军，一看到有人中枪倒下，又听说被包围了，马上像围猎场上的獐麂兔鹿，一个个撒腿就跑，跑在最前头的是钟副参谋长。

何飞木大骂着：“这些个王八蛋！”然后对着钟副参谋长就是一枪，钟副参谋长应声倒在了地上。

杜云良继续向誓词碑逼近，声如雷霆：“一班从左边进攻，二班从右边包抄，三班从正面突击。”

守城的部队部署在城边，还没有赶到。杜云良带来的只有四五个人，并没有三个班的兵力，只是在智取敌人。

何飞木信以为真，再一次下令："把炸药引爆。立即向江边撤退！"

炸药包的引信冒着火星嗤嗤作响，何飞木领着剩下的几个国民党士兵仓皇逃离。

杜云良冲向前去，抓起随时可能爆炸的炸药包，向无人的地方狂奔，此刻控制他全身的唯一念头是：不能让誓词碑损毁，不能让群众伤亡。

引信越来越短，杜云良的脚步越来越快。伴随着一团火光，一团烟雾，飞起一声震天撼地的巨响，地上的泥土碎石四处飞溅。

英雄在火焰中壮烈地倒下了，但誓词碑依然高高地挺立着；英雄像玉石一样粉身碎骨了，但誓词碑上的文字却一字一划都未损。

生命之碑

在混乱中，何飞木等在大雾中仓皇离开广场，在街道上没命地奔逃。

保卫科的战士们在后面紧紧追赶。

何飞木丧魂落魄地逃到了江边，命令两个士兵在岸头阻挡追兵，自己领着二排长跑上了木桥。对岸，密密层层的森林和高高低低的山峦，在雾中显得模模糊糊，暗影沉沉，犹如天边的夜空，又如无涯的大海。河滩上，那架直升机仍然停在那里，螺旋桨在有气无力地缓缓旋转。

何飞木精神一振，快步跑到了桥的中间，对后面喊着："快跑，过了桥就靠近直升机了。"

何飞木终于跑到了对岸桥头。回头一看，桥上奔跑着二排长和另一个自己的士兵，追兵也已到桥边。他掏出了一颗手雷，拉着引信，放在了桥上。

一声巨响。桥被炸断，桥上的二排长和士兵像被狂风刮断的枯枝一样掉入桥下，跌落河里，水中传出身体撞击水面的响声。

何飞木如漏网的鱼，拼尽全身力气，冲向直升机。爬上了飞机以后，立即挥着手枪，命令起飞。这时他发现，有一个人从河里拼命游上了岸，他穿着湿漉漉的衣服，跌跌撞撞地跑向飞机，并大喊着："何营长。等等我！"这是二排长。但此时此刻，多等一秒就增加一分死亡的危险。已经有许多解放军战士冲了过来，显然是守城部队。

何飞木用手枪指着飞行员："起飞！"

螺旋桨的转动骤然加快，发动机声音越来越响，飞机摇动着翅膀，全身抖动着，腾空而起。飞机卷起的气流让二排长一个趔趄，差点摔倒。

二排长见近在眼前的飞机起飞了，先是一惊，继而愤怒地对着飞得还不高的飞机连连开枪，然后大喊着“失尽人心，天诛地灭”，又调转枪口，把最后一颗子弹送进了自己的胸膛。

二排长射出的子弹有一颗击中了驾驶舱，飞行员腹部中弹，鲜血涌流。他用一只手紧紧地捂着伤口，一只手操纵飞机，坚持着继续飞行。但支撑了一阵以后，因失血过多而昏迷。失去控制的飞机像被利箭射中的飞鸟，摇晃着快速下坠，最后在一个少数民族的寨子门口坠落，撞击在地面上一块巨大的石头上，发出一声爆响，金属构件四处飞溅，火与烟升腾得比大树还高。一早出寨劳作的人们目睹了这一幕，他们中有阿尼。

一场不寻常的战斗结束，一场不寻常的仪式开始。

今天的天空一片阴沉，变成了一张悲戚的面容，在像白纱灰布般云朵的遮掩下，偷偷地落泪。

宁洱广场上一派肃穆气氛，器乐不响，歌舞不起，飞过上方的鸟也悄然无语。承载过无数欢乐的广场，此刻承载的是无尽的哀伤。

民族团结誓词碑前摆了三具棺木。棺木前面，放着的花圈上分别写着：力宝烈士永垂不朽！杜云良烈士永垂不朽！岩邦烈士永垂不朽！实际上，力宝的棺木里只是象征性地放进了一个木偶，他的遗体还在异国他乡。

三具棺木都是用整根攀枝花木挖刳而成的，用一道道以龙竹剖成的篾条紧紧地扎牢，完全是当地棺木的形制和制作工艺。用攀枝花制作棺木，是因为这种木头结实耐腐，还因为攀枝花树开出的花朵硕大、鲜红、热烈，寄托着对死者精神的颂扬，也有着生者对未来生活的祈愿。

许许多多的人排成了人的树林，含着悲伤、含着泪水，带着真情、带着感动，向英雄致敬志哀。

赴京观礼团的成员达勐、李方札、刀正哈、龙起、都同、聂拉、方水允……一个个都来了。大家记得，去年从宁洱出发去北京，也是在这个广场。然而，令人无比哀伤痛惜的是，他们的领队杜副营长不在了，那个很少说话的力宝不在了，那位热情地在广场上为大家送行的岩邦也不在了。哀痛像铁丝一样勒紧了大家的脸，像刀锯一样在大家的心里拉扯，泪水在人们的眼眶里滚动。他们每人手里都捧着一束鲜花，要以献花这种从来没有过的方式，表达对英雄、对亲人的悼念和敬意。献花的想法来自进京时收到的鲜花，来自在内地瞻仰烈士纪念碑时，见到的镌刻在烈士纪念碑上的花环，纯洁美丽的鲜花可以表达圣洁美好的情感。

紧挨着观礼团成员站立的是阿尼和小石，还有甲柱和鲁娜。小石是不顾医生的劝阻，从医院里跑来的，他的一条腿只剩下半截，用厚厚的白纱布包裹着，靠拄着一根木头做成的拐杖支撑身体。阿尼尽量用身体贴着小石，用自己少了手指的手扶着拐杖，以帮助小石更好地站立，无数敬佩的目光落在了他们的脸上、身上和残缺的肢体上。

施有福也带着自己当过人质的儿子来了。他还为每个参加葬礼的人发送了一块毛巾大小的白布，表示对英雄们的哀悼。

今天举行的是一个混合了传统和现代、民族和地域、民间和官方、部队和地方多重元素的隆重葬礼。

葬礼开始。十个解放军战士举着步枪、十个少数民族男子举着火枪，一齐对天鸣放。枪声震天撼地，声喧广宇，响遏行云，在山谷和山林中发出巨大的回响。人们以枪声向英雄致意，也似乎从枪声的回响中听到了英雄们洪亮的应答。

原观礼团的人缓步向前，虔诚地献上了手中的鲜花，棺木前有了一个五彩缤纷的花丛。

小桑捧起那个装着象棋的盒子，郑重地放在了岩邦的灵柩前。

达勐走出人群，代表普洱地区的各族群众主祭。

他先是对着三具棺木三跪九叩，众人也纷纷跪倒。

达勐先是一声撕心裂肺的长啸，然后哭喊着："岩邦、杜副营长、力宝……"这个如铁如石的刚硬汉子，刚说到这里便泣不成声，前胸后背不停地起伏，双腿无力，怎么也站不起来。男人的恸哭总是更让人动容，更显得动人，更能引起人们的共鸣。这一哭，把在场的人一下推入了悲痛的深谷，全场是有声和无声的饮泣。

张钧山搀扶了一下达勐，又轻轻拍了拍他的肩头，安抚着："达勐同志，达勐同志，你平静一下……"

达勐挺直了身子，抹了一把眼泪，再次开口："你们不在了，但是誓词碑还在。看到了誓词碑，大家也就看到了你们的样子。希望你们的灵魂不要走远，就永远守在这誓词碑旁边，永远看护着这誓词碑。我们也就会感到你们还活着，还活着……"

说到这里，达勐又是放声恸哭。

人们的神经再也绷不住了，郁积在心底的情感像溃了口的堤坝，饮泣变成了哭声：观礼团的所有成员在大哭，持枪的汉子在大哭，广场上所有的人在大哭，如秋风哀号，如河海呜咽。

张钧山带着悲痛，对着三具棺木各鞠躬三次，广场上的人也一起跟着鞠躬。他又走近棺木，一具一具地用手久久地抚摸着，默默地诉说着心语。

他抚摸着力宝棺木的时候，心中的语言是：力宝，这位傈僳族英雄，可以说是为誓词碑而生，为誓词碑而死。和许多少数民族同胞一样，他不爱说话，不善言词，但并不是无话可说，他们心中自有江河，自有千言万语。说出的往往是长久甚至世代积淀在心里的话，朴实而真实，特别在关键时刻，说出来的话力重千钧，如雷如虹，那是整个民族心中的声音，是时代的呐喊。

他抚摸着杜云良的棺木时，万千思绪奔到心头，万千画面涌到眼前，战场上的冲锋陷阵、铁骨虎胆，做群众工作时的跋山涉水、真情如火……继而集中到一个画面：要让小桑去做人质时，自己曾问过杜云良，如果小桑是你的儿子，你会让他去吗？杜云良以默认作了肯定的回答。要是杜云良真有一个孩子该有多好？但是，他的鲜血已经渗进了脚下的土地，他的生命已经化作了挺立的丰碑，他的崇高精神将会成为无数后来者的丰厚滋养。

他抚摸着岩邦的棺木时，觉得这个生命如火一般热烈的佤族同胞，依然在呼吸，依然在跳跃。那般旺盛而又坚强的生命怎么会消逝呢？那般强健而又灵活的身躯怎么会倒下呢？他猛然记起，第一次见到岩邦时，心里曾忽闪过“生命逻辑”这个命题，后来还多次想到“生命”这个词汇。今天，他对生命有了一种更为深刻的感悟：生命会因为鲜血的装点而烈如火焰、艳如山花，当生命被正义的引信引爆时，便会绽放出光彩夺目、永不凋谢的光华。短暂的生命会和永恒的石碑紧紧地结合在一起，不碎不朽。那巍巍誓词碑便是生命的宣言，生命的符号，生命的礼赞。

张钧山又抬眼看了看广场上被悲戚笼罩也被英雄精神感染的人们，看了看那大地之上、苍穹之下的誓词碑，他猛然觉得，自己曾经思索过的命题获得了一个真切的答案：生命逻辑的最高演绎形式，是睿智地以生命照亮生命，慷慨地以生命救赎生命。

张钧山收住眼泪，站直身子，提起一个铁皮喇叭，开始致悼词：“今天，我们以极其沉痛地心情来悼念我们的英雄，来追念我们的勇士。岩邦、力宝是佤族、傈僳族人民的好儿子，也是中华民族的好儿子；杜云良是人民军队的优秀战士，也是各族人民的英雄子弟。我们为有这样的优秀儿女感到骄傲！”

接着，张钧山深情地历数了三位英雄的生平，特别是建碑、护碑气壮山河的壮举。

此时，广场上一片安静，人们在倾听着张钧山的讲话，在默念着英雄的事迹。许多人心里充溢的是哀伤、敬佩、惋惜，更有感奋、决心和誓言。

张钧山在致悼词时一直悲痛满怀，时带哽咽，最后的话冷峻而响亮：“同志们、各族同胞们，哀牢山不倒，澜沧江永流，英烈不死，精神永存。英烈的名字刻在了这坚硬的石碑上，烈士的灵魂已凝结在了这神圣的誓词里。誓词碑上的七十七个字，每一个字都力重千钧，都光芒四射，将与岁月同在，与天地共存，任何的力量也不可能抹去。‘团结到底，一心一德，在中国共产党的领导下建设自由平等团结的大家庭’，这用血与火铸就的铿锵誓言，将会永远回响在天地之间，回响在历史的长河之中，伴随着各族人民不断去夺取新的胜利。”

张钧山的话像钟声一样撞击人们的心灵，震响在彩云之南的山山水水之间。

跋

碑的直系先祖是竖石，它一出现便非同凡响，《仪礼·聘礼》有注："宫必有碑，所以识日景引阴阳也。"可见，竖石是古代宫中必有之物，承担着重要的使命，用来辨识太阳的位置，确定时间的早晚。

有了文字以后，这种竖石的用途与名称不断演进。秦代称作刻石，汉代称作碑，成为了特殊的书写载体。书写的文字与石碑融为一体，则成为了具有丰赡内涵的精神和文化载体。

几乎所有的碑都和生命联系着，因为无论是标记时间，还是载录事件，或是悼念亡灵，无一不是在诠释生命的过程和意义。

石碑的功用和特质，得到了中华大地上各民族的认同和珍爱，因而成为了中华民族一个极富特点的文化现象、精神寄寓和物质存在。

经历过历史的风雨，民族团结誓词碑几经迁址，但始终如高高的山峰，昂然挺立天地之间。现在正矗立于云南省普洱市宁洱哈尼族彝族自治县的民族团结园中，属全国重点文物保护单位。在北京中央民族干部学院内，有一复制件傲然屹立，以坚硬的身躯和清晰的碑文，无声地诉说着历史，也昭示着未来。

2020 年 9 月初稿于景德镇南湖丽景

2021 年 2 月修改于三亚馨海湾

2021 年 5 月定稿于北京四边居室

图书在版编目（CIP）数据

剽牛立碑 / 吴仕民著 . — 北京：民族出版社，2022.9

ISBN 978-7-105-16649-7

Ⅰ. ①剽… Ⅱ. ①吴… Ⅲ. ①长篇小说—中国—当代 Ⅳ. ① I247.5

中国版本图书馆 CIP 数据核字（2022）第 059885 号

剽牛立碑

责任编辑：杨蜀艳
特约编辑：阿依努尔 · 吐马尔别克
出版发行：民族出版社
地　　址：北京市和平里北街 14 号
邮　　编：100013
电　　话：010-64228001（汉文编辑二室）
　　　　　010-64224782（发行部）
网　　址：http://www.mzpub.com
印　　刷：北京盛通印刷股份有限公司
经　　销：各地新华书店
版　　次：2022 年 9 月第 1 版　2022 年 9 月北京第 1 次印刷
开　　本：787 毫米 ×1092 毫米　1/16
字　　数：270 千字
印　　张：18
定　　价：62.00 元
书　　号：ISBN 978-7-105-16649-7/I · 3144（汉 2910）